INTRIGUES ET AMITIÉ

« Abus de confiance »

Du même auteur, dans la série « **Intrigues et amitié** » :

- **La face cachée**
- **Hors réseau**

Conception de la jaquette :
Suzanne Beaudet

Ce roman est une œuvre de fiction.
Toute ressemblance avec une personne
vivante ou décédée, un fait ou une entreprise
ne serait que pure coïncidence.

Éditeur : Claude André Poirier
Montréal (Québec) Canada
Deuxième édition, été 2017

Dépôt légal :
Bibliothèque et Archives nationales du Québec, 2017
Bibliothèque et Archives Canada 2017
ISBN 978-2-9815639-7-2

INTRIGUES ET AMITIÉ

« Abus de confiance »

Claude André Poirier

Roman

« La ligne est bien mince entre d'une part avoir l'ambition de réussir une brillante carrière et d'autre part, céder à l'envoûtement que le pouvoir et l'argent procurent. Certaines personnes prendront le plus court chemin s'ils en ont l'occasion. »

« Abus de confiance »

Claude André Poirier

Les quatre amis:

Il y a d'abord Anouk Beauregard, ma sœur. De tempérament intense, elle est ingénieure civile et chef de section pour la firme de génie-conseil ING Solution. Le regard de la plupart des hommes et de certaines femmes me confirme qu'elle est très attirante. Pourvue d'un côté exceptionnellement rationnel, elle est aussi capable des plus folles extravagances, particulièrement dans ses amours en dents de scie.

Mat, c'est le sérieux sergent Mathieu Smith de la Sûreté du Québec. Il représente l'élément le plus stable de notre quatuor. Avec sa conjointe Hélène, il a des jumeaux de dix ans. Nous avons grandi ensemble dans le quartier NDG[1] à Montréal.

Le plus sensible d'entre nous, c'est Damien Lecourt. Artiste-peintre, divorcé, il travaille temporairement dans une boutique d'art, « Le Zèbre », en attendant, encore et toujours, d'être reconnu pour sa propre peinture. Il nous apporte une dimension assez surprenante des évènements, que l'on croyait pourtant sans âme.

Finalement, il y a moi, Gabriel Beauregard. Que puis-je vous dire d'intéressant sur moi? On dit que j'ai un certain charme. La disparition de Marie, l'amour de ma vie, m'a jeté dans une dépression qui, même après deux ans, me hante encore par moment. Je me suis donc retiré du monde des affaires. Plusieurs m'envient, puisque je peux me permettre

---

[1] Notre-Dame-de-Grâce

de très bien vivre de ce que j'ai amassé quand j'étais vice-président aux finances au siège social de Preston One. Mes amis m'ont sauvé du gouffre en instaurant les soupers du premier lundi du mois pour me sortir de ma léthargie. Centrés sur moi au début, ces soupers sont devenus des jalons nécessaires à mon équilibre. Mes amis l'admettront peut-être, ils sont pour eux aussi, un point culminant dans leurs vies. En résumé, aider ces derniers et ah oui, j'oubliais, essayer de jouer Liszt au piano sont pour le moment mes deux repères.

CHAPITRE 1

Amman, il y a deux ans

La vue de la ville d'Amman, à partir de sa Citadelle qui la surplombe, est à couper le souffle. Un ancien forum romain se sort la tête des collines, des maisons beiges ou grises encombrent pêle-mêle l'horizon et des minarets se disputent pour capter votre attention. Cette Citadelle d'époque avec ses anciens aqueducs et plusieurs parois encore au garde-à-vous vaut le détour. Le seul bémol à cette somptueuse beauté architecturale et historique est la chaleur suffocante de juillet.

Marie et moi revenions de Pétra, un lieu unique où pierres naturelles polychromes et urbanisme d'un monde passé se côtoient sans qu'un ait pris le dessus sur l'autre. Deux jours plus tôt, nous nous étions trempés dans la mer Morte, un rare endroit où l'on peut lire son journal étendu sur l'eau, tellement la forte concentration de sel augmente sa densité.

Donc ce soir-là, pour rentrer de la Citadelle nous avons décidé de marcher vers notre hôtel qui se trouvait à un ou deux kilomètres tout au plus. Chemin faisant, nous nous sommes arrêtés à un petit café pour souper. Un endroit où les odeurs de thé vert, de baklavas et de chicha ensorcellent ceux qui s'y aventurent. Les cheveux blonds de Marie tranchaient avec ceux des femmes voilées qui nous observaient, amusées, du coin de l'œil.

11

Quelle journée découverte extraordinaire !

Pour notre cinquième anniversaire de mariage, j'avais réussi à me dégager des chaînes qui normalement me retiennent au bureau, pour nous offrir une semaine en Jordanie, reléguant iPhone et BlackBerry en mode urgence seulement. À l'occasion, Marie m'accompagnait dans mes déplacements d'affaires quand elle pouvait se soustraire, elle-même, de ses occupations. Mais pour cette semaine-là, il n'était pas question de partager notre temps avec le travail. Seulement elle et moi, comme nous réussissions mieux à le faire aux premiers jours de notre relation.

Après le souper, nous avons poursuivi notre marche vers l'hôtel. Sans en parler, juste à la façon de nous tenir la main, nous savions tous les deux quel serait le programme une fois rentré. Peut-être est-ce la raison pour laquelle nous avons mangé légèrement et... rapidement.

C'est à quelques pâtés de maisons de l'hôtel, dans une petite rue bourrée de boutiques, que Marie a vu quelque chose au loin, à travers une brève éclaircie dans la foule compacte.

- Attends-moi ici, me dit-elle, en plissant ses yeux brillants.

- Rappelle-toi que c'est moi qui ai la clef de la chambre, chérie, et que je suis assez impatient !

- Sois patient pour une fois, je reviens tout de suite.

J'ai deviné qu'elle avait probablement eu une idée de présent à m'offrir, alors j'ai joué le jeu.

- Bon ! Cinq minutes, pas une de plus. Si tu n'es pas ici au compte, je rentre et j'offre un verre à la première jeune femme seule, voilée ou non, que je rencontrerai au bar de l'hôtel, quitte à ce qu'elle n'accepte que du thé vert.

Je l'ai suivie des yeux jusqu'au moment où je l'ai vue s'engouffrer dans la foule qui l'a avalée tout rond.

Un moment, j'ai cru l'apercevoir juste là, au coin... Non, ce n'était pas elle. Ou si c'était elle, elle venait de disparaître à nouveau dans la masse grouillante de monde.

Puis, plus rien. Je veux dire plus d'apparitions. C'était l'attente qui commençait.

Au début, mon attente se voulait plutôt résignée. J'avoue que le programme de la soirée prenait de plus en plus de place dans mes pensées. Bon, j'admets que l'anticipation fait partie du jeu, qu'en quelque sorte, elle ajoute au plaisir à venir. Je n'ai jamais compris le phénomène dans sa totalité, mais d'expérience, l'attente avec Marie débouche inévitablement sur une incroyable volupté !

Somme toute, je me suis dit que j'y gagnerais au change. En plus du bonheur de me retrouver avec Marie, je recevrai un petit présent en prime. Pourquoi pas ?

Un autre coup d'œil sur la rue. Toujours rien. Elle n'avait probablement pas complété son achat qui ne devait prendre que quelques minutes. Pas étonnant, je connaissais les cinq minutes à géométrie variable de Marie.

Devant moi, s'empilaient côte à côte des boutiques à perte de vue. Ici, à Amman, le concept de grappes commerciales n'est pas rare. Cette rue était le royaume des marchands de sandales, rien de plus, rien de moins. Sauf pour cet étal de fruits, légumes et autres végétaux indéterminés, qui créait l'exception au coin là-bas. Évidemment, tant qu'à regarder le ciel qui voyait sa lumière le lâcher peu à peu, j'en ai profité pour soupeser une ou deux de ces belles sandales. Elles étaient en vrac dans le présentoir juste devant moi et me dévisageaient depuis un moment déjà. Mais comme Marie voulait probablement m'offrir des sandales, je risquais de gâcher son plaisir. Je les ai donc remises à leur place et j'ai regardé ailleurs, avant que le marchand ne vienne m'offrir l'affaire du siècle.

Après un moment, je me suis dit qu'elle connaissait ma pointure et que l'achat devrait être fait. À moins qu'elle ne se fût lancée dans une vaste étude comparative d'une marque par rapport à une autre ! Mais là, le processus risquait d'être long. Dur sur la libido, les longues études comparatives de Marie.

Je savais qu'elle voulait me faire plaisir. Elle aura donc tenu à m'acheter la paire qui me conviendrait parfaitement. Mais là, j'étais rendu au point où tout temps rajouté à mieux choisir mes probables sandales avait un effet croissant sur mon niveau de stress. Je commençais à trouver l'aventure moins drôle. Peu à peu, mon sentiment d'insouciance du début faisait place à de l'appréhension. Je regardais maintenant ma montre toutes les quinze ou vingt secondes et là encore, je me retenais pour ne pas le faire plus souvent.

Quinze, puis vingt minutes s'étaient écoulées.

Pourquoi l'avais-je laissée partir seule ? Au bout du compte, je m'en moquais de ces sandales.

Trente-cinq minutes, près de trente-six s'étaient péniblement égrainées depuis que j'avais laissé aller Marie à contrecœur.

Trop long. Beaucoup trop long. Elle aura pris le mauvais chemin. C'est certain. Tous ces trottoirs bourrés de présentoirs se ressemblent tous. Les gens s'agglutinent partout. Il est presque impossible de se frayer un chemin dans ce capharnaüm et encore, faut-il savoir quel côté prendre. Pas évident lorsqu'on n'a aucun point de repère, faute d'horizon, comme c'est le cas au milieu d'une forêt.

Après quarante minutes, il était devenu évident qu'elle avait pris la mauvaise direction. Elle devait me chercher et était sûrement aussi affolée que moi. Après avoir hésité encore quelques secondes, j'ai laissé le point de rendez-vous pour aller à sa recherche.

Trois pas plus tard, j'avais déjà regretté ma décision. Je venais de déserter le port d'attache, seul point sur terre qui nous reliait, Marie et moi. Le cou étiré, je balayais l'horizon de gauche à droite épiant chaque visage, voilé ou non.

Je ne sais combien de temps s'était écoulé, mais j'étais rendu au bout de la rue. Toujours rien. Dans mon parcours, j'avais croisé deux rues transversales, donc quatre autres directions possibles... Quatre directions tout aussi encombrées de piétons.

C'est rendu là, au bout de cette rue, que l'idée m'a traversé l'esprit qu'elle m'attendait peut-être, inespérément, au point convenu, celui que je venais d'abandonner. Je revins rapidement sur mes pas en jetant un bref coup d'œil aux deux intersections que j'avais croisées à l'allée.

J'avais peu de tolérance pour la lenteur des gens devant moi ce qui me rendait impatient et peu enclin aux formules de politesse.

Deux sentiments opposés m'habitaient : la colère causée par l'insouciance de Marie qui n'avait pas respecté l'heure convenue et l'angoisse de ne pas la retrouver au point de départ.

C'était l'angoisse qui m'attendait en ce début de soirée chaude de juillet au coin de cette rue, au cœur d'Amman.

CHAPITRE 2

Berlin, aujourd'hui, vendredi 1er juin

Lorsque j'ai ouvert les yeux la première fois, j'ai dû les refermer aussitôt. Même fermés, la douleur est encore vive. Je ressens chaque battement de cœur dans mes tempes. Je ne dois pas bouger. Ma tête veut éclater.

Qu'est-ce qui m'arrive ?

J'essaie encore une fois d'ouvrir les yeux. Mauvais calcul ! Je les referme aussitôt. J'ai le sentiment que je ne sortirai plus jamais de ce lit.

La souffrance ne me laisse aucun répit. À ce moment précis, je suis persuadé que cette sensation de nausée ne s'arrêtera jamais. Le cœur veut sortir de ma poitrine et le cerveau de ma tête. Qu'est-ce que je vais faire ? Je suis seul dans ce grand lit. Je ne réussis même pas à me souvenir où je suis.

Je me sens sombrer. Je résiste. En vain. Mon corps flotte maintenant, ma tête devient tellement pesante...

* * *

Je refais surface. J'ai dû me rendormir une seconde ou une heure, je n'en sais rien. Mes idées tentent de se percer un chemin dans mon cerveau gélatineux.

Tiens! Des bribes de souvenirs font leur apparition. Graduellement, la mémoire me revient. Je suis arrivé hier. Enfin, je le crois. Je me revois dans le taxi à l'aéroport Tegel : «Hilton Mohrenstrasse bitte schön». Voilà ce que j'ai demandé au chauffeur.

Mes idées deviennent plus claires maintenant. J'aime bien sortir mes trois mots d'allemand, surtout quand je ne suis pas seul. Mais hier, j'étais pourtant seul, si je me souviens bien. Personne à impressionner. Certainement pas le chauffeur qui m'a fait répéter deux fois avant que je me résigne à le lui demander en anglais «hôtel Hilton de la rue Mohrenstrasse, s'il vous plaît.»

Mes idées deviennent plus claires. Berlin, donc. Je suis au Hilton dans une chambre à peine éclairée par une petite fente là où les rideaux devraient se rejoindre. Avec la tête qui tourne.

Le décalage horaire n'est pas en cause. Je suis venu assez souvent ici pour le savoir. Dans le pire des scénarios, le décalage hypothèque mon sens de l'humour tout au plus. Dans ce cas-ci, ce n'est pas ce que je ressens. C'est plus sérieux. Quelque chose d'inhabituel m'arrive.

Non, ce n'est pas vrai!

Il ne manquait que cela! À grands coups de sa sonnerie agressive, voilà le téléphone qui s'invite maintenant dans mon tourment. Pas question que j'essaie de remuer le moindre muscle. Qu'il sonne!

Enfin! Terminé le tintamarre. Retour à ma souffrance tranquille.

Qu'est-ce que j'ai fait hier soir? Je ne me souviens de rien. Nada!

Je demeure immobile un moment, puis, après maints efforts, des images me reviennent au compte-gouttes. Je n'ai rien fait ou presque, pas étonnant que je ne m'en souvienne plus! J'ai soupé au restaurant italien de biais à l'hôtel, juste de l'autre côté de la rue. Quand je viens ici, le premier soir, je vais toujours à ce resto. Premièrement, on y sert une nourriture réconfortante, mon meilleur remède contre la fatigue. Deuxièmement, une pizza ou un bon spaghetti s'appelleront toujours une pizza ou un spaghetti, même en allemand. Facile à commander, pas de surprise. Surtout pas de gros lardons qui jouent à cache-cache dans une choucroute alors que l'on croyait avoir commandé une omelette végétarienne.

Pourtant je me sens comme si j'avais ingurgité dix de ces gros lardons.

Bon! Le téléphone qui s'invite à nouveau dans mon calvaire. *Il veut ma peau, celui-là!*

Je ne sais pas pourquoi. Je sais encore moins comment, mais me voici avec le récepteur dans les mains. Pourquoi l'ai-je pris? Trop tard, il est collé à mon oreille à présent. Je m'en veux!

- Tu en as mis du temps! Avec qui es-tu?

- Mat!

C'est tout ce que ma mâchoire peut articuler pour le moment. Et encore, je me suis surpris moi-même.

- Mike a disparu.

Puis d'une voix plus forte :

- Gabriel ! Tu entends ce que je te dis, Mike est introuvable. Cette affaire devient beaucoup plus sérieuse.

Que j'aimerais en ce moment précis me tourner sur le côté, fermer les yeux et dormir jusqu'à ce que je reprenne le contrôle de mon corps et de mes esprits ! Je connais assez Mat pour savoir qu'il n'abdiquera pas. Je dois faire face.

- Oui. Oui. Pas la peine de crier comme un perdu, Mat. Laisse-moi…

Il me coupe.

J'ai beau tenir le récepteur au bout de mon bras, la voix de Mat m'atteint jusque dans les os. Il ne lâche pas le morceau, ce n'est pas son genre.

- Gabriel, je ne sais pas ce que tu as fait hier soir. Tu te souviens, je l'espère, de la raison pour laquelle tu es à Berlin. Il est 14 : 00 h à ton heure, et pourtant tu me sembles passablement éméché. Qu'est-ce qui t'arrive ?

Juste comme mes paupières sont pour se refermer, comme s'il pouvait me voir, Mat me relance de sa grosse voix.

- Gabriel, dis quelque chose.

Je rassemble mes idées encore pâteuses et j'affronte mon supplice.

- La vérité est simple, je ne sais pas ce qui m'arrive, Mat. J'ai une bonne gueule de bois, mais juré, je n'ai rien pris. Peut-être un scotch, tout au plus.

- C'est le décalage horaire. Moi, la fois où je suis allé en Europe, j'ai eu exactement la même chose.

- Non, je sais ce qu'est le décalage. Ce n'est pas ce que je ressens en ce moment. C'est plutôt...

Je m'arrête net. Est-ce parce que mes yeux s'habituent à la faible lumière ? Je ne sais pas, mais ce que je vois n'a rien pour me rassurer. Je découvre dans quel état est ma chambre. Ma pression monte d'un cran.

- Attends, Mat. Quelqu'un a fouillé ma chambre. Ne bouge pas.

Je fais un tour d'horizon en m'efforçant de remuer la tête le moins possible. Ma valise est par terre, le linge répandu pêle-mêle sur le tapis. Ma mallette ouverte se trouve aussi sur le sol. Il faut que j'aille voir, mais pour le moment, je vais me contenter de poursuivre mon inspection visuelle, à partir d'ici, sans utiliser de muscles qui ne sont pas indispensables à cette tâche.

Mes soupçons sont confirmés.

- Mat !

- Oui.

Son « oui » sec en dit long. Il a dû sentir la panique dans ma voix.

- On a volé mon ordinateur.

- Il n'y a pas de coffret de sûreté dans ta chambre d'hôtel ! Va voir, tu l'y as peut-être rangé à ton arrivée hier soir.

Je réalise que mon ami policier tente de m'aider à comprendre la situation dans laquelle je me trouve.

- Ne perds pas ton temps. Je n'ai rien mis dans le coffre hier soir et vu l'état de la chambre, c'est on ne peut plus clair, quelqu'un l'a fouillée.

Que j'aimerais être chez moi en ce moment ! Pourquoi me suis-je laissé entraîner dans cette affaire ? En réalité, je dois avouer que je le sais que trop bien !

- Attends, Mat, la mémoire me revient par intermittences.

Ma tête redémarre lentement, très lentement. La grosse voix de Mat l'aurait finalement remise en état de marche.

- Je crois que je me suis fait avoir comme un débutant.

- Mais tu es un débutant, Gabriel.

- Mat, si tu n'étais pas mon ami, je raccrocherais à l'instant. Ma tête ne se sentirait que mieux.

- Désolé, mon vieux. C'était seulement pour détendre l'atmosphère. Je crois que tu en as besoin. Je n'aime ni le son de ta voix ni ce que tu me racontes à propos du vol de ton ordinateur. Continue.

- J'ai commencé à me sentir étrange après deux gorgées du scotch que j'ai pris au bar de l'hôtel, en revenant du restaurant, hier soir.

- Tu ne tolères pas vraiment le scotch, Gabriel. Qu'est-ce qui t'a pris ?

- Ne me fait pas la morale. Ce n'est pas le moment.

Mat change son approche.

- Es-tu certain de n'en avoir pris qu'un ?

- Tu n'y es pas. C'est elle ! Elle m'a pris par surprise. Je m'en veux. J'aurais dû me méfier.

Mon ami est hésitant à l'autre bout de la ligne.

- Je ne te suis pas, Gabriel. Sois plus clair s'il te plaît.

- C'est elle, la fille du bar. Elle m'a offert un verre. Elle me l'a amené à ma table. Je ne vois pas d'autres explications.

Après une brève pause, Mat tire sa conclusion.

- Désolé de te l'apprendre, mon cher ami, mais de toute évidence, ce n'est pas après ton beau grand corps d'athlète que la fille au bar de l'hôtel en voulait, mais à ton ordi.

Je décèle de l'inquiétude dans le ton un peu trop badin de mon ami.

- Je n'avais pas prévu que cette aventure puisse être dangereuse pour toi, Gabriel.

Il n'ose pas me le demander, mais je sens par le ton qu'utilise mon ami qu'il souhaiterait que je lui annonce que je me retire de l'affaire.

En ce moment précis, je ne saurais dire ce qui m'affecte le plus : mon mal de crâne, sans doute dû à une drogue que cette fille aurait mise dans mon verre, le vol de mon ordinateur ou la douloureuse humiliation de m'être fait lamentablement avoir.

- Mat, c'est toi la police, qu'est-ce que je dois faire ?

Il répond immédiatement.

- Reviens à Montréal.

Je le savais ! Il s'en fait pour moi.

- Trouve autre chose. Je suis ici pour une raison et je ne reviendrai pas avant d'avoir terminé ce que je suis venu y faire.

J'avoue que ma bravoure spontanée me surprend moi-même. C'est probablement parce que je sais que je pourrai revenir sur ma décision si la situation s'envenime encore. Je garde cette solution de rechange pour moi.

- De Montréal, il m'est difficile d'intervenir, Gabriel. D'autant plus que je suis en train de gruger le budget complet de l'enquête uniquement avec cet interurbain. Tu peux toujours voir du côté de la sécurité de l'hôtel, mais ne compte pas trop sur un résultat. Si j'étais toi, je suivrais simplement le plan initial. Tu rencontres ton ami le contrôleur comme prévu, mais soit extrêmement prudent. Surveille tes arrières. Ils savent qui tu es et où tu es. Ils vont sûrement essayer de déchiffrer ton code d'accès à ton ordinateur. Cette affaire devient plus sérieuse qu'elle ne le paraissait au début.

Il s'arrête. Je suis suspendu à ses lèvres, que je ne vois pas. Mat est un policier chevronné qui saura me conseiller pour que je me sorte au mieux de cette situation.

- Ah oui! Paie-toi tes scotchs toi-même à l'avenir, tu en as les moyens.

Déception! Mais bon, je sais que sous ses airs de fanfaron, mon ami se fait du souci pour moi. Il doit se sentir coupable de m'avoir impliqué dans son enquête, qui m'a amené à venir jusqu'ici. Ce qu'il ne sait pas, c'est à quel point j'avais besoin de ce sentiment d'utilité qui m'a abandonné depuis deux ans, depuis que Marie est...

À moins qu'il ne le sût!

- Bon, tu as raison. Je suis le plan comme prévu, Mat. Je vais à mon rendez-vous avec Christian, le contrôleur européen, le seul en qui j'ai confiance chez Preston One. Et, oui maman, je double de prudence et refuse tous les scotchs que les belles Berlinoises voudront m'offrir.

Je souris en raccrochant. Est-ce un présage d'une amorce de rétablissement ?

CHAPITRE 3

Berlin, vendredi 1er juin

Quinze minutes de marche séparent l'hôtel de Potsdamer Platz, quartier ultra moderne de Berlin. Même si mon cerveau recommence à fonctionner à peu près normalement, il n'est pas question de m'y rendre à pied. Je dois donc me résoudre à affronter un chauffeur de taxi qui vient de patienter pendant une heure dans la file d'attente devant l'hôtel, pour se contenter d'un malheureux trajet de cinq euros. Avec un billet de vingt, bien en évidence dans ma main, la vie lui paraît soudainement moins frustrante.

Je dois rencontrer Christian Hoffman, le contrôleur européen de Preston One, au dixième étage de l'impressionnante tour Sony. Il me doit une faveur. Ce n'est pas lui qui était perçu pour occuper son poste actuel. Un candidat plus âgé lui était favori. Mais je trouvais que ce dernier ne proposait pas une vision aussi claire que celle de Christian sur la direction à prendre pour son département à l'intérieur de la boîte. Alors que j'étais à cette époque vice-président aux finances au siège social basé à Montréal, j'ai fait d'une pierre deux coups. J'ai favorisé le meilleur candidat, contre l'avis de mes pairs et me suis attaché un fidèle employé qui est aussi devenu un proche, même si j'ai laissé l'entreprise depuis deux ans.

Deux ans depuis ma démission, loin du monde des affaires, à vivre de mes réserves. Deux ans depuis que Marie a disparu, depuis que ma vie s'est arrêtée.

C'est mon ami Mathieu Smith, Mat, qui m'a littéralement ressuscité la semaine dernière.

Un appel entrant me tire de mes pensées tout en faisant sursauter le chauffeur du taxi. Bon signe, je n'ai pas l'impression qu'une masse m'assomme malgré la sonnerie plutôt créative et forte de mon cellulaire. Je dois prendre du mieux !

Mes trois mots d'allemand ne me sont d'aucune utilité quand vient le temps de demander au chauffeur de patienter dix secondes pendant que je réponds à l'appel, juste au moment où je dois le payer puisqu'arrivé à destination. Il a dû déchiffrer mon langage corporel; ou est-ce le billet de 20 euros qui continue d'opérer sa magie ?

- Oui !

- Gabriel, c'est moi.

- Anouk !

C'est le silence à l'autre bout de la ligne.

- Où es-tu, ma petite sœur ? Dis quelque chose.

Une voix triste à mourir me répond :

- Elle m'a quittée.

Autre long silence.

- Qui ? Ariane ?

- Non, idiot, elle, c'était avant.

Merde, j'aurais dû être plus attentif à ses histoires de cœur.

- Désolé, Anouk ! C'est le décalage horaire, tu vois, actuellement je suis à Berlin.

- Ah ! Je vois. Je ne t'ennuierai pas avec mes petits tourments alors.

Mon : « actuellement je suis à Berlin », n'a pas eu l'effet escompté.

- Non, non, ce n'est pas ce que je veux dire. Tu n'as pas l'air dans ton assiette. Raconte-moi.

Là, j'ai été attentif, mais pas très malin. J'ai droit à la totale, juste devant l'immeuble Sony, à quinze heures trente, heure d'Europe centrale, sous une petite pluie qui vient de s'immiscer dans les intrigues complexes d'amour et de haine de ma sœur. Je dois me résigner à laisser aller mon billet de vingt au chauffeur et à sortir du taxi, ses gros yeux m'inquiètent plus que la pluie.

Il faut pourtant que j'abrège, je ne dois pas manquer mon rendez-vous avec Christian.

- Anouk, cet appel va te coûter une fortune en interurbain.

J'aurais pu trouver mieux comme prétexte pour mettre fin à la conversation. Je l'ai réalisé en le disant. Je me rachète.

- Pourquoi ne vas-tu pas à mon appartement, comme ce fut le cas la dernière fois ?

Pas certain que le : « comme ce fut le cas la dernière fois » était vraiment nécessaire. Mais bon, trop tard. J'assume.

- J'y suis Gabriel. Ne le vois-tu pas sur ton afficheur ?

Le mal de tête me revient…

* * *

Heureusement, l'employée à la réception de la tour Sony est nouvelle à ce poste. Elle ne me connaît pas, donc pas de questions embarrassantes.

- Guten Tag[2], Gabriel Beauregard for Christian Hoffman.

Elle comprend mon mélange d'allemand et d'anglais et sans état d'âme décroche le récepteur. L'instant d'après, elle me fait monter au dixième étage.

Le dixième est réservé à l'administration financière européenne, alors que la direction hiérarchique, elle, est basée à Stockholm. La division européenne est la principale unité de Preston One. Les produits de l'entreprise pour laquelle je travaillais sont des microprocesseurs. Ils se retrouvent dans une multitude d'appareils électroniques. Avec des bureaux dans plusieurs pays et des usines sur trois continents, Preston One est le numéro un au monde dans son domaine.

Quand les portes de l'ascenseur s'ouvrent, je reconnais la solennité des lieux. J'ai droit à un grand sourire de la part de la réceptionniste de l'étage, comme si j'étais une apparition. Elle, elle me connaît. Son accueil toujours aussi chaleureux complète à merveille le décor que je n'avais pas oublié.

Tous les mois, avec des collègues du siège social, nous organisions une revue financière avec l'équipe d'ici. Dans les derniers mois de ma carrière, c'était Christian qui me présentait les résultats financiers européens. D'allure

[2] Bonjour, Gabriel Beauregard pour Christian Hoffman

athlétique, il est un peu plus jeune que moi, mais avec des tempes qui commencent à grisonner précocement.

Prévenue par la réceptionniste d'en bas, celle du dixième avait déjà avisé Christian.

- Monsieur le vice-président, Herr[3] Beauregard.

Occupé à sentir le va-et-vient omniprésent dans le hall d'entrée, je ne l'ai pas vu arriver. Mais je n'ai pas à me retourner pour reconnaître sa voix de ténor.

Malgré mes demandes répétées pour qu'il me tutoie, j'étais et je crois que je resterai toujours pour lui : monsieur le vice-président ou dans ses moments de grandes tendresses : Herr Beauregard. J'ai cessé de le reprendre il y a un bon moment. Je sais reconnaître quand une bataille est perdue.

- Mon cher Christian, merci de me recevoir presque à l'improviste. Je sais que s'amorce la clôture des comptes de fin de mois. Si je me souviens bien, ce n'est pas une période relaxante.

- Monsieur Beauregard, vous ne me dérangez jamais, voyons. Bien au contraire, il y a tellement longtemps, au moins un an ou deux, enfin, depuis la disparition de...

Il s'arrête là, sec, manifestement accablé d'avoir abordé le sujet.

Je décide de mettre fin à son tourment.

- Tu as raison, Christian, il y a longtemps, en effet. Dis donc, comment vont les affaires ? Je me tiens au courant par les grands titres des journaux et même si je possède des actions de l'entreprise, je ne suis plus les actualités au jour le jour. Je

---

[3] Monsieur

t'avoue que je suis loin de la mêlée depuis que j'ai quitté la boîte.

Christian reprend ses couleurs.

- Ah! les affaires sont comme elles étaient au temps où vous étiez encore dans la boîte, Herr Beauregard.

Il a l'air si heureux de s'être sorti de son guêpier qu'il répondit avec plus d'enthousiasme que la question n'en méritait. Il poursuit sur son élan.

- Nous devons arracher chaque commande. La concurrence ne nous lâche pas d'un centimètre et les actionnaires s'inquiètent de la valeur de leurs actions. La moindre rumeur peut nous faire basculer.

J'ai senti son ton baisser légèrement, comme s'il ne voulait pas être entendu, bien que la porte de son grand bureau soit fermée.

Il se tait, préférant me laisser l'initiative, plutôt que de s'embourber dans une avenue qu'il semble préférer éviter.

Je décide sur le coup de ne pas prendre la perche. J'avoue que son histoire de rumeur m'intrigue. Donc je lui offre un silence bien calculé, tout en le regardant droit dans les yeux.

Malaise.

Puis, comme s'il venait de tout comprendre, il me lance, avec un air ahuri :

- Vous êtes ici pour cette raison, n'est-ce pas?

Je sens sa curiosité et sa nervosité gagner à vue d'œil du terrain sur sa méfiance. De mon côté, je dois me contrôler. Je suis venu ici à la pêche et voilà qu'après seulement deux minutes, je tombe sur quelque chose de troublant. Il a manifestement utilisé l'expression : « pour cette raison », pour me laisser avancer, sans que lui ait à quitter sa tranchée. Il transpire.

- Peut-être ?

Je trouve ma réponse géniale. *Pas si mal pour un amateur, Gabriel !*

- Monsieur Beauregard, vous m'intriguez.

Bon, les cartes sont sur la table. Je n'ai pas fait le voyage pour fermer mon jeu à ce moment-ci. Je suis le plan, comme convenu avec Mat, mais je ne le laisserai pas s'en sortir aussi facilement avant de comprendre à quoi il fait référence quand il me parle de rumeurs.

- Je vais te raconter une histoire, Christian. Le problème est que je n'en connais que des parcelles, vois-tu ? Alors, voici le marché : je te dis ce que je sais et tu me dis ce que tu sais. Il n'y a qu'à toi que je peux parler dans l'entreprise, à personne d'autre, ni à Montréal, ni à Berlin, ni ailleurs.

- Monsieur Beauregard, vous savez que vous pouvez avoir confiance en moi.

L'expression de son visage ne me laisse paraître aucun doute sur sa sincérité. C'est le signal que j'attendais.

- Un ami d'enfance, Mathieu Smith, est sergent à la Sûreté du Québec. Au début de la semaine, on lui a assigné la tâche de vérifier le bien-fondé de différents appels non urgents reçus dans la journée. Dans le cadre de cet exercice, il est tombé sur celui d'une dame, Julie Pronovost, qui rapportait que son mari faisait l'objet de menaces.

Christian ne bronche pas. Il ne respire pas non plus.

- As-tu déjà entendu parler de Julie Pronovost ?

Je dois interpréter son mutisme comme étant un non.

- Sais-tu de qui elle est la conjointe ?

Là, Christian réussit à me faire un non de la tête.

Christian me semble mille fois plus nerveux que lors de son entrevue qui l'a mené au poste qu'il détient aujourd'hui. Je décode sa nervosité comme étant la démonstration que nos histoires fraient dans les mêmes eaux. Les rumeurs auxquelles il a fait allusion plus tôt et les menaces envers Mike David ne sont possiblement pas que le fruit d'une coïncidence.

Je décide de lui en dire un peu plus ; tout en sachant que mon filon s'effrite.

- Quand Mat, enfin le sergent Mathieu Smith, a vérifié l'histoire de la dame, il n'a pu tirer de conclusions. Elle portait plainte au nom de son conjoint. Lui était prétendument indisponible pour le faire lui-même. Mon ami allait classer le dossier puisque le principal intéressé ne prenait même pas la peine de porter plainte en personne. Mais voilà, pour remplir les formulaires internes, il contacta madame afin de lui poser certaines questions de routine, entre autres, qui est l'employeur de monsieur. Tu sais Christian, de qui il s'agit n'est-ce pas.

Je n'attends pas sa réponse.

- C'est la conjointe de Mike.

Si l'on menace ou fait chanter Mike David, on menace ou fait chanter Preston One.

Christian sait comme moi que Mike David est le vice-président ingénierie, basé à Montréal. Il a accès à tous les projets en cours de réalisation ou sur les planches à dessin, à toutes les données confidentielles sur les produits de Preston One et aux budgets de R et D[4] répartis dans les divisions dans le monde. C'est un poste clef dans l'entreprise. Il est au courant des forces et faiblesses de tous les produits de l'entreprise. Il est au fait de l'évolution des marchés et, certains s'en doutent un peu, au courant de ce qui se trame chez la concurrence.

Je profite de l'attention inconditionnelle de mon hôte pour poursuivre.

- Donc, plutôt que de classifier l'affaire, le sergent Smith m'a demandé mon avis. Il s'est dit que je devais le connaître. Il avait tout à fait raison, puisque nous logions sur le même étage, au siège social rue University, à Montréal et faisions partie du même comité de direction sous son président, François Monet.

Il boit mes paroles, même s'il connaît l'organigramme de la boîte mieux que moi. Je continue.

- Bon, tu connais les contraintes financières du gouvernement du Québec. Peut-être pas après tout, mais crois-moi, il ne roule pas plus sur l'or que les gouvernements de ce côté-ci de l'Atlantique. Le mieux que mon ami policier a pu négocier avec son directeur est un petit budget de dépannage. C'était à prendre ou à laisser. Il avait donc le choix de demander mon aide ou de fermer le dossier. Sans entrer dans les détails, j'ai de l'intérêt personnel, de la disponibilité et les moyens d'assumer mes propres dépenses. Si je viens te voir, Christian, c'est parce que je sais que Mike David est venu à Berlin en début de semaine, juste avant que sa conjointe ne

---

[4] Recherche et Développement

porte plainte. C'est d'ailleurs cette raison qu'elle a invoquée pour justifier son absence. Mais voilà, si la fréquence des revues financières est la même qu'à mon époque, elles n'ont lieu que deux semaines suivant les fins de mois. La prochaine revue n'est que dans deux semaines donc. Inhabituel le voyage de Mike David, la semaine dernière. Non?

Je prends une pause pour bien marquer le point et je le regarde directement dans les yeux. Quand il était mon employé, cette tactique fonctionnait toujours à merveille. Voici le bon moment de lui passer le relais.

- Je ne sais pourquoi, mais quelque chose me dit que tu es bien placé pour être au courant de quelque chose qui pourrait m'aider à y voir clair. Christian, à ton tour maintenant, parle-moi de cette rumeur qui court ici. Est-elle reliée à mon histoire?

Nerveusement, il semble chercher le bon angle d'attaque pour répondre à ma question qui visiblement le prend par surprise.

CHAPITRE 4

Montréal, lundi 4 juin, 3 jours plus tard

Comme tous les premiers lundis du mois depuis janvier dernier, Mat, Damien, ma sœur Anouk et moi nous nous retrouvons attablés dans un bon resto choisi à tour de rôle. Ce soir, c'est moi qui ai déniché la perle rare. J'ai convié mes amis au «Robin des Bois», sur la rue Saint-Laurent à Montréal. Outre sa bonne bouffe et son ambiance chaleureuse, j'aime l'idée que ses profits soient versés à des organismes de charité et que la plupart des employés soient bénévoles. Il y règne une belle atmosphère de complicité entre serveurs, cuisiniers et clients. Ces derniers excusant sans réserve l'inexpérience de certains, amplement compensée par leur capital de générosité.

Au départ, c'est Mat qui a eu l'idée de ces soupers mensuels. J'ai commencé par refuser. Puis Damien, qui a aussi fait son collège avec nous, s'en est mêlé. Pour terminer, ils ont mis Anouk sur le coup. Je ne peux rien refuser à ma seule sœur. Elle a fini par planter le clou. La tradition des premiers lundis du mois prenait vie.

Je suis allé au premier un peu à contrecœur. Anouk avait proposé de venir me chercher, devinant certainement mon état d'âme. Elle avait pour mission de s'assurer de ma présence. Le mois suivant, même scénario et ainsi de suite.

37

Le mois dernier, c'est moi qui suis allé prendre Anouk chez elle.

Aujourd'hui, elle squatte mon appartement et c'est moi qui ai dû lui tirer l'oreille pour qu'elle nous accompagne ce soir. Bien que l'on ne se soit pas parlé depuis hier, je constate que sa rupture avec celle dont je ne connais toujours pas le nom l'affecte beaucoup.

Je suis entré de Berlin hier soir. Ce matin, j'ai fait le compte rendu de ma rencontre avec Christian à Mat. Mais voilà, ce soir lui et moi donnons l'impression d'être complices de quelque chose. Les deux autres ne manquent pas de s'en apercevoir. Damien est le premier à faire feu.

- Dis donc, mon cher ami Gabriel, je te sens bien agité ce soir.

Damien Lecourt, vendeur d'objets d'art dans une petite boutique, se définit comme peintre qui doit gagner sa vie en attendant de vivre de ses toiles. Expert en interprétation des expressions du visage, on ne peut rien lui cacher à celui-là. Depuis l'époque du collège, c'est lui qui détecte le mieux nos humeurs. Implacable, il nous pénètre tel un rayon laser. De nous quatre, il est le plus vrai, le plus humain, et malheureusement pour l'instant, le plus pauvre.

Mat a bien essayé de le faire entrer comme portraitiste d'identification judiciaire à la Sûreté du Québec. Il n'en était pas question. Damien ne voulait rien devoir à personne, son œuvre devait triompher d'elle-même. L'indépendance artistique je m'imagine. Ses toiles sont des chefs-d'œuvre à mes yeux. J'en ai quatre à mon appartement, pour lesquelles j'ai dû insister afin de payer un prix à peine raisonnable. La cinquième m'a été donnée. Elle est au-dessus de la cheminée à mon chalet de Saint-Anicet. Peinte à partir de la dernière photo prise de Marie, elle la représente, heureuse, avec pour arrière-plan les collines d'Amman.

- Qu'est-ce que tu veux savoir, mon cher artiste préféré ?

Sans le laisser répondre, voici qu'Anouk s'en mêle maintenant.

- Mais oui ! dis-nous grand frère ce que tu es allé faire à Berlin.

La grande langue ! La voilà qui donne des munitions à Damien.

- Wow ! Berlin. Ça fait depuis... Eh ! Depuis deux ans, non ? Ne me dis pas que tu reprends du service.

Damien cherche sur mon visage des traces qui peuvent ressembler à des réponses. Anouk en remet :

- Avant d'aller travailler ce matin, de ma chambre, enfin soyons précis, de ta chambre d'amis, je t'ai entendu parler de Berlin avec Mat. Est-ce que ton voyage éclair a un rapport avec Mat ?

- Ah ! Ah ! Voilà la source de la complicité que je décèle ce soir entre Mat et toi, s'écrie Damien, l'air vainqueur.

- Du calme, du calme s'il vous plaît. Ceci est une affaire privée entre Mat et moi.

- Plus maintenant, rajoute Anouk, qui essaie de se composer un air vindicatif.

Damien acquiesce de la tête, sourire aux lèvres. Il prend plaisir à voir son ami d'enfance recommencer à rire et enfin laisser de côté son insoutenable visage triste.

Élevés presque côte à côte à N.D.G[5]., dans l'ouest de Montréal, Damien, Mat et moi étions inséparables. Nous

---

[5] Notre Dame de Grâce

avons joué aux mêmes jeux et avons fait partie de la même équipe de hockey de notre quartier. Tous les soirs, été comme hiver, nous nous sauvions après le souper pour passer un peu de temps ensemble, avant que les parents, surtout les mères, ne nous récupèrent quand nous avions dépassé l'heure du retour au bercail.

Jeune, Damien nous entretenait de dessins puis de peinture, avec de plus en plus de passion. Le monde, pour lui, était formes, couleurs et textures. Mat, lui, aimait jouer à cache-cache puis plus tard, aux bons et aux méchants. Moi, mon avenir n'a pas été aussi prévisible. J'aimais concevoir toutes sortes d'expériences avec des insectes, puis avec des produits que ma mère entreposait loin des enfants, tout au fond de l'armoire. Un jour, j'ai découvert l'électricité et toute la puissance que son utilisation me procurait. Je détenais le pouvoir absolu. En tissant des tresses de câbles qui parcouraient la maison, je contrôlais de ma chambre le volume de la télévision du salon et de la chaîne stéréo de mes parents. Le pied !

Ma carrière de grand électricien s'acheva abruptement quand j'ai mal dosé l'intensité électrique dans le câblage enroulé autour de la poignée de la porte de ma chambre. Anouk, presque électrocutée, a été la dernière victime de mes expériences. J'ai eu droit à la totale de la part de mon père, suivi d'un rappel bien senti de ma mère.

Est-ce dû à cet évènement ou est-ce pour éviter d'autres dommages collatéraux ? Toujours en est-il que j'ai tout débranché et je me suis plutôt intéressé à ce que la science pouvait apporter comme valeur ajoutée à l'humanité, et à moi.

Un jour après le collège vint le temps de se séparer. Damien, aux Beaux-Arts, Mat à l'institut de police de Nicolet et moi, aux HEC[6]. Vive les bienfaits du commerce.

Les regards amusés des convives me ramènent sur terre.

- Qu'est-ce que vous voulez savoir? Oui, je suis rentré de Berlin hier soir. Non, je ne retourne pas travailler chez Preston One et non, je n'irai pas à Berlin chaque mois comme je l'ai trop fait les dernières années. Je n'en dirai pas plus.

C'était mal connaître mes amis!

- Toi, Mat, qu'elle est ton rôle là-dedans?

La voix Anouk est enjouée. Elle fait des efforts pour oublier temporairement ses problèmes de cœur. Elle ne le remarque peut-être pas, mais moi aussi je me sens soulagé de l'entendre rire.

- Well, don't ask me[7]!

- N'essaie pas de t'en tirer en parlant anglais comme le faisaient ma mère et mon père quand ils ne voulaient pas que Gabriel ou moi comprenions ce qu'ils se disaient. Toi et Gabriel êtes rouges comme une tomate. Tu lâches le morceau ou va-t-il falloir que je commande une autre bouteille de vin pour te délier la langue.

Anouk aime bien taquiner Mat. De trois ans plus jeune que moi, elle est entrée dans le groupe par le biais de ce dernier. À mon vingtième anniversaire, elle et Mat se sont soudainement vus différemment, même s'ils se connaissaient depuis toujours. Personne ne sait, sauf eux, jusqu'où leur histoire est allée. Il n'y a jamais rien eu entre les deux, enfin,

---

[6] Hautes Études Commerciales
[7] Bon, ne me le demande pas.

rien d'officiel. Depuis cette époque, Anouk fait partie du groupe comme membre à part entière.

Mes amis aiment autant que moi son côté ingénieure civile extrêmement rationnel tout autant que son côté décousu, surtout en ce qui concerne ses amours. Nous avons autant besoin d'elle qu'elle a besoin de la certitude de notre amitié.

Elle relance l'ami policier.

- Tu oublies le pacte, Mat. Nous nous disons tout et tout ce qui se dit entre nous durant nos soupers du premier lundi du mois, reste entre nous. Pas de petits secrets, même les plus intimes. En plus, c'est toi la police, tu défierais la loi !

Soulagé que Mat soit sur le grill à ma place, je suis tout de même curieux de voir jusqu'où il ouvrira son jeu. J'aurais pu être mal à l'aise pour lui, mais voilà, le vin a dilué toute empathie à son égard, d'autant plus que je préfère que la question lui soit posée à lui plutôt qu'à moi.

- Bon, comme ceci n'est pas une affaire officielle, je peux vous en raconter une partie.

Damien et Anouk sont beaux à voir, habillés de toute la curiosité du monde et trépignant sur le bout de leur chaise comme des ados.

- Voilà ! La semaine dernière, j'ai proposé une mission à Gabriel. Sans hésitation, il l'a acceptée.

Il choisit ce moment parfait pour se prendre une bonne et longue gorgée de vin. Tout en le dégustant, il admire la galerie qui languit, suspendue à ses lèvres.

Après avoir bien savouré le moment, il met fin à la tourmente.

- La conjointe d'un ancien collègue de Gabriel a appelé au bureau lundi dernier pour nous informer que son mari faisait l'objet de menaces. Nous avons pris la déposition, mais comme le mari, selon les dires de madame, ne voulait pas porter plainte lui-même, la déposition a été placée sous la pile. Elle s'est retrouvée avec toutes les autres, plus ou moins crédibles, que nous recevons à tout moment. Lors d'une vérification de routine, je suis tombé sur le dossier. Quand j'ai découvert que ce type, celui qui ferait l'objet de menaces, travaillait chez Preston One, je n'ai pas hésité et j'ai recruté le futur Sherlock Holmes que voici ici présent.

Europe, il y a environ un an

Ils se connaissent professionnellement depuis presque quatre ans. Rien ne les prédisposait, ni l'un ni l'autre, à convoiter ensemble un rêve aussi insensé. Ils n'ont rien en commun. L'un a presque le double de l'âge de l'autre. Le plus vieux est austère et renfermé tandis que l'autre est ouvert d'esprit et facile d'approche. Personne n'aurait cru que ces deux-là seraient associés un jour pour quelque activité personnelle que ce soit, encore moins pour organiser un coup semblable.

Il y a environ un an, après une revue financière mensuelle, l'état-major de Preston One et certains invités externes se sont retrouvés à la fin de la soirée au bar de l'hôtel où logeaient la plupart des participants. Tranquillement, au fil des digestifs, les deux hommes ont vu les autres participants regagner leur chambre, jusqu'à ce qu'il ne reste plus qu'eux du groupe et quelques autres étrangers.

Rendu à cette heure avancée, un comme l'autre avait les sens et le raisonnement ramollis par les vapeurs d'alcool. Ils ont commencé à s'apitoyer sur leur sort. Un malheur commun n'est-il pas une excellente façon de créer des rapprochements ? Chances d'avancement limitées, frustration croissante de ne pas avoir atteint le niveau supérieur, etc. Le plus vieux considérait qu'il avait tout donné pour son entreprise, mais qu'on ne le proposait jamais pour un poste de plus grande envergure. Les deux dernières occasions d'avancement lui avaient échappé. Il occupe ce poste depuis une éternité, condamné à la stagnation. On ne le prend même plus au sérieux lorsqu'il pose sa candidature pour un poste ayant plus d'envergure. Il se fait répondre que cela n'a rien à voir avec son âge. Il aurait pourtant presque préféré cette version, puisque sa compétence n'aurait pas ainsi été insidieusement mise en cause.

Le plus jeune, lui, se plaignait de l'incertitude concernant la suite de sa carrière. Il travaille comme un forcené, mais doute qu'on l'apprécie à sa juste valeur. Peut-être déploie-t-il tous ces efforts pour rien. Pouvoir et argent ne sont apparemment pas pour lui, confia-t-il à son collègue de bar. Bref, les deux hommes un peu grisés se gargarisaient des litanies malsaines des gens qui ont tout, mais qui sont tout de même frustrés.

Au début de la soirée, leur entretien se résumait à déblatérer sur leur prétendue vie ordinaire. D'une chose à l'autre et d'un verre à l'autre, ils se mirent en mode créatif et commencèrent à fabuler sur la vie qu'ils pourraient mener s'ils étaient multimillionnaires. Pas seulement riche, mais très riche. L'un parlait de pouvoir et d'une résidence secondaire dans un pays chaud, ou à Paris ou bien à Rome ; et pourquoi pas dans ces trois endroits ? Le plus jeune, lui, évoquait les nuits au casino et se voyait aux commandes d'un luxueux yacht tout équipé.

Ce n'est pas comme si l'un ou l'autre se trouvait sous le seuil de pauvreté, bien au contraire, ils menaient un train de vie que plusieurs envieraient. Ce dont ils rêvaient durant cette fameuse soirée, à ce bar, c'était d'être assez riche pour s'offrir de vraies extravagances.

Le bar était presque vide à présent. Il ne restait plus qu'eux et un couple, trop amoureux pour être légitime, là-bas, au fond. C'est à ce moment que le plus jeune regarda l'autre dans les yeux, aussi droit que sa condition le lui autorisait. Moment charnière dans leur vie à tous les deux. Ils s'en souviendront pour le restant de leur existence.

- On le fait !

- Quoi ?

- Tu sais très bien de quoi je te parle.

Le plus vieux se mit à sourire. Il ne pouvait lui offrir meilleure réponse. Il rajouta même :

- Comment ?

- Je n'en sais rien pour l'instant, répondit l'autre à voix basse, mais donnons-nous le temps, nous y parviendrons, j'en suis persuadé. Toi et moi ensemble, nous établirons un plan si parfait, que personne ne pourra nous reprocher quoi que ce soit.

- Pas de sang, rajouta le plus vieux. Je veux que ce soit propre. Je ne veux pas faire de mal à une personne. Je n'ai pas trop de problèmes avec le gouvernement, une entreprise ou une compagnie d'assurance. Pas de mal à un petit commerce non plus.

- D'accord, nous devons trouver quelque chose de propre, pas de violence et beaucoup, beaucoup d'argent pour nous. Nous ne visons pas un petit truc. Nous parlons bien de quelque chose de grandiose se chiffrant dans les millions, n'est-ce pas ? De belles maisons un peu partout ou de luxueux bateaux ne s'achètent pas avec quelques milliers de dollars, il faut se rendre dans les millions, rien de moins. Ensuite, et c'est le meilleur, nous ne laisserons aucune trace permettant de nous incriminer. Nous sortirons de là blanc comme neige, et riche. À nous la grande vie !

Le jeune leva son verre à ses propres paroles qu'il trouvait extrêmement profondes et pleines de sens. Il se fit vite ramener à l'ordre.

- Comment vois-tu la suite des évènements ?

Le jeune déposa son verre sans y avoir posé les lèvres et se mit à réfléchir. Le concret le rattrapa, le sourire s'estompa, mais éventuellement, le verre se vida quand même. Les vapeurs d'alcool obscurcissaient ses pensées.

C'est l'autre qui trouva la solution ; non seulement la solution pour la prochaine étape, mais une façon de valider le sérieux de chacun. Pour l'un comme pour l'autre, les enjeux étaient vraiment grands. Il y avait l'argent, oui, mais aussi leur carrière réciproque qui se verrait irrémédiablement perturber, sans parler du risque de se faire prendre.

- Dans un mois exactement, nous nous retrouverons ici, à ce bar, à vingt-trois heures. Si tu y es, c'est que tu as pris le temps de réfléchir à tout ceci à tête reposée et que tu as décidé de poursuivre notre - il hésite - notre démarche. Si j'y suis, ce sera pour les mêmes raisons. De là, nous déciderons de la suite à donner à notre projet.

Le plus jeune lui tendit la main en signe d'approbation, d'un geste qui se voulait solennel, mais ramolli sous l'effet de ce qu'il avait ingurgité. La glace était cassée, la « démarche », encore vague à ce stade-ci, se mettait en branle. Le rêve, tout à fait incroyable, devenait soudainement possible.

Le lendemain en se rasant, la tête lourde et les entrailles hypothéquées, le plus jeune se prit malgré lui à sourire devant son miroir. Son idée était faite, il sera au rendez-vous. Le mois sera long, très long.

CHAPITRE 5

Amman, deux ans plus tôt

Les heures qui ont suivi la disparition de Marie ont marqué le début d'un cauchemar qui ne s'est jamais terminé. Retour à l'hôtel, après avoir arpenté les mêmes rues dix fois, sans aucun signe de ma bien-aimée. Appel à la police locale, qui tout en étant compréhensive, n'a rien pu faire avant vingt-quatre heures, temps requis pour qu'une disparition devienne officielle.

Le temps s'est arrêté là.

Combien de fois ai-je sillonné ces rues ? Combien de fois ai-je fait l'aller-retour, entre l'hôtel et le point de rendez-vous, dans l'espoir de la voir à l'une ou l'autre extrémité du trajet ? Combien de fois ai-je demandé à la réception si l'on m'avait appelé ? Je ne sais plus. Cruellement, la nuit sans fin a vidé peu à peu ma réserve d'espoir.

Le lendemain : rien. Je suis retourné dans toutes les boutiques du quadrilatère maudit avec une photo de Marie sur mon BlackBerry que j'ai réactivé. Personne ne l'avait vue et personne ne s'en souvenait. Le néant total. La désolation complète.

Toutes les heures, après la reconnaissance de sa disparition, j'appelais au poste de police pour me faire répondre la même chose : « Les recherches se poursuivent, monsieur Beauregard, mais nous n'avons aucune piste pour le moment. Nous vous informerons dès qu'il y aura un nouveau développement. » Même si je les croyais, car aucun pays au monde ne veut de mauvaises publicités de ce genre, je ne pouvais m'empêcher d'insister. C'était la seule contribution qu'il m'était possible de faire : insister. Pour tout le reste, impuissance totale.

Mat fut d'une aide précieuse. Il s'est servi de son statut pour faire pression afin d'obtenir l'implication du Canada. Deux fois par jour, je l'appelais pour savoir s'il avait quelque chose de son côté. Deux fois par jour, il devait me décevoir. Après trois jours, ces appels devenaient le seul lien qui me retenait de sombrer dans le désespoir le plus total.

Tous les scénarios s'imposaient à mon imagination. Essentiellement, aucun n'était de nature à me procurer quelque réconfort que ce soit. Puis, après cinq jours, j'ai eu droit au chapitre : « A-t-elle des ennemis ? », « Quelle était la nature de vos relations avec votre conjointe ces derniers temps ? » et enfin « Quel est le montant de sa police d'assurance sur la vie et qui en est le bénéficiaire ? »

Une semaine plus tard, j'étais exactement au même point. Je me suis rendu à la même heure, la même journée au même coin de rue où je l'ai vue pour la dernière fois sept jours auparavant. Pendant un bref instant, je me suis imaginé, à tort, que ce drame n'avait jamais eu lieu et qu'elle apparaîtrait dans cinq minutes. Cet invraisemblable espoir a subi le même sort que les précédents.

Le lendemain, j'ai quitté Amman pour refaire le voyage en sens inverse. Je suis retourné à la mer Morte puis à Pétra, comme si elle avait pu retourner en arrière, pour des raisons incompréhensibles.

Après dix jours, Mat insista pour que je revienne à Montréal. J'ai attendu quatre autres jours pour me permettre de retourner exactement deux semaines, jour pour jour, au même coin de rue, à la même heure, avec le même funeste résultat.

Le lendemain, je quittais Amman, via Frankfort, pour Montréal, avec le sentiment horrible d'avoir abandonné Marie.

* * *

La première année, je suis retourné sept fois à Amman. J'avais outrageusement étiré mon congé sans solde. La deuxième année, j'ai démissionné et j'ai sombré.

Quand je suis revenu de mon dernier voyage à Amman, quelque chose s'était brisé en moi. J'avais coupé les ponts avec mes amis et m'étais réfugié dans l'alcool. L'espoir m'avait totalement déserté. Aucune nouvelle, aucune trace crédible, aucune demande de rançon qui dans les circonstances aurait été inespérée. Le désert. Le néant. Le vide total.

Je me suis enfermé sur moi-même et j'ai fermé mon piano. Terminée la belle dépendance réciproque qui nous unissait, mon piano et moi, depuis mon adolescence. J'ai remplacé le piano par le scotch. D'une bouteille à l'autre, les jours se sont confondus avec les nuits. Les semaines devenaient interminables. Les mois aussi. Comme me paraissait sans fin et vide le restant ma vie.

Respect et puissance n'avaient plus aucune signification sans Marie et sans enfants pour me rattacher à elle et à la vie. J'aurais troqué mon existence avec n'importe qui pour retrouver ne serait-ce qu'un début de raison de vivre.

La famille de Marie, avec qui j'entretenais d'excellentes relations, distançait ses rapports avec moi. J'ai probablement trop plaidé ma souffrance et trop parlé de mon amour pour elle. Ou me suis-je peut-être trop apitoyé sur mon sentiment de culpabilité. J'ai réussi, par ma faute, à produire l'effet contraire de l'empathie dont j'avais tant besoin. Les parents de Marie ont canalisé leur souffrance contre moi. En leur offrant un coupable, en chair et en os, ils ont appris à me maudire avec le temps. Cette haine les aidait probablement à faire leur propre deuil. Tant mieux pour eux si leur ressentiment envers moi diminuait leur douleur.

Ma sœur Anouk a été extraordinaire. Elle venait de perdre son amie qu'elle m'avait présentée il y a sept ans et la personne la plus importante dans la vie de son frère. Elle s'est oubliée et s'est contentée de m'écouter, négligeant sa propre peine. Comme je parlais peu, j'ai eu droit à des soirées de silence thérapeutique. Je savais et je sais encore qu'entre Anouk et moi ce sera toujours très particulier. Au début, sa présence m'a sauvé la vie. Puis, seulement le fait de savoir qu'elle pourrait être là si j'avais besoin d'elle m'a suffi. Finalement, l'idée qu'elle sera toujours ma sœur m'accompagna dans ma peine. Elle respectait mon chagrin et a appris, malgré ses protestations initiales, à respecter mon déclin.

C'est précisément pour me sortir de cette situation que Mat a eu l'idée des soupers des premiers lundis du mois. Il a pensé que l'effet du groupe serait plus efficace que les efforts individuels de chacun. Je n'ai compris l'astuce que plus tard.

Montréal, lundi 4 juin

Le futur Sherlock Holmes, comme se plaît à me surnommer Mat, est perdu dans ses pensées. Le bonheur que me procure ce souper entre amis ce soir a étrangement ouvert une porte sur ces douloureux souvenirs. Peut-être est-ce une forme de culpabilité que celle de me sentir bien pour une rare fois depuis deux ans.

L'ambiance de ce soir donne raison à Mat. Je crois qu'il se félicite particulièrement de m'avoir incité à mener mon bout d'enquête sur cette disparition. En vérité, le manque de budget pour interroger certaines personnes clefs de l'autre côté de l'Atlantique est, je m'en doute, une demi-vérité. Il aurait aussi bien pu faire appel à ses collègues d'outre-mer comme il lui est arrivé de le faire dans d'autres cas. Je le suspectais, mais je préférais ne pas lui poser la question parce que je ne voulais pas entendre la réponse.

Je l'avoue, en ce moment, je me sens sur une très bonne voie.

La chimie est particulièrement bonne. Mat dévoile notre petit secret au compte-gouttes. Damien capture toutes sortes d'impressions, il en fera un croquis en entrant chez lui, avant que sa mémoire n'altère ce si beau moment. Anouk, songeuse à l'occasion, se change les idées en entrant à fond dans le jeu. Sans nous concerter, Mat et moi, nous n'avons pas cru bon de mentionner le chapitre entourant le vol de mon ordinateur.

Anouk qui s'investit dans notre petit jeu de détective est, d'une manière assez surprenante vu sa peine, particulièrement intéressée par notre histoire.

- Es-tu avec nous, Gabriel?

Anouk joint le geste à la parole en déposant délicatement sa main sur la mienne. Elle aura détecté un repli de ma part, qu'elle s'empresse de compenser. L'effet est double. Je laisse mes pensées là où elles sont et je lui offre mon plus beau sourire en guise de réponse.

- Oui! Oui! Je suis avec vous, ne craignez rien.

Ma vive réaction la persuade. Elle retourne prestement à notre histoire.

- Il y a quelque chose que je ne saisis pas dans votre récit à tous les deux. Si je comprends bien, ce Mike David était comme toi basé à Montréal. Qu'est-ce qui t'a alors amené à voir ton type à Berlin, grand frère ?

Là, je suis vraiment revenu parmi mes amis !

- Mat aurait peut-être dû commencer par ceci, Anouk. Avant les allégations de menaces, David est allé à Berlin selon les dires de sa conjointe. J'ai su par mon type, comme tu le nommes, que c'était probablement pour rencontrer un officier de Preston One, apparemment hors du bureau. Nous ne savons pas si la rencontre a eu lieu. Comme Mat et moi ne croyons pas au hasard, nous pensons que les menaces dirigées contre Mike David, suivies de sa disparition, seraient reliées à l'entreprise. Mais cela, vous le gardez pour vous. Pas un mot à personne. Je n'ai plus de liens avec l'entreprise, mais c'est le genre de publicité qui pourrait nuire à plusieurs personnes innocentes. M'avez-vous bien compris ?

Je n'ai pas à attendre bien longtemps avant que Damien et Anouk acquiescent d'un signe de tête qui m'a semblé dans le cas d'Anouk, un peu trop prononcé.

Prenant son air sérieux, Mat intervient à son tour.

- Et n'oubliez pas que moi je suis le flic chargé de l'enquête, bien qu'elle soit encore officieuse. Ce qui se dit ici ce soir est tout à fait confidentiel. Si l'on savait à la Sûreté que je discute d'une enquête avec des étrangers, je serais dans une mauvaise posture ! Enfin, vous comprenez ce que je veux dire, vous êtes des non professionnels, en réalité.

- Des non professionnels, est-ce que tu veux dire des amateurs, Mat ?

Anouk adore poser ce type de questions qui ont pour seul but d'embarrasser l'autre.

- Non ! Enfin, ce n'est pas ce que je voulais dire.

Puis il hésite un peu, sent le piège et tombe dedans malgré tout.

- Oui ! Amateurs. Cela ne vous empêche pas d'être professionnels dans d'autres domaines, mais pour ce qui est de la justice, oui, vous êtes des amateurs, tout au plus. Comprenez-vous ce que je veux dire ?

- Mat - proclame solennellement Anouk -, merci !

Mat se retourne vers moi. Je ne vois pas plus que lui où ma sœur s'aventure avec son « merci » si grave.

Anouk, après voir fait un clin d'œil à Damien, poursuit sur sa surprenante impulsion.

- Peut-on procéder à la prestation de serment tout de suite ?

- Aide-moi, Anouk. Je ne te suis plus.

J'ai rarement vu Mat, le dur, si déstabilisé.

De son magnifique sourire, et Dieu sait qu'il est beau le sourire de ma sœur, elle achève sa proie devant nous, sans ménagement.

- Mon cher Mat, tu viens de nous confirmer à tous que nous sommes officiellement des amateurs. Soyons précis, des détectives amateurs. Alors est-ce que toi, Gabriel et toi, Damien, vous jurez de dire toute la vérité... Oups ! là, je me mêle un peu.

Petite gorgée de vin accompagnée d'un fou rire. Puis, elle reprend.

- Donc, Gabriel, Damien et moi, Anouk Beauregard, jurons fidélité à la justice tout entière, et ferons tout en notre pouvoir pour que règnent paix et amour dans le monde entier. Même sous la torture, nous ne dévoilerons aucun fait ou indice, ou quelque chose du genre, à qui que ce soit jusqu'à ce que la mort nous sépare. Pour des siècles et des siècles. Amen. Nous le jurons solennellement ici, chez Robin des Bois, en ce lundi soir mémorable du 4 juin.

Puis, elle prend la main de Mat et le fixe droit dans les yeux, l'air enjoué.

- Mat, cher collègue, tu peux maintenant tout nous dire.

CHAPITRE 6

Montréal, lundi 4 juin

Est-ce dû à l'effet du vin, aux beaux yeux d'Anouk, à l'ambiance particulière de la soirée ou à notre rare amitié, difficile de le dire. Mais les dernières défenses de Mat sont tombées, juste là, à ce moment précis.

Anouk qui a maintenant la tête dans le menu des desserts emploie la tactique du silence.

- Bon, vous m'avez eu! Je n'aime pas trop parler travail durant mes loisirs, mais puisque nous sommes entre collègues. Collègue Gabriel, pourquoi ne partageriez-vous pas avec collègue Damien et oh!, combien charmante collègue Anouk, ce que Christian Hoffman, dit votre type, vous a appris à Berlin?

Le menu dessert s'est vite retrouvé sur la table.

Je m'exécute.

- Alors, comme je vous le disais avant la cérémonie d'assermentation, Mike David aurait probablement eu, ou essayé d'avoir des contacts avec un ou des officiers de Preston One la semaine dernière à Berlin, soit juste avant que

Julie Pronovost, sa conjointe, signale au département de Mat, que son conjoint faisait l'objet de menaces.

- En fait, intervient Mat, il n'y a pas de preuve de ces menaces, si ce n'est des dires de sa conjointe. À lire la déposition de madame par contre, les menaces semblent bien réelles. Continue, collègue Gabriel.

Comme je viens pour poursuivre, je réalise que pour la première fois depuis des lunes, je parle d'autre chose que de mes malheurs. Mes amis s'en rendent compte, je joue le jeu avec plaisir. *Quelle bonne idée de la part de Mat de m'avoir impliqué de cette affaire !*

- De son côté, ce qu'avait à me révéler Christian valait le voyage. J'ai dû le cuisiner à feu vif, il était peu enclin à quelque confidence que ce soit. J'ai compté sur l'effet de surprise, celle d'un revenant. Je crois qu'il m'en a dit plus qu'il ne l'aurait voulu.

Je prends une pause. Pendant que je fais attendre Anouk et Damien, je profite du moment pour me rappeler que c'est grâce à eux aussi si je commence à m'en sortir.

- Alors que j'allais à la pêche pour élucider une affaire de menaces, Christian m'apprend que le département de vérification interne de Preston One est sur une affaire de dépassement de coûts plutôt louche à notre succursale de Stockholm et possiblement aussi à celle de Vienne. Attention ! Ce n'est qu'une rumeur pour l'instant.

Damien m'interrompt.

- Pauvre de toi ! Tu n'as qu'à gratter dans certains secteurs de certaines municipalités ou de certains ministères pour en avoir à profusion des affaires louches de dépassement de coûts.

- Tu n'as peut-être pas tort, Damien, mais il s'agit ici de menaces envers un haut gradé de l'entreprise et en même temps, des dizaines de milliers de dollars, voire des millions qui se seraient volatilisés.

- Ah oui ! Des millions !

- Oui, des millions. À part la disparition de l'argent comme tel, qui ferait mal à l'entreprise bien entendue, il y a la réaction des marchés qui elle, peut faire perdre infiniment plus en capitalisation boursière en un rien de temps, s'il y a effectivement odeur de fraude à l'interne. La baisse de la valeur de l'action rendrait certains millionnaires un peu moins millionnaires, mais pire encore, elle occasionnerait des pertes importantes pour tous les petits actionnaires en plus de rendre vulnérables les fonds de pension de milliers d'employés.

Anouk est étrangement songeuse.

- Un désastre ! dit-elle pour elle-même.

- Oui, Anouk, un désastre.

Mat poursuit sur le même ton, comme s'il s'agissait d'une rencontre de travail entre vrais collègues. Il s'est vraiment fait prendre au jeu.

- À compter de demain, le dossier deviendra officiel, annonce solennellement Mat, en arborant un air plus flic que flic. Madame Pronovost nous a confirmé vendredi qu'elle n'avait plus de contacts avec son mari depuis qu'elle a déposé sa plainte pour menaces. Nous devrons considérer Mike David comme étant porté disparu. Demain, j'ouvre officiellement l'enquête pour disparition.

- Alors, par quoi commence-t-on, Mat ?

- Par oublier tout ce que l'on s'est dit ce soir, ma chère Anouk.

- Mais tous ces employés et petits investisseurs, nous ne pouvons les laisser tomber. Les gros millionnaires, à leurs façons, sont aussi un peu à plaindre. Non? - Pourquoi me regarde-t-elle de cette manière?

- Nous ne savons même pas s'il y a un lien entre la disparition de Mike David, qui fera l'objet de notre enquête et cette possible fraude qui elle, concerne la justice européenne et non la nôtre.

Damien laisse sa tarte aux raisins de côté pour nous faire part de sa grande expérience judiciaire, la bouche encore à moitié pleine.

- Voici ce qui s'est produit, selon moi.

- Ça y est! L'évangile selon Saint-Damien.

- Anouk, laisse-le parler.

- À vos ordres, grand frère. Damien, dis-nous ce qui s'est vraiment passé, selon toi évidemment.

Damien qui voulait simplement donner son avis ne s'attendait pas à faire soudainement l'objet de toute l'attention du groupe. Pris au jeu par le silence créé par l'intervention d'Anouk, il n'a d'autres choix que de s'exécuter, plus formellement que souhaité.

- Ce n'est pas un peu compliqué. Mike... J'oublie son nom de famille.

- Mike David, répond machinalement Mat.

- Bon, Mike David a détourné de son entreprise les milliers ou millions dont Gabriel nous parle. Quelqu'un de la vérification interne le découvre. On essaie de lui faire restituer l'argent. Il refuse. Alors, pour éviter la mauvaise publicité dont vous avez si peur, plutôt que d'avoir recours aux tribunaux, Preston One met des sbires sur son cas. Quand il sent la situation devenir plus menaçante, David a le culot de porter plainte puis se fond dans la nature. À l'heure actuelle, il est probablement dans une île du sud avec une jeune caribéenne qui vient de tomber follement amoureuse de lui, et de ses nouveaux millions.

- Wow l'artiste ! Quelle imagination !

- Ma chère Anouk, intervient Mat, je soupçonne plutôt Damien de nous avoir décrit un de ses fantasmes. Est-ce le cas ?

Damien affronte les yeux amusés de ses amis-détectives-amateurs.

- En plus, bande de jaloux, le Mike David en question a probablement bien préparé son coup et je ne serais pas surpris qu'il ait aussi changé d'identité.

Puis, en bravant les regards un par un, il ajoute :

- Mes amis, je suis désolé de vous apprendre que vous ne trouverez jamais votre homme ni les millions qu'il a emportés avec lui.

Anouk applaudit mécaniquement, sans ardeur, puis fait mine de se concentrer

- Tu n'y es pas du tout, mon pauvre Damien. Voici ce qui s'est passé en réalité.

Anouk ne peut s'empêcher de proposer sa version des évènements. Elle est reconnue par le groupe comme étant la seule personne au monde à posséder à la fois une rigueur scientifique bien établie et la folie nécessaire pour commettre de surprenantes incartades. Elle capte donc instantanément notre curiosité quand elle propose sa version.

Mais elle, elle éprouve plus de difficultés que Damien à garder son sérieux.

- Mike David a une liaison depuis un an. Non, disons deux ans. Sa conjointe s'en aperçoit. Elle fait suivre son mari pour en avoir le cœur net. Au même moment, sans le vouloir ou simplement par mégarde, Mike s'échappe sur cette histoire de fraude possible à l'intérieur de l'entreprise. Il en aurait entendu parler dans les corridors du siège social ou en trouvant une feuille compromettante égarée sur une imprimante. Il va à Berlin faire sa petite enquête, ce qui explique son voyage inhabituel, normalement effectué deux semaines après les fins de mois si j'ai bien compris. C'est là que le plan de Julie se met en place.

Mat est plus intéressé qu'il veut le paraître.

- Le plan de Julie ?

- Laisse-moi terminer, Mat ! Elle contacte donc la Sûreté, vous raconte toute une histoire à propos de menaces envers son mari. Pas étonnant que Mike ne porte pas plainte lui-même, il est à Berlin à faire tranquillement son travail. Puis, la belle Julie fait disparaître le mari infidèle dès son retour et rappelle la Sûreté, en déclarant cette fois-ci que le mari a disparu. Elle a misé sur le rapprochement que certaines personnes plus naïves - pourquoi fait-elle un si beau sourire à Damien ? – ne manqueraient pas de faire entre les deux disparitions, celle de l'homme et celle de l'argent.

Elle s'offre un petit moment de silence pour savourer l'effet de sa théorie, puis elle rajoute :

- La belle Julie a réglé le cas du mari infidèle et lance la Sûreté du Québec, et le nouveau sergent-détective-grand-capitaine-machin-chouette Gabriel Beauregard sur une fausse piste. Du beau travail, vite fait, bien fait. J'aimerais bien la rencontrer, celle-là !

Personne n'ose avancer une autre théorie.

Quand arrive l'addition, chacun paie sa part, c'est l'entente tacite entre nous. Je fais toujours mettre le vin sur ma note, l'honneur est sauf et il ne se trouve personne pour s'en plaindre.

En partant, Mat me fait un signe que j'interprète sans équivoque comme étant : « rappelle-moi demain, sans faute ». Il veut probablement couvrir certains autres points de ma rencontre de vendredi à Berlin.

CHAPITRE 7

Montréal, lundi soir 4 juin

En ce beau lundi soir, dans la voiture en revenant du restaurant, je préfère garder le silence laissant le soin à Anouk d'en faire autant, de revenir sur notre agréable soirée ou de parler de sa séparation amoureuse. Elle était couchée dans la chambre d'ami lorsque je suis entré de Berlin hier soir et ce matin je l'ai manquée, puisqu'à son réveil j'avais déjà quitté l'appartement.

Anouk a deux vies. L'une professionnelle, comme ingénieure œuvrant pour une firme de génie-conseil et l'autre, sentimentale, en dents de scie. Sur le plan professionnel, après de belles études à l'école Polytechnique, elle a complété une maîtrise en gestion de projets à Concordia. Depuis, elle n'a fait que progresser. Elle a travaillé dans deux petites firmes avant d'accéder à son poste actuel de chef de la section génie-civil, cette fois-ci, pour une plus grosse boîte ; poste qu'elle détient depuis cinq ans maintenant.

Enfant, Anouk s'intéressait aussi bien aux poupées qu'aux camions. Au-delà de ses jeux, elle a vite senti que quelque chose de distinct se passait en elle. Dès l'âge de onze ans, elle sut qu'elle était différente de ses amies dans le regard qu'elle portait aux autres. Aujourd'hui, aussi bien attirée par un genre que par l'autre, ses amours sont au gré de ses humeurs, aussi houleuses que les vagues de Waikiki. Séduisante et raffinée, tout en étant d'un naturel désarmant - des traits de famille sans doute ! - elle ne manque pas d'attirer l'attention et les propositions.

- Merci, grand frère.

Elle me sort de mes pensées ; pour la deuxième fois ce soir.

- Pourquoi merci ?

- Pour ne rien me demander.

Je comprends que sa séparation l'affecte beaucoup plus que je ne le croyais. Des trois ou quatre autres ruptures dont j'ai été le témoin privilégié ces dernières années, celle-ci semble la toucher vraiment profondément, malgré les efforts déployés pour sauver la face ce soir.

La première fois qu'elle est apparue à l'improviste chez moi, il était trois heures du matin. Totalement désemparée, elle venait de rompre à la suite d'une dispute orageuse avec Daniel. Il avait cinq ans de moins qu'elle. Il avait commencé à revenir de plus en plus tard du travail, sans que le travail en soit la cause. Quand elle l'a quitté, elle lui a laissé tous les meubles et électroménagers qu'elle avait pourtant payés seule. Cette nuit-là, elle apparut en pleurs sur le seuil de ma porte. Je l'ai hébergée et consolée pendant les quatre mois suivants.

Avec Ariane, ce fut moins difficile. Leur incompatibilité de caractère s'était révélée progressivement. Après dix-huit mois ensemble, elles avaient croisé le point de non-retour. Leur rupture avait commencé à s'installer sournoisement dès le premier jour de leur vie commune.

Cette fois-ci, sa relation amoureuse durait depuis peu, moins d'un an, je crois. En vérité, je ne me souviens plus de son nom. Quand Anouk est amoureuse, elle donne peu de ses nouvelles. Même à nos soupers du premier lundi du mois, elle demeure discrète à ce sujet. Est-ce à cause de Mat que je soupçonne d'avoir eu une histoire avec elle dans sa jeunesse ou à cause de sa marginalité qui l'a rend mal à l'aise ? Le résultat est le même : discrétion.

Et la voici ce soir, la pauvre, refoulant sa peine en me remerciant de ne pas lui poser de questions.

Montréal, mardi 5 juin

J'ai tourné d'un côté du lit à l'autre une partie de la nuit. Je me réveillais, tantôt comblé d'avoir passé une rare soirée vraiment heureuse depuis deux ans, puis, à d'autres moments, je me sentais tellement triste pour ma sœur.

La lente digestion de trop de bon vin a peut-être aussi contribué à mon insomnie !

En sortant de ma chambre, je suis surpris de la voir encore attablée devant son café.

- Dis donc, petite sœur, tu fais la grasse matinée ! Qu'est-ce qui se passe avec toi ce matin ? As-tu la gueule de bois ?

Je fais bien attention de ne pas prendre un air qu'elle pourrait interpréter comme étant un reproche.

- Tu n'y es pas du tout. J'ai appelé au bureau ce matin. Il me reste encore des journées de vacances accumulées de l'année dernière. Comme ma boîte est entre deux contrats, j'ai conclu que cela ferait l'affaire de tout le monde si j'écoulais quelques journées. Je prendrai la vie paisiblement cette semaine, je n'ai pas la tête à...

Elle s'arrête là. Je devine le non-dit.

- As-tu des projets ?

- Un ou deux. Rien de très précis.

Son air est tout aussi vague que sa réponse. Elle s'en aperçoit.

- Et toi, dis donc, qu'est-ce que tu fais de tes journées ces temps-ci ?

Je décide de respecter son mystère en répondant sans détour à sa question, même si je sens la manœuvre de diversion à un kilomètre à la ronde.

- Ce matin, je rencontre Mat. Tu te souviens de notre histoire de détective qui a accaparé toute notre soirée d'hier.

- Si je m'en souviens !

- Bon, je dois revoir un ou deux points avec lui puis j'ai un rendez-vous avec le président du conseil d'administration d'Atlas qui veut me parler d'un siège à combler au sein de son conseil.

- Bravo, grand frère ! Très heureuse de voir que tu songes à reprendre du service. Vraiment, je suis fière de toi. Mais pourquoi ne nous en as-tu pas parlé hier soir ?

Anouk est manifestement sincère et ravie de me voir sur une si belle remontée.

- Hier, ce n'était pas une rencontre de travail, c'était la soirée des amis, même si nous avons manqué notre coup. Et puis, ne t'affole pas, petite sœur. D'une part, il ne s'agit que d'une rencontre pour vérifier si mes vues cadrent avec les objectifs et les orientations d'Atlas et d'autre part, il ne s'agit que d'un siège au conseil d'administration. Pratiquement, cela m'engagerait à une ou deux séances par mois, car je n'ai pas l'intention de faire partie de quelque comité que ce soit pour l'instant. Rien à voir avec ma vie professionnelle antérieure.

- Et puis, il faut dire que ton argent est fait !

- Oui, comme tu le dis ! J'ai ce qu'il faut pour vivre.

Je n'ai pas envie de rajouter quoi que ce soit à ce chapitre de ma vie. Ah ! Puis oui, je devrais l'en aviser.

- J'y pense. Ne m'attends pas ce soir. Je soupe avec Annie.

- Tiens ! Elle est encore dans le décor, celle-là ! Je croyais que tu l'avais larguée.

Elle prend un air mi-figue mi-raisin à présent. Puis elle rajoute :

- Je crois qu'il était temps que je revienne ici pour mettre un peu d'ordre dans ta vie.

Anouk n'aime pas Annie tout simplement. Elle ne l'a rencontrée qu'une seule fois. C'était par hasard, dans un restaurant portugais de la rue Saint-Denis. Elle venait y retrouver Vicky, enfin, je crois que c'était Vicky. J'y étais déjà attablé avec Annie. Je n'ai jamais su pourquoi, Anouk lui a serré la main sans conviction. Depuis, elle la traite d'arriviste qui ne serait avec moi que pour mes contacts. De toute manière, de mon côté, ce n'est qu'une amie. Nous ne nous promettons rien. Si mes contacts peuvent l'aider pour ses affaires, tant mieux pour elle, cela ne m'enlève rien. Au bout du compte ce que j'aime chez Annie c'est peut-être précisément cette entente tacite. Nous nous fréquentons à l'occasion parce que nous sommes seuls de part et d'autre. Deux solitudes, voilà, c'est ce que nous sommes, chacun pour nos raisons propres.

Je choisis de ne pas défendre Annie, cela ne ferait qu'envenimer les choses. Je connais assez bien Anouk pour savoir que rien ne la fera changer d'idée. Je laisse passer et je poursuis mon programme original : prendre un bon petit déjeuner puis attaquer ma journée. Quelle belle sensation que celle d'avoir une journée à attaquer !

* * *

Dès qu'elle est enfin seule, Anouk se précipite sur le téléphone. Son premier appel est pour Damien, les suivants, tous au bureau de Preston One. Le dernier elle le fait à son agence de voyages.

CHAPITRE 8

Montréal, mardi 5 juin

- Cette place est-elle libre ?

- Oui, oui ! Certainement madame, répond prestement l'homme en levant les yeux vers la magnifique femme qui s'affaire à déposer son cabaret à la place inoccupée, de biais à lui.

Une fois installée sur le bout de sa chaise, la femme sort une revue de son énorme sac qu'elle dépose stratégiquement à sa gauche, soit en face du monsieur. Délaissant son magazine, la voici qui ouvre chaque partie de son club sandwich pour y soustraire méticuleusement le bacon et y ajouter un peu de poivre. Derrière ses verres fumés, elle sent le regard de l'homme qui épie chacun de ses gestes. Ses lèvres bougent. Il semble se concentrer afin de formuler une amorce de conversation. Une dernière hésitation puis, comme s'il venait de se sentir ragaillardi par une surdose de courage, il se jette à l'eau.

- Midi trente, c'est la période la plus achalandée pour dîner. Ne trouvez-vous pas ?

La femme, vêtue d'un tailleur haut de gamme, a tout de la femme d'affaires qui à l'évidence réussit bien. Tous ses gestes dégagent charme et sensualité. Elle se contente de répondre par un sourire qui pourrait signifier : « Ne me dérangez pas, vous voyez bien que je suis occupée », mais qui à la fois pourrait être interprété comme : « Bon sens, que votre remarque sur l'heure est intelligente, subtile et humoristique. Quel homme merveilleux peut bien se cacher derrière tant de verve et autant de vivacité d'esprit ? »

Il décode le divin sourire de la femme, comme un signe d'encouragement. Enfin, c'est ce qu'il se plaît à croire.

- Je dîne ici tous les midis lorsque je suis à Montréal. Je ne me souviens pas vous avoir déjà rencontrée.

Il s'en souviendrait assurément.

La femme sourit à nouveau. Cette fois-ci, elle le fait d'une façon un peu plus marquée, animée par l'idée que ce type-là allait lui demander son signe du zodiaque ou autre chose du même acabit. Elle décide d'ignorer sa deuxième remarque et de répondre à sa première question. Tout, pour le déstabiliser.

- Vous avez tellement raison. En plein centre-ville de Montréal, trouver une place dans un restaurant convenable à l'heure du dîner est un défi en soi. Je vous remercie de partager votre table avec moi.

Elle vient de décider de ne pas commenter le fait qu'il ne l'a jamais vue dans ce restaurant et prédit que la prochaine pensée profonde qu'exprimera le monsieur sera : « Tout le plaisir est pour moi. »

- Mais le plaisir est pour moi, répond l'homme, tout sourire. Comme si cette conversation marquait l'apogée de sa semaine.

Tiens, je n'ai pas prévu l'ajout du : «mais». Je me donne quand même neuf sur dix se dit la femme enchantée de voir son plan fonctionner aussi bien.

- Vous avez l'air d'un avocat ou d'un banquier, est-ce que je me trompe ?

Elle prit soin d'enlever ses verres fumés en posant la question, non seulement pour mieux scruter l'homme, mais pour l'étourdir un peu plus en utilisant sa dernière arme : son regard enjôleur et brillant.

- Vous n'êtes pas loin de la vérité, madame. En fait, ma première formation est le droit, mais je suis aujourd'hui en vérification interne. Chef de la vérification interne pour tout vous dire.

Une légère moue se dessine sur le visage de la femme.

Elle lui explique sa réaction.

- J'ai connu quelqu'un, jadis, qui était vérificateur interne, répond-elle nonchalamment en remettant ses verres fumés.

La femme détourne son attention vers le premier quart de son club sandwich. Puis, plus rien, comme si elle venait de perdre tout intérêt envers son hôte improvisé. Lui, il continue de mastiquer son steak sans conviction. Il ne se résout pas à laisser passer l'indifférence de la femme sans en connaître la raison. Il lui faut reprendre son courage. Cette fois-ci, il est plus hésitant.

- Vous ne semblez pas tellement apprécier les vérificateurs internes. Est-ce que je fais erreur ?

Elle fait mine de réfléchir un instant.

- Non, ne vous méprenez pas, je n'ai rien contre la profession. De plus, je ne vous connais pas. Excusez ma réaction, je vais plutôt vous laisser terminer votre repas sans vous importuner. Après avoir pris une bouchée ou deux de ce club, me voici maintenant rassasiée.

Elle jette sa serviette sur la table pour bien marquer la fin de son bref repas. L'homme est piqué au vif.

- Mais attendez, madame! Vous m'intriguez. J'aimerais beaucoup comprendre votre réaction. Ai-je dit quelque chose qui aurait pu vous offenser?

- Je ne vous connais pas, monsieur. Vous êtes certainement différent de celui que j'ai connu. Je suis désolée.

Bien que d'un naturel gourmand, l'homme sent pourtant sa faim l'abandonner.

- C'est-à-dire?

La voici exactement là où elle voulait se rendre avec ce type. L'heure du grand jeu est arrivée.

- Votre travail est probablement différent. La personne que j'ai connue travaillait pour une assez grande entreprise. Son emploi du temps consistait à faire des vérifications de comptes sans importance et des audits de processus pour s'assurer que les bons formulaires avaient été bien utilisés. Jamais durant les deux ans où nous étions ensemble...

Elle s'arrête, puis sur un autre ton ajoute :

- Oups! Je crois que vous me faites parler plus que je ne devrais le faire.

Elle se tait quelques secondes, le temps de lui laisser l'occasion de l'implorer des yeux. Ce qu'il fait avec toute l'intensité dont il est capable. Elle se mord les joues par en dedans. Tout va trop bien !

- Bon, c'est vous qui le demandez, poursuit-elle sur un ton qui ressemble à celui d'une confidence. Donc, mon ex-conjoint était un homme brillant, mais pendant le temps passé ensemble, je ne l'ai jamais vu mener des dossiers vraiment importants pour son entreprise. Il me donnait l'impression qu'il gaspillait son talent dans ce service, comme un brillant journaliste affecté aux chiens écrasés. Voyez-vous ce que je veux dire ?

L'homme prend une posture de défense, les bras croisés devant lui, perdant tout intérêt pour son steak.

- Je vois ce que vous voulez dire, madame. Mais ce n'est pas mon cas, s'empresse-t-il d'ajouter d'un air vexé.

- Je le sais bien, répond sans conviction la femme en faisant mine de se lever.

- Non, non, je vous l'assure, il y a des cas extrêmement importants qui sont mis à jour grâce à nos services.

- Bien entendu, réplique laconiquement la dame.

L'homme doit captiver son attention immédiatement, avant de la voir partir en lui laissant l'impression qu'il était aussi minable que son ex-conjoint.

- Si je vous disais que je viens de mettre à jour un cas inexpliqué de dépassement important dans les coûts de deux projets.

Elle prend son énorme sac qu'elle avait placé sur la chaise à côté d'elle.

- Un employé qui a triché sur ses heures supplémentaires ?

Elle doit se forcer pour ne pas laisser paraître sa satisfaction. Elle se trouve elle-même assez chiante.

La voilà presque debout maintenant.

- Vous n'y êtes pas du tout, madame. Il y a un dépassement inexpliqué de coûts de vingt millions de dollars à notre division européenne. À vous, je peux le dire, vous ne savez pas pour quelle société je travaille.

Anouk se rassied.

L'homme ne ménagea aucun détail du début à la fin. Il lui était crucial de capter l'intérêt de la femme qu'il ne voulait plus voir partir. C'est la première fois de sa carrière qu'il tombe sur un dossier de cette complexité, aussi bien s'en servir pour montrer son importance aux yeux de celle-ci. Après tout, il est sous le couvert de l'anonymat. Son ego ne tolérerait pas qu'il passe pour une personne sans envergure, comme l'était de toute évidence l'ex-conjoint de cette dame.

* * *

Dès que Damien décroche, Anouk l'informe, enjouée, du résultat de sa mission.

- Mon cher Damien, tu parles en ce moment à une des plus grandes espionnes internationales du monde moderne. Rien de moins.

- Mon tuyau était donc bon. J'avais raison de penser qu'il fallait rencontrer le chef de la vérification interne pour connaître les détails. Que je suis perspicace, pour un artiste !

Me voilà devenu le grand gourou d'une espionne internationale !

- N'en mets pas trop tout de même, tu sais que je préfère ton côté plus humble.

- Je suis suspendu à tes lèvres, Anouk, raconte-moi.

- D'abord, j'ai dû un peu argumenter avec l'assistante pour m'assurer que le chef de la vérification interne de Preston One était bien au bureau aujourd'hui. Puis elle m'a dit que je ne pouvais prendre rendez-vous avant son retour de dîner à treize heures trente. Il ne me restait plus qu'à repérer mon homme et à espérer qu'il dîne à l'extérieur. J'adore ces entreprises qui ont la classe de placer bien en vue, sur les murs de la réception, les photos des principaux dirigeants. Le narcissisme dans toute sa splendeur. Je n'ai eu qu'à l'attendre discrètement à l'entrée de l'édifice, le repérer, puis le suivre jusqu'à son restaurant.

- Et s'il avait amené son lunch.

- J'aurais sorti mon beau tailleur noir du placard pour rien.

- Ensuite ?

- Je l'ai retrouvé. Il était seul à une table pour quatre. Comme je le suivais de près, personne n'a eu le temps de s'inviter à sa table avant mon arrivée triomphale. Nous avons cassé la croûte ensemble. Mon club était parfait et nous sommes maintenant de grands amis. Il a été. Comment pourrais-je le dire ? Ah oui ! vraiment heureux de partager ses exploits avec moi durant tout le dîner.

- Mon : « ensuite » voulait dire, que t'a-t-il raconté et non pas ce que tu as mangé pour dîner.

- Tout le gratin de Preston One est sur les nerfs. Es-tu bien assis ?

Damien s'impatiente.

- Je t'écoute.

- De l'ordre de vingt millions de dollars...

Il lui coupe la parole.

- Vingt millions !

- Oui, Damien. Ils sont tous sur les dents, je t'assure. Tout le monde soupçonne tout le monde. Ils ont une hantise morbide que cette histoire se sache, plus particulièrement que les actionnaires apprennent qu'il y a un trou dans les comptes. La panique totale. Ils doivent colmater le tout avant la prochaine assemblée des actionnaires qui se tiendra ici, à Montréal, jeudi de la semaine prochaine. Il ne leur reste que dix jours. Tout le conseil de direction, et ceux qui sont dans le secret sont sur la trace de Mike David et de l'argent disparu. Le directeur de la surveillance n'a qu'un dossier sur lequel il planche jour et nuit : retrouver les millions et retrouver Mike David. L'assentiment étant que les deux affaires sont reliées. Mon nouvel ami le grand vérificateur en chef a même essayé de rencontrer discrètement Mike David à Berlin, avant qu'il ne disparaisse. Il n'est pas peu fier d'avoir mis cette vraisemblable saga financière à découvert.

- Il t'a parlé spécifiquement de la disparition de Mike David !

- Bien non, idiot, il m'a parlé d'un haut gradé qui avait disparu. C'est moi qui fais le lien. Il n'avait aucune idée que je savais pour qui il travaille. Où est passée ta perspicacité ?

Damien choisit la voie de l'évitement préférant s'en tenir à l'essentiel.

- Donc, il y a vraiment un lien entre les menaces puis la disparition de Mike David et le trou dans la trésorerie de Preston One!

- Mon nouvel ami le croit. Il m'a dit qu'il a déjà des soupçons, il est tellement extraordinaire, le type. Il les a partagés seulement avec le directeur de la surveillance et le président. Grâce à lui donc, ils ont isolé. Comment dit-on? Ah oui! les témoins importants.

Anouk est fébrile. Son débit s'accélère à mesure qu'elle déballe ce qu'elle a appris ce midi.

- Évidemment, il ne m'a pas donné les noms, mais il y aurait au moins le vice-président de la division européenne, basée à Stockholm. On l'aurait placé en congé de maladie la semaine dernière, à la suite d'un soudain surmenage professionnel. Il a pour instruction de ne faire ni de répondre à aucun appel d'affaires, ni à la maison, ni sur son cellulaire, ni à aucun texto sur son BlackBerry. Alors, non seulement il y a un lien mis à jour par le grand limier avec qui j'ai dîné, mais au moins, une personne importante aurait été mise sur la touche pendant la durée de l'enquête, tandis qu'une autre a disparu. J'en conclus que Preston One ne croit pas à une simple erreur. Pas de fumée sans feu, m'a répété à deux reprises mon nouveau copain.

- Il est très bavard pour un vérificateur interne. Non?

- Il faut dire que chaque fois que son débit fléchissait légèrement, j'enclenchais un léger mouvement signalant mon départ imminent. La cadence des confidences s'accélérait aussitôt. Le couvert de l'anonymat et le jeu de la carotte ont fait des miracles, sans oublier la contribution du gros ego de monsieur.

- Pas certain de saisir entièrement la subtilité de ta technique, mais ce que je comprends par contre, c'est que les enjeux sont importants, Anouk.

Elle ne répond pas à la question pour lui lancer une boutade qui le surprendra.

- Je ne suis jamais allée à Stockholm!

- Qu'est-ce que tu dis? - Damien ne réalise pas qu'il crie.

- Je te dis simplement que je suis en vacances cette semaine et que je ne suis jamais allée à Stockholm, c'est tout, répond Anouk d'un ton anormalement calme.

- Moi je te dis que cette histoire de disparition d'un haut gradé de Preston One qui se serait volatilisé avec vingt millions de dollars c'est beaucoup trop gros pour toi. En plus, ce doit être extrêmement dangereux de frayer avec ces gens.

Le ton de Damien monte d'un cran.

- Racontons à Gabriel ce que tu as appris et laissons-le faire. Toi, tu restes à Montréal, ordonne Damien.

- Pas question que je laisse mon frère agir seul. Pourquoi serait-ce seulement lui qui s'impliquerait pour protéger la multitude de petits investisseurs et possiblement les fonds de pension de milliers d'employés de Preston One si sa valeur dégringole en bourse?

- C'est l'affaire de la police, ce n'est pas la tienne ni celle de Gabriel d'ailleurs.

Silence de part et d'autre.

- Je vais téléphoner à Mat pour lui raconter ce que tu viens de me dire.

- Ne me fait jamais ce coup-là, hurle instantanément Anouk, comme s'il s'agissait d'une trahison.

Damien, constatant que cette avenue est sans issues, modifie son angle d'approche.

- Qu'est-ce que tu comptes faire à Stockholm ?

Anouk aime beaucoup mieux la teneur de cette question.

- Dîner avec l'un ou avec l'autre. Apparemment, la nourriture est excellente en Scandinavie, le poison y est très prisé.

Elle change son débit. Sa voix devient plus triste.

- Au fond de moi, Damien, je suis comme Gabriel ces temps-ci ; j'ai besoin de m'évader pour me retrouver, pour faire le point sur ma vie. Ou bien je m'apitoie sur mon sort, m'enferme dans ma chambre enfin, la chambre d'invité de mon frère, et je verse toutes les larmes de mon corps, ou bien...

Elle s'arrête un moment.

- Tu vois, la meilleure façon pour moi est d'aider quelqu'un que j'aime, cela m'évite de me morfondre. J'en ferais autant si c'était toi qui avait besoin de moi, Damien.

Damien sait parfaitement qu'Anouk n'est pas en train d'essayer de l'amadouer. Il la croit sincère.

- Vas-tu en aviser ton frère ?

La question de Damien ressemble plus à une imploration qu'à une simple curiosité.

- Bien sûr !

CHAPITRE 9

Montréal, mardi 5 juin

Je surprends Mat à son bureau.

- Tu aurais pu m'appeler ! C'est ce dont nous avions convenu, non ?

J'offre à Mat une belle mimique complice.

- J'avais à sortir de toute manière et ton bureau est sur mon chemin. Alors est-ce que je languis dans le cadrage de ta porte ou tu me fais entrer ?

- Un café ?

Dans le langage de Mat, « un café » signifie : entre et assieds-toi. Le café viendra de toute manière.

Après s'être remémoré les beaux moments de notre soirée d'hier, Mat en arrive au but de notre discussion qu'il avait sollicitée juste avant notre départ du restaurant hier.

- J'ai pensé faire vérifier les activités du compte principal de Preston One Europe. Je me suis résigné. On ne se met pas le nez dans les affaires d'une banque, surtout à partir de ce côté-ci de l'Atlantique. Je n'ai donc rien appris à ce chapitre. Si l'on considère la question sous un autre angle, nous n'avons rien pour contredire ton ami contrôleur à Berlin. La division européenne, dont le siège est à Stockholm, serait aux prises avec des projets qui s'avèrent être des gouffres financiers et qui, selon la rumeur que tu as glanée là-bas, seraient associés à une probable fraude. Là-dessus, tu en sais autant que moi. Ce n'est toujours pas démontré, mais la disparition de Mike David pourrait être reliée à cette fraude. Si j'en étais certain, je serais davantage en mesure de cibler mes recherches. Mais bon, grâce à toi - il s'affaire toujours devant la machine à café - j'ai minimalement un motif plausible pour expliquer sa disparition.

Mat, qui me tournait le dos tout en me parlant, arrive avec les deux tasses.

- Je te dois une fière chandelle, mon vieux. Je n'aurais jamais pu obtenir cette piste par les moyens normaux. Tu as dû être plutôt convaincant avec ton ami Christian, le contrôleur.

Mat n'est pas si enthousiaste d'habitude. Je crois qu'il en met un peu.

- Comme je te l'ai dit, il me devait une faveur, mais surtout, je l'ai pris par surprise.

- Dis donc, comment s'appelle déjà le patron de la division européenne, celui que tu as essayé de contacter à la suite de ta rencontre surprenante avec Hoffman?

- Tu veux parler de Jérôme Nantel. Mike David n'a probablement pas eu plus de succès que moi s'il a tenté aussi de le joindre. Je me suis fait répondre qu'il est absent pour une période indéterminée. J'ai trouvé un peu bizarre cette absence étant donné la situation difficile que vit l'entreprise. Mais pourquoi me poses-tu cette question?

- Je me suis dit que si le grand patron de l'ingénierie va en Europe en dehors de la période de la revue mensuelle financière comme tu le dis, ce serait peut-être pour rencontrer le grand patron européen, comme tu as essayé de le faire toi aussi. Mais puisqu'il est inatteignable, nous n'en tirerons pas grand-chose.

Puis d'un air songeur, Mat ajoute :

- Le connais-tu un peu ce Jérôme Nantel ?

- Relativement bien, oui. Enfin, autant que l'on puisse connaître quelqu'un que l'on voit une fois par mois dans le cadre d'une revue financière. À cette époque, je participais à ces revues, Jérôme Nantel y assistait évidemment.

- Ta vie dans le jet set m'a toujours impressionnée.

Mat est vraiment sérieux en me larguant cette phrase. Mais voilà, chacun de nous quatre envie les trois autres pour des raisons différentes.

- Pas moi. En fait, je n'ai jamais choisi cette vie de jet set comme tu le dis. C'est elle qui m'a choisi et j'ai été assez orgueilleux pour l'accepter sans condition. Victime complaisante, je me suis fait prendre au jeu de la réussite, des bonis et des heures de travail de plus en plus longues. Tu vois, malgré tout, j'ai tout de même apprécié l'ivresse que cette vie me procurait. J'ai accepté d'être le meilleur dans un domaine, sachant que le prix à payer était d'être médiocre dans la plupart des autres secteurs de mon existence, en y incluant ma vie matrimoniale.

Mat se redresse. Je crois qu'il vient de réaliser la tangente que prend notre discussion. Il décide de recentrer la conversation.

- Peux-tu me parler de lui, Jérôme Nantel ?

- À l'époque, il était le plus jeune vice-président. Je crois qu'il l'est encore aujourd'hui. On l'appelait le jeune loup. Il œuvrait à titre de directeur marketing ici à Montréal avant cette importante nomination à Stockholm. Connu pour son sens de l'audace, il réussissait des ventes inespérées, alors que les autres avaient capitulé.

- Était-il proche de Mike David ?

- Pas vraiment ami-ami, pour ce que j'en sais. Nous étions tous courtois les uns envers les autres. Évidemment quand François Monet, le président, décide d'amener quelqu'un comme Jérôme Nantel à la table, il y a matière à faire réagir tous les prétendants au titre de grand patron. À plus forte raison si ce jeune loup arrive tout droit du siège social de Montréal comme ce fut son cas. Réactions assurées du côté européen. Tous veulent le succès de l'entreprise, officiellement. Par contre, si une personne ressort du groupe, elle crée une petite zone de turbulence qui ressemble à s'y méprendre à de la jalousie de la part de certains. À plus forte raison quand l'individu en question est potentiellement sur la liste des personnes susceptibles de remplacer le président de l'entreprise.

- Pas certain de bien déchiffrer ta saga organisationnelle.

- Je t'explique. François Monet, le président, est en poste depuis huit ans, ce qui représente une longévité assez rare à un tel niveau. Donc tout changement dans la garde rapprochée du grand patron devient hautement visible. Plusieurs ne peuvent s'empêcher d'y voir un plan concerté. Donc, pour résumer, Jérôme Nantel a pour ennemi tous ceux à qui sa promotion hypothétique à la présidence nuirait et pour amis tous ceux à qui cette possible promotion aiderait.

- Quel milieu !

- Est-ce vraiment différent de tout autre milieu, Mat ?

Mat faillit répondre trop rapidement à la question. Il se ravise, comme si un doute venait de faire son apparition. La discussion devient trop philosophique à son goût. Retour à la réalité.

- Mike David, ami ou ennemi de Nantel, donc ?

- La vraie réponse : je ne le sais pas. Trop de choses ont dû changer en deux ans.

Mat abandonne son air de policier pour prendre à présent un ton plus intime.

- Bon, nous en savons plus aujourd'hui. Mike David a été menacé et est maintenant considéré comme disparu. Grâce à tes recherches, je comprends qu'il y aurait des dépassements de coûts sur deux projets en Europe et qu'il s'agirait possiblement d'une fraude. Il y a donc un probable lien. Bon, je te remercie encore une fois pour ton précieux apport à l'enquête, Gabriel. Tu nous as été d'une grande utilité.

Mat cesse de lire ses notes. Il ferme son calepin puis reprend une posture décontractée, signifiant la fin de notre rencontre. Il conclut ainsi :

- Je vais faire part de toute l'affaire à nos collègues européens. Je doute qu'ils ouvrent une enquête. La jalousie n'est pas un crime, la possible perte financière de Preston One n'a pas été déclarée et rien à ce jour ne confirme qu'il y ait fraude. De notre côté, nous poursuivons l'enquête sur la disparition de Mike David, c'est le seul volet qui nous concerne directement, de ce côté-ci de l'Atlantique. Je vais orienter les recherches en fonction d'une implication possible, directe ou indirecte dans une fraude.

- Et puis quoi ? C'est tout !

Ma réaction a été instantanée et j'avoue, plus émotive que je ne l'aurais voulu.

- Que veux-tu dire ?

Je prends visiblement mon ami par surprise.

- Tu viens me chercher chez moi, tu me fais entrer dans ta téléréalité puis là, alors qu'enfin il se passe quelque chose dans ma vie, tu t'attends à ce que je retourne sagement à mon triste sort. Pas question.

- À quoi t'attends-tu ?

Je suis un peu surpris de la question, je n'y avais simplement pas pensé. Je comptais peut-être un peu trop sur Mat pour la suite des choses.

Je crois qu'il vient de détecter ma vulnérabilité. Son visage s'adoucit. Il me donne l'impression de faire des efforts pour trouver une avenue.

- Regarde, Gabriel. Tout ceci est bien entendu non officiel, mais toi et moi pensons qu'il y a un lien entre ma partie d'enquête, celle concernant la disparition de Mike David et le volet détournement financier en Europe. Alors évidemment, si l'on établissait à la Sûreté du Québec un lien hors de tous doutes entre les deux évènements, cela aiderait à orienter nos recherches d'une façon plus pointue.

Je me surprends à me redresser à mon tour sur ma chaise.

Bien sûr, je réalise que mon copain travaille fort pour me trouver un rôle dans son maigre dossier. Même si ces évènements peuvent avoir de graves conséquences pour Preston One et pour le disparu bien entendu, pour moi, cette affaire est une bouffée d'air, après être demeuré submergé dans ma peine depuis trop longtemps. Enfin, un petit soleil à l'horizon. J'entrevois la possibilité de me lever le matin en ayant un but pour ma journée. Et puis, il n'y a pas de honte à protéger la valeur de ses actions.

- Qu'est-ce que tu proposes, Mat ?

- Ce qu'il faut savoir c'est ceci : un, pour retrouver Mike David il faut savoir pourquoi il a disparu. Deux…

Mat se tait. Il m'oblige à le relancer :

- Deuxièmement ?

Il me regarde droit dans les yeux

- Les millions de Preston One ce n'est pas mon rayon, mais toi, tu me trouves s'il s'agit vraiment d'une fraude ou tout simplement de projets qui vont mal. C'est essentiel afin de chercher notre homme au bon endroit.

- Je crois qu'il est temps que j'aille faire un petit tour à Stockholm. Qu'en dis-tu ?

- Hum !

- Que veut dire ce : « hum ! » ?

- Je ne suis pas certain, Gabriel.

Mat cherche à préciser sa pensée.

- Tu es associé à cette entreprise. Si l'on te voit débarquer au siège de la division, à Stockholm, certains feront le rapprochement entre Mike David, les deux projets et toi. Sans considérer qu'il y a fort probablement des personnes qui t'ont vue à Berlin la semaine dernière, ne serait-ce que ta charmante madame Scotch.

- Hum !

- Et que veut dire ton : « hum ! » à toi ?

- Il veut dire pas de Stockholm pour moi, mais peut-être Vienne parce que là, je ne prends pas l'ennemi de front, mais par le côté.

- Beau « hum » en effet, Gabriel. J'achète.

- Donc départ ce soir. Je te contacte dès que j'aurai glané des informations utiles portant sur une possible fraude.

Je me dis intérieurement que je ne dois pas oublier de prévenir Annie de mon changement de programme. Nous devrons remettre notre souper.

- Toi tu vas à Vienne, à Berlin ou ailleurs dans le monde comme moi je vais à Laval.

- Bon, tu en remets ! Les points de fidélité des compagnies aériennes accumulés durant ma carrière chez Preston One me permettent aujourd'hui des escapades à bon compte. Puis, comme tu le sais, depuis Amman, il ne se passe plus rien. L'appartement à Montréal, le chalet à Saint-Anicet, cent kilomètres, point. En arrivant à Berlin la semaine dernière, je me suis senti revivre.

Il sourit.

- Je n'ai pas remarqué ce bel état d'esprit quand je t'ai appelé à l'hôtel le lendemain de ta belle rencontre avec madame scotch !

Je préfère ne pas répondre, je sais quand je n'ai pas le bon bout du bâton.

Mat reprend son sérieux.

- De mon côté, je vérifie avec la douane canadienne pour savoir si Mike n'aurait tout simplement pas pris un avion pour fuir quelque chose ou quelqu'un ou pour toutes autres raisons. Si c'est le cas, il n'y a plus d'enquête pour moi. Notre homme serait simplement parti en voyage en oubliant d'en aviser sa douce moitié. Pas très gentil, mais pas illégal.

Mat doit remarquer ma moue exagérée. Il devine ce que je cherche. Il me le donne.

- Dans ce cas, plus d'enquête pour la Sûreté du Québec, mais je ne peux empêcher un simple citoyen de faire du zèle en essayant d'élucider une possible fraude même si elle a lieu sur un autre continent.

La remarque de Mat me soulage de la peur de me retrouver sur le chômage psychologique. J'avoue qu'il a raison sur un point ; si Mike a décidé de quitter le pays sans en parler à sa conjointe, la Sûreté du Québec et Mat n'ont plus d'affaire criminelle. Moi par contre, je me sens lié à cette entreprise, à ses employés et à ses actionnaires. Je suis de nouveau utile même si je suis conscient que Mat fait preuve d'une belle créativité pour me concocter un rôle dans son affaire.

- Mike, disparu ou pas. J'arrive !

CHAPITRE 10

Stockholm, mercredi 6 juin

Anouk a beaucoup entendu parler des voyages de son frère. Bien que naturellement discret, ce dernier n'avait d'autre choix que de lui répondre quand elle lui demandait ses impressions sur telle ou telle ville.

Quand elle prend le train express qui relie l'aéroport Arlanda au centre-ville de Stockholm, sa fébrilité lui enlève tout résidu de décalage horaire. Arrivée à la gare, elle décide de faire le trajet à pied jusqu'au Holiday Inn, face au port, comme son frère avait l'habitude de le faire.

Inévitablement, cette marche dans les rues de pierres fait valser sa valise dans tous les sens. *Mais pourquoi ne m'avait-il jamais parlé de cette côte à gravir avant d'arriver à destination ?* Durant le trajet, en ce beau début de journée européenne, elle ne se souvient plus combien de fois elle s'est reproché d'avoir amené tant de vêtements. Comme elle avait réservé la journée même et qu'il restait encore quelques places sur l'avion, elle a bénéficié d'un bon tarif. Elle s'estimait chanceuse, mais en contrepartie, elle n'a pas eu suffisamment de temps pour bien trier ses vêtements. Résultat, des valises encombrantes et lourdes.

Elle a essayé en vain d'élaborer un plan durant le vol. Peine perdue, trop de turbulence et de vin. Elle s'est endormie au petit matin, sans plan précis. Ce qu'elle n'avait pas considéré, mais décidé durant sa marche vers l'hôtel, c'est la petite sieste d'une heure ou deux qu'elle s'offrira au bout de son ascension matinale.

Après la sieste, ce sera la visite au bureau européen de Preston One. Là, le plan devient encore plus obscur. Soit elle refera le coup du dîner, s'il y a des photos affichées à la réception, soit elle demandera à parler au patron en mentionnant le mot magique : Mike David. Elle est certaine que cela lui ouvrira les portes. Pour le reste, elle aura les idées plus claires après son petit somme, conclut-elle.

Vienne, mercredi 6 juin

À ce moment-ci, je suis loin de me douter que ma sœur se trouve sur le même fuseau horaire que moi.

Chaque fois que je viens ici, mes yeux ne sont pas assez grands pour absorber toute la splendeur de la ville. L'étonnant style gothique de la cathédrale Stephansdom au cœur d'un quartier baroque, et tous les édifices qui l'entourent sont de véritables chefs-d'œuvre. En plus, mon hôtel est sur le bord du Danube. Non, il n'est pas bleu. Mais le Danube, c'est quand même le Danube.

Je dois faire des efforts pour me rappeler à l'ordre. Une fois cette aventure terminée, je me promets de séjourner quelques jours ici. Non pas pour le travail, comme cela a toujours été, ni pour une enquête comme c'est le cas aujourd'hui, mais juste pour moi, en touriste normal.

Je me sens en bonne forme. J'ai la chance de bien dormir en avion sinon je n'aurais pas occupé mon poste toutes ces années. En fait, je ne me suis pas senti aussi bien depuis longtemps. Mon entretien d'hier avec le président du conseil d'Atlas s'est très bien déroulé. Nous partageons les mêmes valeurs et avons une concordance de vues en ce qui concerne le futur à long terme de l'entreprise. De son côté, il veut équilibrer le conseil en y intégrant une personne dotée d'une expertise financière. Nous avons convenu de nous revoir dans quelques jours en présence cette fois-ci du conseil de direction. J'avoue que cette perspective me rend plus euphorique que je ne l'aurais cru.

À nous deux, Vienne !

Stockholm, mercredi 6 juin

- Preston-One Scandinavie. À qui désirez-vous parler ?

La voix un peu chantante de la réceptionniste donne le frisson à Anouk, qui s'attendait à... En fait, elle ne s'attendait à rien, mais elle devient soudainement consciente qu'elle s'aventure sur un terrain glissant.

- Pourrais-je parler à Mike David, s'il vous plaît ?

La voix, devenue hésitante de la réceptionniste, se réfugie dans un professionnalisme forgé. Elle réajuste son intonation.

- Madame ?

Sa tonalité ascendante est une invitation sans équivoque à se nommer.

- Madame Anouk Beauregard, je suis la sœur de Gabriel Beauregard.

- Je vous passe monsieur Duroy, madame.

Anouk ne peut rien déduire du ton devenu très formel de la réceptionniste. Elle semble appliquer un protocole. Quand Anouk prononça timidement « merci », la ligne était déjà placée en attente. C'est plus difficile qu'elle ne le pensait. Et puis, se demande-t-elle, qui est ce monsieur Duroy ?

On ne peut prétendre qu'Anouk a méticuleusement peaufiné sa stratégie, ni avant de prendre l'avion, ni pendant, ni avant ou après sa sieste. En fait, c'est en composant le numéro de Preston One Scandinavie qu'elle a décidé de la jouer avec le nom du disparu.

Faute de stratégie, elle choisit de se présenter telle quelle, la sœur de l'autre. Cela lui permet, de toute évidence, d'attirer l'attention nécessaire pour passer à l'étape suivante... quelle que soit l'étape suivante.

Pourquoi est-ce à ce moment précis que Vicky choisit de refaire surface dans sa mémoire ? Elle aurait tellement souhaité pouvoir lui parler, entendre le son de sa voix, la toucher, être ailleurs, surtout pas ici, au téléphone en attente de parler à ce type, Duroy. Sans faire de grandes analyses, Anouk met cette réaction sur le compte du stress qui la ramène directement à la peine causée par sa séparation.

Elle a la soudaine sensation que le jeu est moins amusant. Lundi soir, elle a trouvé toute cette histoire de disparition plutôt distrayante. Mardi, son grand jeu avec le vérificateur interne a été plutôt cocasse d'autant plus qu'elle s'est trouvée assez bonne dans son rôle. Finalement, son voyage jusqu'ici, à Stockholm, lui a permis d'atténuer sa peine d'amour. Voilà qu'en ce moment, son implication dans cette histoire complexe et peu banale lui semble tout à coup moins drôle. Elle réalise pour la première fois qu'elle est peut-être allée un peu trop vite en affaire. À cette sensation se mêle l'impression déplaisante qu'elle est en train de jouer dans le dos de son frère.

Une grosse voix la fait sursauter.

- Pierre Duroy, à l'appareil. Vous êtes madame Beauregard ?

L'accent français est évident.

L'interlocuteur sent l'hésitation d'Anouk

- Je suis le directeur de la surveillance. Normalement, je suis basé à Berlin, mais des réunions d'affaires m'ont amené à Stockholm cette semaine.

Il peut voir sur son afficheur la provenance de l'appel : Holiday Inn, Stockholm.

- Vous êtes donc la sœur de monsieur Beauregard.

Son approche est courtoise, directe, professionnelle et... sèche.

- Oui, en effet. Je suis de passage à Stockholm et mon frère m'a fait promettre de rendre visite à un ancien collègue qu'il croit en déplacement ici, au bureau de Stockholm. Pourrais-je lui parler, s'il vous plaît ?

Elle improvise en espérant que cela ne paraisse pas trop.

Silence interminable à l'autre bout de la ligne. Anouk sent que son histoire inventée passe mal. Elle a l'impression en ce moment même que cet homme la regarde. Instinctivement, elle se redresse et inspecte les lieux autour d'elle comme pour affronter l'ennemi invisible.

Elle ne voit pas la scène, pourtant grandiose, du bateau de croisière qui prend le large dans la baie, juste en dessous de sa fenêtre de chambre.

- Est-ce que monsieur Beauregard a toujours son chaleureux chalet dans ce beau coin du Québec, à Sainte-Adèle, où j'ai eu le plaisir d'être invité il y a trois ans ?

- Je crois que vous faites erreur, monsieur...

Elle a déjà oublié son nom, sûrement le stress.

- Mon frère a un chalet à Saint-Anic...

Anouk s'arrête là, sans achever sa phrase. Elle vient tout juste de comprendre qu'il lui fait passer un test. Malgré elle, elle l'a réussi.

- Monsieur David n'est malheureusement pas à Stockholm ; mais puisque vous êtes de passage ici, il me ferait plaisir de rencontrer la sœur de monsieur Beauregard. Demain neuf heures, à nos bureaux.

Autant le ton de la première partie de sa phrase est cordial, autant la deuxième partie ressemble plus à une sommation qu'à une requête. Elle décide de lui répondre sur le même ton.

- J'y serai.

Puis là, elle dépose le récepteur avec fracas.

Morte de peur, Anouk n'est pas peu fière de sa réaction. Bang ! Voilà pour toi, le grand directeur de la surveillance bienveillante de toute l'Europe entière. Moi aussi je peux donner le ton.

Rencontrer ce type n'est pas le scénario idéal, mais c'est le seul qui s'est offert à elle. Au moins, cela lui permettra de mettre un pied dans la place.

Vicky revient la hanter. Elle se sent vraiment seule dans cette ville étrangère, à l'aube de se jeter dans une affaire pour laquelle elle n'a aucune préparation. Ni aucune légitimité d'ailleurs.

Faire un petit tour de ville puis reprendre l'avion pour Montréal lui semble à ce moment précis, de loin, la meilleure idée.

Europe, il y a environ un an

Après un interminable mois, jours pour jours, le jeune se trouvait installé à la même table où s'était conclu le pacte. Il consultait sa montre toutes les dix secondes. Déjà vingt-trois heures et quart ! Arrivé il y a une demi-heure pour être absolument certain de ne pas rater le rendez-vous, il commençait à se décourager.

Au bord du désespoir, il se résignait peu à peu à ne pas voir l'autre homme honorer leur rendez-vous. Le rêve était trop beau pour être vrai !

Après quinze minutes de retard, il lui paraissait évident à présent que le plus vieux aura eu la frousse. Leur mirage n'aurait pris vie que durant cette unique soirée. Il ne viendra pas. Sa désillusion était totale.

Puis, l'improbable arriva. Il le vit, comme une apparition. Instantanément, son rêve redevenait possible. Jamais il n'avait été aussi heureux de voir quelqu'un malgré l'allure austère de l'homme. Dieu qu'il se sentait heureux en ce moment précis. Il l'était au moins autant que s'il venait de gagner à la loterie, ce qui n'était pas loin de la vérité.

Le nouveau venu, manifestement aussi satisfait de voir l'autre, s'assit en face, se tourna vers le bar et se commanda une vodka. Puis son attention revint vers le plus jeune.

- Je t'observe du coin là-bas depuis vingt minutes. Je voulais voir si tu étais seul et surtout si tu semblais impatient. Je crois que ta réaction est concluante. Tu es seul et tu es extrêmement agité. Je me trompe ?

Sans attendre la réponse du plus jeune, il laissa tomber son air d'aîné et le remplaça par un ton qui se voulait plus réservé.

- Nous y sommes, cher acolyte. Nous serons bientôt un tantinet hors-la-loi, mais vraiment riches. - Il se concentra un moment - si évidemment nous trouvons le bon projet.

- Je lève mon verre à ces sages paroles, lui répondit l'autre en y joignant un sourire de satisfaction.

Ensuite, il alla droit au but, laissant cette fois le sourire au vestiaire.

- As-tu une idée ?

- Peut-être ai-je quelque chose. Et toi ?

- Moi aussi, j'ai peut-être quelque chose, comme tu le dis.

En le regardant directement dans les yeux, le plus jeune répliqua.

- Toi d'abord.

Le plus vieux se racla la gorge après avoir fait semblant d'y penser comme si ce qu'il allait dire n'avait pas été ressassé depuis les trente derniers jours, puis il but une gorgée de sa vodka et s'exécuta.

- J'y ai bien réfléchi. Pas de vols de banque à la dure, pas de séquestrations, pas d'armes, pas de sang. Notre coup doit être de nature financière, propre et net. Nous devons trouver quelque chose où toi et moi avons les bonnes compétences. Où toi et moi pourrons nous compléter. Nous avons tous les deux des postes dont les possibilités, une fois réunies, sont très vastes. Nous pouvons mettre à profit cette complémentarité. Comme on le dit : le tout est plus grand que la somme des deux parties.

Il arbora un air encore plus sérieux, but une autre rasade de sa vodka et poursuivit, toujours à voix basse.

- Je pensais à un détournement de capitaux ou quelque chose de la sorte. Trouver une grosse somme d'argent quelque part et s'organiser pour que cette grosse somme se retrouve dans nos poches. Tous les deux, en cherchant bien, nous trouverons quelque chose que l'on a probablement sous les yeux et que nous n'avons pas encore découvert. Mais attention, l'opération doit être extrêmement bien réglée parce que nous avons deux buts : devenir très riche et ne pas se faire prendre.

Il se redresse.

- Voilà, c'est là où j'en suis. Et toi ?

Le plus jeune buvait les paroles de la sagesse. Durant le mois, il était arrivé à des conclusions similaires.

- D'accord avec tes prémisses. Pas de violence, nous mettons nos compétences réciproques en commun, nous ne nous faisons pas prendre et nous devenons riches. D'accord aussi avec le fait que la « démarche » doit être de nature financière, c'est là où se trouve l'argent, je veux dire le gros argent.

Les deux discutèrent et rêvèrent jusqu'à la fermeture du bar. Au préalable, avant de fabuler encore une fois sur l'ivresse d'être riches, ils s'étaient fixé rendez-vous, même heure, même place, le mois suivant.

CHAPITRE 11

Stockholm, mercredi 6 juin

Anouk est encore sur le coup de la panique quand elle se résigne à appeler Damien à son travail. Elle ne voit pas d'autres possibilités que celle d'affronter l'œil du cyclope.

- Damien Lecourt, à l'appareil !

Elle se passe de préliminaires.

- Je ne sais plus quoi faire, Damien. Demain matin, j'ai un rendez-vous avec un dénommé Duroy, directeur de la surveillance chez Preston One. Je ne l'ai pas réalisé sur le coup, mais j'ai peur.

- Je suis avec un client, Anouk, garde la ligne un moment.

- Damien, c'est important, ce type-là veut me rencontrer à neuf heures et je ne sais… Damien, es-tu là ?

Il a de toute évidence tourné son attention vers son client.

Au bout d'un moment qu'elle trouve interminable, elle entend de nouveau sa voix.

- Oui, Anouk, j'ai finalement terminé la transaction avec le client. Je suis seul dans la boutique aujourd'hui, Pierre est en congé depuis deux jours. Puis, il ajoute sur un ton inquiet, qu'est-ce qui se passe ? Tu as l'air effrayée.

- Damien, demain je dois rencontrer le grand patron de la sécurité de Preston One, il est ici cette semaine, à Stockholm. Je ne sais que faire.

- Attend un moment, l'autre ligne...

Avant qu'elle ne puisse protester, il avait encore mis la ligne en attente. Quand finalement il reprend la ligne, Anouk avait eu le temps de se gonfler à bloc.

- Laisse sonner ce téléphone de misère ! Ne me coupe plus jamais la ligne de ta vie. N'adresse plus la parole à aucun client. J'ai besoin de te parler maintenant, tout de suite. Est-ce que tu m'entends ?

Damien connaît assez bien Anouk pour savoir quand se taire, et là, c'est le bon moment de le faire.

Quand elle eut fini de lui raconter sa conversation téléphonique avec le directeur de la surveillance, elle a cru que Damien s'était encore échappé.

- Damien !, crie-t-elle dans le récepteur.

- Je suis là, Anouk, je suis là.

- Bon, tu es là, mais dis-moi quelque chose. Nous sommes ensemble dans cette histoire.

- Ensemble ?

- Tu sais ce que je veux dire. Nous aidons Gabriel, tu t'en souviens.

Anouk a la mèche courte. Damien préfère ne pas commenter. Il connaît bien la fille.

- Appelle Gabriel.

- C'est tout ce que tu as à me conseiller, appeler mon frère ! Il va me tuer. S'il savait que je me mêle de ses affaires jusqu'à Stockholm - petit moment de silence - j'aime autant ne pas y penser.

Elle y pense pourtant une seconde, puis elle ajoute :

- C'est ta meilleure idée ! Appeler Gabriel. Heureusement que je t'ai !

La seule réplique que Damien trouva, et il s'en mordra les doigts c'est :

- Je t'avais dit que tu ne devais pas te mêler de quelque chose d'aussi gros. Tu n'as qu'une chose à faire, prends tes jambes à ton cou et reviens à Montréal au plus vite.

- Tu vois, mon vieux, je n'ai pas besoin de toi pour me faire dire une connerie pareille.

Elle raccroche sur-le-champ. *Qu'il mijote dans son jus !*

Elle le regrette aussitôt, mais bon, elle n'allait tout de même pas rappeler pour s'excuser. C'est là que l'idée lui vint. Gabriel leur avait parlé de cet ami qu'il était allé voir la semaine dernière. Son type de Berlin comme elle l'avait surnommé. Qui déjà ? Christian ! C'est bien cela, oui, Christian. Mais Christian qui ? Rien à faire, elle n'a pas la mémoire des noms, surtout allemands. Il doit y avoir des milliers de Christian au kilomètre carré en Allemagne et presque autant aux bureaux de Preston One. Il lui faut absolument son nom de famille. Elle a beau se concentrer, rien ne lui vient à l'esprit. Sauf appeler Damien. Encore Damien ! Lui saurait. Enfin, peut-être.

Elle doit mettre son orgueil de côté et se résoudre à refaire le numéro qu'elle a composé dix minutes auparavant.

La ligne est occupée. *Il choisit bien son moment pour faire la conversation, celui-là !*

Elle recompose encore les treize chiffres. Toujours occupée. *Misère ! Qu'a-t-il tant à raconter ?*

Anouk se prit à en vouloir à Damien. Elle en a honte aussitôt. Il fait partie de ses rares vrais amis et il le restera toujours. Une autre tentative et hop, la ligne est finalement libre. Comme quoi la pensée positive est plus efficace, conclut-elle sans y croire.

- Enfin, tu réponds. Qu'est-ce que tu attendais ?

- Bien... J'étais en train de parler à...

- Je n'ai pas besoin de savoir à quel client tu parlais.

Son ton est plus strident qu'elle ne l'aurait voulu.

- Es-tu là, Damien ?

Les deux ou trois secondes de silence ne font rien pour calmer ses nerfs.

- Il fallait que je lui parle, Anouk.

- Qu'est-ce que tu me racontes ? Que tu parles à qui ?

Damien réagit mal devant un ton aussi agressif. Il se sent comme un enfant pris en défaut. Il est certain que l'autre peut lire toutes ses pensées.

- J'étais paniqué après ton appel de tout à l'heure. Je n'aime pas te savoir en danger, Anouk.

Elle commence à comprendre. Son débit devient étonnement lent et ses mâchoires sont à présent anormalement serrées.

- À qui as-tu parlé, Damien?

- Il fallait que je le fasse, Anouk. Je m'inquiète pour toi.

Elle ne respire plus, sa tension est au plus haut. Ses nerfs sont noués de partout.

- Damien, tu n'as pas parlé à Gabriel!

- Non, non, ne t'inquiète pas. Je ne peux le rejoindre, il m'a dit qu'il devait aller à Vienne et je ne peux facturer d'appels interurbains sur le compte de la boutique.

- Tu veux dire que tu y as pensé!

Damien préfère ne pas répondre. Sage décision de sa part. Ensuite, comme s'il venait de se convaincre de se jeter à l'eau, il décide d'en finir.

- Mat veut que tu reviennes tout de suite à Montréal. Il dit que toute cette histoire c'est trop dangereux pour toi, que tu ne connais rien dans les affaires de fraude et qu'il regrette de nous avoir parlé de ce cas lundi soir.

Il entend Anouk respirer à l'autre bout de la ligne. Pas bon signe.

- Damien!

Prêt à toutes éventualités, il se raidit, paré à encaisser le coup. Mais il se fait surprendre par la voix soudainement sereine de son amie.

- Damien, tu fais ton devoir d'ami et crois-moi, je te suis reconnaissante.

Tous les muscles de l'homme se détendent d'un seul coup.

- Donne-moi seulement le nom de famille du type que Gabriel a rencontré à Berlin la semaine dernière, Christian quelque chose. Vois-tu de qui je veux parler ?

Le ton d'Anouk est redevenu presque normal à présent. Damien veut y croire, mais demeure sur ses gardes.

- Tu veux dire son homme de confiance qui lui a parlé de rumeurs de fraude.

- Oui oui, exactement, ce type-là.

- Hasmann ou quelque chose du genre.

- Hoffman, Damien, cela me revient, Christian Hoffman. Tu es un amour, Damien. Tu me sauves la vie.

- Qu'est-ce que tu vas faire maintenant ?

- Je n'ai pas le temps de t'expliquer, il approche dix-huit heures ici et j'ai peur de le manquer à son bureau. Bisous.

Europe, mercredi 6 juin

Seulement quelques jours les séparent maintenant de l'étape finale de leur plan.

Les mains de l'homme tremblent. L'enveloppe plastifiée refuse de céder. À bout de patience, il applique une force excessive. Enfin, il réussit à en déchirer un coin puis, sans délicatesse, il arrache complètement la face de l'enveloppe. Une clef USB tombe sur son bureau. Il fait un signe à l'autre homme, plus vieux, qui comprend la demande. Il s'exécute en insérant la clef dans l'ordinateur.

Une fois l'opération effectuée, les deux hommes se regardent avec la même stupeur. Les deux pointent le regard vers le rectangle comprenant douze cases et précédé de la mention : « Mot de passe :».

C'est le plus âgé qui a en premier l'idée de ramasser les morceaux d'enveloppe éparpillés sur le bureau, mais c'est l'autre qui s'empare du plus gros morceau qui est en fait le corps de l'enveloppe. Il y trouve un petit papier resté collé au plastique de la fenêtre de l'enveloppe. Les douze caractères y sont inscrits. Le plus jeune murmure pour lui-même :

- Il sait travailler, ce type-là.

Il fait allusion à celui qui vient de leur apporter l'enveloppe.

Le plus jeune entre le code. Une éternité plus tard, tous deux peuvent enfin voir la page d'accueil :

> « *Dossiers de Gabriel Beauregard.*
> *Personnel*
>
> *Rapport de la Sûreté du Québec sur des menaces envers Mike David*
> *Date de la plainte...*
> *Motif de la plainte...*
> *Résumé de la déclaration de Mme Pronovost*
> *............»*

Leur première surprise : rien de confidentiel dans ces dossiers. Que du verbiage administratif sur la plainte que la conjointe de Mike David a déposée au Canada. Sur le coup, les deux hommes sont déçus. Ils espéraient en apprendre beaucoup plus sur ce que l'on savait sur eux. Le lourd silence qui suit leur surprise témoigne de leur état d'esprit.

C'est finalement le plus vieux qui va le briser.

- Gabriel Beauregard n'a rien! Rien du tout. Nous nous sommes donné tout ce mal et avons pris des risques tout à fait inutilement. T'en rends-tu compte? Nous avons fait affaire avec Martha pour mettre la main sur son ordinateur et payé le gros prix à notre contact pour qu'il déchiffre son code d'accès afin qu'il copie son contenu sur cette clef, pour rien. Tous ces efforts ont été inutiles!

Le plus jeune n'écoute que d'une oreille, absorbé par ses propres pensées.

- Attends un peu.

Silence de part et d'autre pendant qu'il finalise sa théorie.

Voilà, les yeux du jeune brillent à présent.

- Si nous le considérions autrement; il s'agit là d'une excellente nouvelle, non? Il n'a rien. Gabriel Beauregard n'a absolument rien sur notre affaire et il n'a rien sur nous. Il vient à la pêche. Nous nous sommes inquiétés pour rien. De quoi se plaint-on?

Le plus âgé se prend à sourire, l'autre y voit un signe d'acquiescement.

Le contact des deux associés a réussi ce que seulement un crack de l'informatique peut faire. Déchiffrer un code d'accès à douze caractères n'est pas donné à tout le monde. Dans ce cas-ci, il a fallu deux jours, et ce, à l'aide d'outils sophistiqués.

Mettre la main sur l'ordinateur n'a pas été si difficile. Pour trois mille euros, Martha a fait du bon travail la semaine dernière à Berlin. Une professionnelle qui a même eu le culot de réclamer un remboursement pour les deux scotchs qu'elle avait payés, en incluant le sien.

Le plus jeune se réfugie dans ses pensées. Le voilà retourné dans sa bulle. Ce comportement agace son acolyte. Il lui semble, depuis le début de l'opération, que c'est l'autre qui propose les meilleures idées. Il espère qu'il ne lui viendra pas à l'esprit de s'attribuer une plus grande part du gâteau.

- J'ai une idée !

- Que je suis surpris ! Je t'écoute.

La voix du plus vieux est sans conviction et teinte d'une dose de sarcasme.

- Il n'y a absolument rien sur la clef USB.

- Cela, on le sait.

- Écoute la suite.

- Je t'écoute. Je suis même suspendu à tes lèvres.

Il s'est retourné en prononçant la fin de sa phrase pour montrer au fond, qu'il pouvait bien se passer de ses idées et que le plan original fonctionne bien, tel qu'il est.

- Si notre contact a pris deux jours pour déchiffrer le code d'accès de l'ordinateur de Gabriel Beauregard, un autre devrait prendre minimalement deux jours pour en faire autant, ou plus s'il n'est pas aussi bien équipé.

- S'il est aussi bon que notre contact, effectivement, admet le plus vieux. Mais cela ne me dit pas où tu veux en venir.

Le plus jeune n'est pas peu fier de lui. Toute son expression faciale dévoile sa satisfaction.

- Si nous faisions cadeau de la clef USB à un de nos amis, cela l'occuperait pendant au moins deux bonnes journées, n'est-ce pas ?

Malgré ses appréhensions, les yeux de l'homme aux tempes grises s'illuminent.

CHAPITRE 12

Vienne, mercredi 6 juin

Stefan est un homme discret et affable. J'avais affaire à lui à l'occasion quand son patron Christian Hoffman lui demandait de présenter les résultats financiers de l'unité d'affaires de Vienne.

Il fut étonné quand je l'ai appelé hier. À plus forte raison quand je lui ai demandé de garder notre entretien secret et proposé de le rencontrer au bar de mon hôtel, à la fin de la journée.

En tant que contrôleur de l'unité d'affaires de Vienne, Stefan détient probablement des morceaux du puzzle sans le savoir. Une fois réunis à ceux que j'ai obtenus de Christian et de Mat, cela me permettra, je l'espère, d'y voir plus clair.

Pile à l'heure, sa démarche est sobre, son sourire honnête et sa poignée de main franche.

Une fois installés, lui devant une eau Perrier et moi, avec un scotch que je me suis payé moi-même, je décide d'aller droit au but.

- Dis-moi, Stefan, peux-tu me parler de ce projet qui va mal, ici à l'unité de Vienne ?

- Je ne comprends pas, monsieur Beauregard. Êtes-vous revenu chez Preston One ?

Stefan, en bon contrôleur, se doit d'être prudent. Il ne parle pas des affaires de la société avec n'importe qui. En plus, j'ai une petite impression que vu le contexte de notre rencontre, il s'était peut-être imaginé qu'elle avait pour but de lui proposer un poste chez la concurrence. Il sera déçu.

- Non, pas à proprement parler. On m'a chargé en haut lieu de faire la lumière sur des rumeurs plutôt intrigantes. Un gros projet engendre des dépassements de coûts anormaux. Ce projet est piloté à partir d'ici, à Vienne. Sur ton territoire donc.

Je sens sa méfiance. J'espère que mon cxagération pour qualifier la demande de Mat comme provenant d'un « haut lieu » saura colmater ses doutes sur mon rôle dans cette affaire.

J'évite de lui mentionner qu'à l'origine je cherchais à élucider une plainte pour menace envers Mike David et qu'à la suite de ce que j'ai appris, je me concentre maintenant sur une possible fraude qui serait reliée à la menace et à sa disparition subséquente. Évidemment, je ne mentionne pas à Stefan que j'enquête sur deux projets et non pas uniquement sur celui de Vienne.

- Qui vous a chargé de me contacter ? Est-ce monsieur Duroy, le directeur de la surveillance ? Lui avez-vous parlé ?

Tout d'un coup, il prend un air qui ressemble à un défi. Il poursuit.

- Il m'a posé toutes les questions imaginables sur le projet. C'est étrange que vous ne vous soyez pas coordonnés.

Je trouve qu'il a pris de l'assurance, celui-là. Il était moins frondeur quand il me présentait ses résultats financiers. Heureusement, il semble avoir oublié sa série de questions. Où peut-être est-ce le « haut lieu » qui produit son effet.

Je dois penser vite. Soit je le prends de haut en faisant comme si j'étais toujours le patron de son patron, en misant sur le fait que la hiérarchie aurait laissé une empreinte qui ferait abstraction de la situation présente. Soit je joue la carte copain-copain, nous avons été dans la même galère mon vieux, ou quelque chose du genre.

Copain-copain ce sera, mais pas trop tout de même.

- J'ai parlé à Christian la semaine dernière. Un contrat de fourniture de semi-conducteurs piloté par Vienne a des dépassements de l'ordre de millions d'euros à ce que l'on m'a dit. Dépassements qui ne s'expliquent pas par des glissements au calendrier ni par une mauvaise stratégie de produit ou de conception. C'est uniquement dû à des dépassements de coûts sur les matières premières. Le plus étrange là-dedans, c'est que tout semble se jouer sur l'achat de terres rares qui entrent dans la fabrication de ce type de produits, comme tu le sais.

Stefan se dandine sur sa chaise, puis il se risque :

- Sept millions, en dollars canadiens.

Eurêka ! J'y suis. Je poursuis pendant que le fer est chaud.

- Nous avons déjà vu des glissements de cet ordre, heureusement pas trop souvent, mais ici, Stefan, il est question de dépassements sur la matière alors que vous aviez des soumissions de vos fournisseurs, je présume. Peux-tu m'expliquer ?

- Monsieur Duroy m'a posé les mêmes questions.

Bon, j'ai compris, il revient à sa ligne de défense. Je continue en le poussant un peu plus dans ses retranchements tout en ne faisant rien pour le dissuader que c'est Duroy qui m'envoie.

- À part une erreur sur la quantité de terres rares ou une erreur de prix, je ne vois rien d'autre. Il n'y a rien de sorcier à calculer les masses requises, c'est la base dans cette industrie. Quant au prix, Preston One se protège toujours en ayant en main des soumissions valides de nos fournisseurs habituels. Sauf peut-être le taux de change entre l'euro et le yuan, mais là encore, il y a généralement des protections.

Stefan devient blême.

Bingo ! Je ne sais pas si le grand directeur de la surveillance, si cher à Stefan, a posé cette question précise, mais tout son faciès m'indique que je viens de miser dans le mille avec mon hypothèse sur le taux de change. Je poursuis dans cette veine tout en gardant un ton qui incite à la confidence.

- Que s'est-il passé avec le taux de change, Stefan, pour occasionner un écart de sept millions ?

* * *

Mat ne dérougit pas de colère. Damien lui a annoncé qu'Anouk était à Stockholm pour ni plus ni moins se mêler de leurs affaires. Il s'est rabattu sur le porteur de la mauvaise nouvelle. Pauvre Damien, il se sent maintenant responsable des faits et gestes d'Anouk.

L'agitation de Mat lui fait remonter une ancienne histoire qui remonte à huit ans, comme si une émotion extrême en déterrait une autre.

Montréal, il y a huit ans

Le souvenir de Mat le ramène à ce beau dimanche après-midi de juillet, il y a environ huit ans. Sa conjointe Hélène, leurs jumeaux alors âgés de neuf mois, Anouk et lui s'offraient un pique-nique sur le Mont-Royal, merveilleux endroit de verdure au cœur de Montréal. C'était la première sortie officielle des jumeaux.

Immergée dans une envoûtante chaleur d'été, Hélène s'émerveillait de voir la curiosité des enfants devant un oiseau par ici ou un écureuil par là. La troupe savourait tout ce que le Mont-Royal a à offrir de sons, d'odeurs et de couleurs aux enfants et autres flâneurs du dimanche.

Le grand air procurait, il faut l'admettre, plus de bienfaits aux parents qu'aux bébés pour qui le cycle biberon-dodo finissait éventuellement par l'emporter sur les paysages champêtres.

Un an plus tôt, Anouk avait pleuré de joie quand Mat et Hélène lui avaient demandé d'être la marraine des petits. C'était le plus beau cadeau qu'on pouvait lui faire. Être marraine l'amenait le plus près de la maternité qu'elle ne pouvait l'espérer à ce moment-là de sa vie.

Les amis du groupe ont toujours envié la vie familiale de Mat. Il est le seul à avoir une stabilité affective et une réelle vie de famille. C'était vrai il y a huit ans et encore vrai aujourd'hui. Damien s'est séparé avant d'avoir des enfants. Anouk n'a pas trouvé le père ou la deuxième mère de ses enfants et moi, je ne suis plus là. La seule femme avec qui j'aurais voulu en avoir n'est plus. Des quatre amis, Mat est et restera possiblement le seul à avoir la chance d'élever une famille.

En ce beau dimanche donc, Anouk ne voulait pas rater la première sortie officielle des jumeaux. Elle s'était offerte pour les accompagner. La proposition étant présentée avec tant d'enthousiasme, le couple ne pouvait envisager de la refuser.

Ils revenaient du chalet de la montagne non loin de la légendaire croix du Mont-Royal et approchaient du lac aux Castors quand Hélène a vu le couple d'amoureux venant vers eux, avec chacun un beau gros cornet de crème glacée à la vanille.

- Oh! j'en veux un moi aussi.

L'expression d'Hélène ressemblait plus à celle d'une fillette de neuf ans qu'à celle d'une mère de famille mature. Comme quoi un beau gros cornet de crème glacée à la vanille peut avoir la propriété de vous ramener en ligne droite vers votre enfance. Anouk choisit de soutenir Hélène dans l'assouvissement de son désir.

- Allez-y, les tourtereaux, j'amène les petits sous cet arbre, là-bas.

Hélène laissa le carrosse à deux places à Anouk et tira sur Mat qui n'offrit aucune résistance. Afin de réprimer ce qui ressemblait à une montée de jalousie, Anouk se concentra sur sa mission : aller s'abriter du soleil sous cet arbre là-bas.

Mat, en bon père de famille, examina le futur lieu de rassemblement et d'un signe de tête, acquiesça.

Rendu au kiosque de crème glacée, une bonne file d'attente s'intercalait entre le couple et le nirvana. Quand enfin leurs lèvres purent se plonger dans la divine substance, vingt bonnes minutes s'étaient écoulées. Main dans la main, Hélène et Mat se libéraient de temps à autre pour ajuster la serviette de papier entourant le cône de biscuit. Ils se dirigeaient maintenant vers la rangée d'arbres où devait se trouver leurs progénitures, pendant que le soleil et leur langue s'acharnaient sur la pauvre crème glacée.

- Est-ce que tu les vois, toi, demanda nonchalamment Hélène, entre deux léchées ?

Mat ne les apercevait pas encore, mais ils étaient encore à bonne distance.

Après quelques pas, ils pouvaient maintenant voir l'endroit où devraient se trouver Anouk et les enfants. Aucune trace d'eux. Hélène, nerveusement, s'intéressait de moins en moins au cornet. Son pas s'accélérait. L'inquiétude de l'un s'est vite transférée à l'autre.

Les restants de cornets ont atterri dans la première poubelle rencontrée.

À l'endroit prévu, il y avait un couple dans la soixantaine qui semblait dormir, deux filles qui textaient en se faisant bronzer, un jeune qui avait l'air d'étudier, mais aucune trace des enfants ou d'Anouk.

Ils se trouvaient maintenant sous l'arbre qu'Anouk leur avait désigné comme point de repère.

Bon, Anouk aura décidé de se promener dans le coin. Mat qui fut le premier à arriver à cette conclusion arpentait déjà les alentours du regard.

- Je n'aime pas cela, Mat.

Puis, Hélène ajouta sur un ton de panique :

- Mon Dieu, où sont-ils ?

Mat se mit en mode policier. L'instinct, servi par des années de pratique, prit la relève. Il fit quelques pas vers une petite butte et repéra une à une chaque personne qui se trouvait dans son champ de vision.

- Là, à onze heures, le gars avec un chandail rouge. Il a l'air bizarre. Il se dirige vers le stationnement avec le carrosse.

Hélène qui était plus proche du type que Mat se mit à courir en criant : « Arrêtez, arrêtez, monsieur ! » Mat, lui aussi au pas de course, réduisait l'écart, un peu plus à chaque foulée.

Juste comme l'homme au chandail rouge se retournait, Mat dépassait Hélène. À son tour, il cria : « Arrêtez, police ! » Quelques passants s'immobilisèrent.

L'homme le fixa, sans expression particulière, et poursuivit sa route. Mat, instinctivement, mit la main à sa ceinture. Évidemment, il n'a pas d'arme aujourd'hui, puisqu'en congé.

Plus que quelques enjambées pour atteindre le salaud.

Il pouvait presque lui toucher maintenant.

Ça y est, il était à portée de bras à présent. Tous ses muscles se contractèrent, prêts à attaquer.

C'est à ce moment précis qu'il entendit une voix derrière lui : « Arrête, Mat ! »

Il entendit, mais n'enregistra pas. Il était à un doigt de l'agripper. Il pouvait sentir son haleine. C'était la fureur du père protecteur, déchaîné comme un animal enragé qui l'habitait maintenant, pas le policier.

La voix retentit encore.

- Arrête, Mat.

Comme son bras s'étirait pour s'abattre sur l'homme, il réalisa que la voix n'était pas celle d'Hélène, mais celle d'Anouk.

Il laissa l'homme le distancer d'un pas, mais seulement d'un pour être prêt à toutes éventualités, et se retourna pour voir Anouk avec le carrosse des jumeaux. Il laissa momentanément sa proie de vue, ralentit sa course et fut pris d'une extrême joie quand il comprit sa méprise.

Le type au chandail rouge, à la barbe en broussaille et au regard vitreux réalisa qu'il se passait quelque chose dans son dos, mais n'en fit pas de cas. Il poursuivit sa route vers le stationnement avec son carrosse empli de bouteilles vides qu'il ramassait tous les jours pour les revendre au marchand du coin.

Hélène les avait rejoints maintenant. Mat était en sueur, mais tout sourire. Hélène attrapa le premier jumeau devant elle, Mat, celui qui restait. Puis vint la question évidente :

- Où étais-tu passé ?

Anouk comprit, à son intonation, que la vraie question n'était pas tant de savoir où elle était, mais : « Pourquoi n'étais-tu pas sous l'arbre là-bas ? »

- Je suis désolée, Mat. Comme vous n'arriviez pas, je suis partie à votre rencontre. Je n'avais pas réalisé qu'il y avait deux comptoirs de cornets.

C'est la première fois qu'Anouk voyait Mat plus comme un policier que comme un ami.

- Nous avions convenu que tu nous attendais là et que tu restais là. Hélène et moi nous nous étions imaginé le pire des scénarios. Qu'est-ce qui t'a passé par la tête ?

- Écoute, Mat, je te l'ai dit, je suis désolée. Tu sais que je ne mettrai jamais les jumeaux en danger. Maintenant, relaxe-toi un peu et reprends ton calme.

C'est ainsi que se termina la première sortie des jumeaux qui ont aujourd'hui presque neuf ans.

* * *

Ce qu'éprouve Mat aujourd'hui, après l'appel de Damien qui lui annonçait qu'Anouk s'était précipitée à Stockholm, lui rappelle ce qu'il avait ressenti cette journée-là sur le Mont-Royal. Il regrette de lui avoir parlé de cette histoire de disparition d'un ancien collègue de son frère et de fraude probable. Sans évidemment l'avoir explicitement dit, il s'attendait à ce qu'Anouk « reste là », à Montréal et surtout qu'elle « reste là » en dehors de cette affaire.

Je n'ai pas hâte que Gabriel l'apprenne !

CHAPITRE 13

Stockholm, mercredi 6 juin

Par la fenêtre de sa chambre au troisième étage, le regard d'Anouk est dirigé vers les ponts supérieurs d'un navire de croisière dans le port, juste à sa hauteur, pratiquement de l'autre côté de la rue. Même si ce spectacle unique se déroule sous ses yeux, elle ne le voit pas vraiment, trop absorbée par les souvenirs de son souper avec ses amis quand toute cette histoire n'était que prétexte à oublier sa peine. Elle ne s'amuse plus à présent. En ce moment, elle a même beaucoup d'appréhension.

Elle s'en veut d'avoir accepté l'entretien avec Duroy, le redoutable directeur de la surveillance de Preston One. À moins qu'elle change d'idée d'ici là. Mais avant de décider si elle affronte le dragon ou si elle s'enfuit, les jambes à son cou, voyons voir ce que le beau Christian a à dire, conclut-elle au sortir de sa réflexion.

Tiens, pour la première fois aujourd'hui elle se prend à esquisser un petit sourire. Le beau Christian! Elle n'a pourtant aucune idée de l'allure de l'homme. De toute manière, le décalage horaire et le stress lui enlèvent toute trace de libido, tous genres confondus.

Bon, à nous deux, mon beau Christian, se dit-elle tout haut pour se donner du courage.

Elle est presque déçue d'entendre l'assistante lui répondre : « De la part de qui, s'il vous plaît ? » Elle espérait secrètement qu'il ne fut pas à son bureau. Elle se prend même à en vouloir à Damien qui s'est trop bien souvenu de son nom de famille.

Après s'être nommée, l'assistante ajoute : « Un moment s'il vous plaît, je vous passe monsieur Hoffman. »

Elle n'a pas à attendre longtemps.

- Madame Beauregard ! ai-je bien compris ?

Le ton de l'homme trahit sa surprise

- Bonjour ! monsieur Hoffman. Vous avez bien compris, je suis la sœur de Gabriel Beauregard.

Le silence de son interlocuteur invite Anouk à en dire plus. Elle décide de jouer franc jeu faute de meilleure stratégie.

- Voici, demain matin je rencontre monsieur Duroy, le directeur de la surveillance.

- Vous êtes à Berlin !

La voix ne ment pas, Christian est captivé par son appel.

- Je suis arrivé à Stockholm ce matin. Monsieur Duroy y est aussi.

Encore le même silence prudent de la part de son interlocuteur. Anouk doit s'avancer un peu plus.

- Je sais que vous avez rencontré mon frère la semaine dernière.

Cette fois, Christian intervient.

- Est-ce lui qui vous envoie ?

- Non, non, ne vous méprenez pas. Il ne sait même pas que je suis en Europe.

Le ton de l'homme devient plus sec.

- Alors que voulez-vous, madame ?

Anouk s'attendait à ce que l'ami de son frère soit plus cordial. L'atmosphère de la discussion passe de tiède à glaciale.

- Comme je suis ici, enfin à Stockholm, je voulais rencontrer monsieur David, le vice-président ingénierie. On m'a dit qu'il ne se trouve pas ici.

- Je sais qui est Mike David, madame.

Ouf! Pas facile le beau Christian, se dit-elle, sans le moindre sourire cette fois-ci.

- Très bien. Donc on m'a recommandé de rencontrer monsieur Duroy - elle s'abstient de préciser sa fonction de peur de se faire encore rabrouer -. Je croyais que vous pourriez me parler de la discussion que vous avez eue avec mon frère.

Anouk est consciente qu'elle est en train de mêler les cartes. Rencontrer Mike David à Stockholm ne tient pas la route puisqu'il est normalement basé à Montréal et faire un rapprochement entre sa future rencontre avec le directeur de la surveillance et la discussion que Christian aurait eue avec son frère n'est pas tellement habile non plus. Elle aurait dû attendre avant de l'appeler. Son inexpérience et le décalage horaire ne lui rendent pas la vie facile.

- Vous a-t-il dit de quel sujet nous avons parlé ?

Bon, tant qu'à être dans la gueule du loup, ma belle. Plonge !

- Du vingt millions de dollars qu'il manque dans les coffres de Preston One.

Elle venait évidemment de lancer le chiffre que lui avait dévoilé le vérificateur interne qui avait tant à lui prouver.

Anouk trouve le silence un peu trop long, mais ne perdra rien pour attendre.

- D'où tenez-vous ce chiffre, madame ?

Là, Christian ne rit pas. Le ton n'est pas interrogatif, mais impératif. Elle se dit que si cette discussion était un avant-goût de ce qui l'attend demain, elle prendrait le premier avion pour revenir presto à Montréal.

- J'ai cru l'entendre. Peut-être ai-je mal compris !

Elle a conscience de la faiblesse de sa réponse, mais c'est la seule qui lui vient à l'esprit. Il devra s'en contenter.

Elle regrette de ne pas s'être mieux préparée, elle qui est pourtant reconnue au bureau pour la robustesse de la planification dans tous ses projets.

- Je n'ai jamais énoncé un tel chiffre, madame. Je ne sais pas de quoi vous me parlez. Je ne suis même pas certain que vous êtes bien celle que vous prétendez être. Et même si cela était le cas…

Il s'arrête.

Il cherche à en savoir plus sur elle. Anouk le sent, mais n'a aucune idée de la suite à donner à leur discussion. Damien et Mat avaient tout à fait raison, elle n'a rien à faire dans cette histoire. *Comment une fille intelligente comme moi peut-elle se retrouver ici à Stockholm, en train d'argumenter avec un Allemand, contrôleur européen de Preston One ?*

- Êtes-vous toujours là, madame ?

Et comment une fille intelligente comme moi s'est-elle mis les deux pieds dans les plats, au lieu de jouer à la touriste, sur les traces de l'action de Millenium, comme tout le monde ?

Christian semble las d'attendre sa réponse. Son ton est strident.

- Sur quel terrain voulez-vous m'entraîner, madame ? Je n'ai aucune idée de ce dont vous me parlez. Les affaires de Preston One ne vous concernent en rien, madame. Monsieur Duroy saura sûrement intéressé par ce que vous essayez de me dire. Au revoir, madame.

De mémoire, c'est la première fois qu'on lui raccroche au nez, même poliment. Son frère devrait mieux choisir ses amis, pense-t-elle, toujours sans sourire. Ce contrôleur est trop… peut-être trop professionnel, après tout.

Elle remet à plus tard sa décision d'affronter ou non le directeur de la surveillance. Elle préfère se donner le temps de considérer l'idée de peut-être contacter Mat ou même son frère, au risque d'être fusillée sur-le-champ, par l'un ou par l'autre. Ou par les deux ! Elle détient de l'information du vérificateur interne que son frère n'a sans doute pas. De son côté, il a certainement des détails dont il n'a pas parlé au souper de lundi, ou encore, il aurait appris du nouveau de son contact qu'il doit rencontrer à Vienne.

Sa logique la conduit à la conclusion qu'elle et son frère devraient se partager ce qu'ils savent. *Tu aurais pu arriver à cette conclusion plus tôt, ma belle !*

Pour l'instant, elle ne peut échafauder aucun scénario, sa tête est trop lourde, ses nerfs trop noués et sa panse trop vide. Elle décide donc de passer en mode quête d'un restaurant, à l'extérieur de l'hôtel. Pourquoi pas à ce petit resto, entièrement vitré, qui donne sur le port et devant lequel elle est passée juste avant d'arriver à l'hôtel ce matin? *Demain, c'est demain. Si tout s'arrête ici, au moins j'aurai pris un bon souper à Stockholm.*

Vienne, mercredi 6 juin

Il est dix-neuf heures trente, donc treize heures trente à Montréal. Mat est sûrement de retour de son dîner. Je ne peux plus attendre pour lui parler du filon que j'ai découvert en interrogeant Stefan, le contrôleur de Vienne.

- Sergent Mathieu Smith à l'appareil.

Je ne sais pas si c'est une question de budget ou de principes, Mat répond encore lui-même à sa ligne.

- Mat, Gabriel.

- Es-tu encore à Vienne ?

Très chaleureux comme toujours, celui-là !

- Oui, je viens tout juste de revenir à ma chambre. Tu sais, je crois que je ne suis pas loin de trouver le pot aux roses. C'est une histoire de faux taux de change, du moins pour le contrat piloté par Vienne. J'ai bien hâte de voir ce qu'il en retourne pour celui administré par Stockholm. Il y a quelque chose qui me dit qu'il pourrait s'agir de la même cause. Deux projets soumissionnés et exécutés en même temps et qui n'ont aucune raison de dépasser les coûts prévus.

- Un instant, mon vieux, tu vas un peu vite pour moi.

C'est de ma faute, je suis tellement excité, j'ai du mal à garder mon calme. Il y a bien longtemps que je ne me suis pas senti aussi agité. Je me sens comme un adolescent qui emprunte la voiture de son père pour la première fois.

- Désolé, c'est vrai, je m'emballe un peu. Tu vois, je n'avais jamais vécu cette situation de ma carrière. Des dépassements de coûts pour une soumission mal estimée, des pépins dans l'exécution, des problèmes de qualité oui, cela arrive, même un peu trop souvent à mon goût. Mais ici, Mat, nous avons affaire à une erreur énorme et flagrante sur un banal taux de change utilisé pour convertir la monnaie européenne en monnaie chinoise. Cette affaire est tellement prise au sérieux par l'administration que c'est apparemment pour cette raison que l'on a placé le responsable de la division européenne, Jérôme Nantel, celui dont je t'ai déjà parlé, en congé forcé. Évidemment, ceci est une rumeur. La version officielle fait seulement état du congé de maladie, non pas de la partie involontaire de la chose, si tu vois ce que je veux dire. Je crois que ce voyage à Vienne en a valu la peine. La nature des dépassements se précise.

- Je t'interromps encore, Gabriel. Je saisis l'idée derrière la rumeur du congé de maladie, mais je n'ai toujours pas compris ton histoire de taux de change. Tu vois, c'est toi le financier, moi, je suis le flic. Alors, explique-moi pour que je comprenne.

- Je m'emporte encore, désolé. Je reprends depuis le début. Quand je suis venu à Berlin la semaine dernière, Christian, le contrôleur pour l'Europe, a en quelque sorte évoqué qu'il y avait rumeur de fraude sur deux immenses projets en Europe, même si j'ai eu l'impression qu'il a regretté sur le coup sa confidence. Est-ce que tu me suis ?

- Je suis flic, pas idiot.

- Présumons que l'un exclut l'autre.

Dès que j'ai laissé aller ma petite remarque un peu trop bas de gamme, je l'admets, j'ai senti que j'aurais dû mieux tenir compte du sens de l'humour plutôt anorexique de mon ami policier.

- Je t'arrête tout de suite, Gabriel. Je n'aime pas tes petites présomptions. Alors tu réajustes le ton ou tu te débrouilles seul.

En plus, il a dû mal digérer son dîner, je le sens un peu tendu. Mais bon, donnons-lui raison. Ne nous perdons pas dans de vaines discussions. Je reprends.

- Les deux projets en cause sont pilotés, l'un à partir de l'unité de Stockholm et l'autre à partir de l'unité de Vienne. Mais cela, tu le sais déjà.

- Oui, continue.

- Stefan m'a révélé qu'il y aurait eu des virements excessifs vers Beijing par rapport aux prévisions budgétaires pour son projet. Et sais-tu ce que j'ai appris cet après-midi?

- Oui.

- Qui te l'a dit?

- Je me paie ta gueule et tu mords tellement facilement. Comment veux-tu que je le sache? Vas-y, je t'écoute.

On a le sens de l'humour que l'on peut !

- Les terres rares que Preston One utilise proviennent de Chine.

- Terres rares ? C'est rare de la terre en Europe ou en Chine ?

- Tu iras voir sur Wikipédia, je n'arriverai jamais au dénouement si tu m'interromps tout le temps. Bon, sache pour l'instant que l'écran que tu as devant toi, tes ampoules à basse consommation et la batterie de ta belle voiture de police contiennent probablement des terres rares. Les produits sophistiqués de Preston One en contiennent tous. Composées de plusieurs métaux précieux, la Chine est l'un des seuls pays à en extraire et exporte à elle seule 95 % des terres rares en circulation aujourd'hui. Me suis-tu toujours ?

- Je comprends que les terres rares sont la matière première, qu'elles proviennent de Chine et que c'est rare.

- Pas si rare, mais tu as saisi l'essentiel. La suite maintenant. Preston One négocie chaque contrat majeur avec le même agent qui représente le consortium de producteurs chinois. Depuis trois mois, Preston One fait affaire avec un nouvel agent, Li Mei.

- Puis ?

- Attends un peu.

- C'est toi qui paies l'interurbain de toute façon, alors prend tout le temps que tu voudras, mon vieux.

Je ne relève pas son petit sarcasme.

- La commande ferme a été ratifiée il y a quinze jours.

- De quel montant s'agit-il approximativement ? Moi quand j'achète de la terre je paie en général deux ou trois dollars le sac.

- Tu es de mauvaise foi, Mat. Écoute un peu. Ici, nous parlons de terres rares qui valent leur pesant d'or.

- Bien. Donc, de combien parle-t-on ?

- Es-tu bien assis ? Près de soixante-dix millions de dollars pour le contrat de Vienne seulement.

- Ouf !

Heureusement que Mat n'a pas rajouté : « En tout, combien ça fait de sacs ? » Cela aurait été son genre. Je poursuis avant que la question ne lui passe par la tête.

- Le meilleur de l'histoire, c'est l'erreur sur le taux de change. Un beau dix pour cent tout rond ! Le taux de change du jour, le « spot rate » dirait Shakespeare, a été gonflé de dix pour cent. Drôle d'erreur !

- Dix pour cent !

C'est tout ce que Mat trouve à dire d'intelligent. Je me rends compte qu'il n'a pas encore fait la mathématique.

- Sais-tu que si le taux de change a été gonflé de 10 %, la valeur totale du contrat sera aussi majorée de 10 % ? Et sais-tu ce que cela fait dix pour cent de soixante-dix millions de dollars ?

- Sept millions.

- Bingo !

Long moment de silence... à mes frais.

- Est-ce légal ?

- Il y a quelqu'un qui s'est mis sept millions de dollars dans les poches au détriment de Preston One. Pour faire fonctionner un tel stratagème, il faut être au moins deux. Possiblement quelqu'un chez l'agence chinoise et une ou plusieurs personnes chez Preston One. Dans les deux cas, ces gens doivent avoir accès aux systèmes de l'entreprise. Je doute qu'il s'agisse d'une simple erreur. Il faut maintenant savoir si la même cause de dépassement de coûts s'applique aussi au projet piloté par Stockholm. Si tel est le cas, j'aurai la confirmation qu'il ne s'agit vraiment pas que d'une simple coïncidence et là, mon vieux, Preston One serait dans de mauvais draps.

Je reprends mon souffle.

- Pour répondre plus précisément à ta question sur la légalité de la chose, j'en doute. Pire encore, comme nous en parlions à notre souper, s'il y a ébruitement de l'affaire, c'est la confiance des marchés envers l'entreprise qui est le plus à craindre. On a vu des valeurs boursières de grandes entreprises tombées à presque rien pour bien moins. De grosses pertes, ce n'est jamais bon pour la valeur de l'action, mais de grosses pertes liées à une fraude interne ! Preston One s'en relèverait difficilement. Les financiers n'aiment pas faire affaire avec des entreprises qui n'ont pas su se prémunir contre de telles falsifications.

Je réduis le rythme. Ma frénésie fait place à un autre sentiment. Un sentiment d'urgence cette fois.

- L'assemblée des actionnaires a lieu jeudi de la semaine prochaine, Mat. Nous n'avons plus beaucoup de temps.

- As-tu d'autres éléments pour conclure que Mike David est mêlé ou non à la fraude ? S'il y a fraude.

- Bonne question. Pas vraiment, non. Mais il a été menacé et a disparu. Pas de fumée sans feu !

133

Mat prend un moment pour mettre ses idées en place.

- Il y a une chose que je ne comprends pas.

Je me sens gentil et m'abstiens de lui lancer une autre petite remarque facile.

- Laquelle?

Là, je l'ai bien joué. Question simple et gentille.

- Si quelqu'un a trafiqué le taux de change comme tu le dis, on peut facilement s'en apercevoir, non? Je m'imagine que c'est comme à l'épicerie. Le marchand entre le montant à payer dans sa petite machine, je paie, il me remet un reçu. S'il y a erreur, je n'ai qu'à lui montrer le reçu de la transaction et le comparer au reçu de caisse. Il est certainement facile de savoir qui a fait l'erreur avec tous les systèmes de comptabilité de Preston One. Donc, dès que la facture entre, si je puis dire, quelqu'un va bien voir l'erreur. Et là, je m'imagine que l'on pourra trouver qui l'a faite et la corriger. Non?

Il a raison sur toute la ligne. *Heureusement que je me suis abstenu de lui faire ma petite remarque!*

- Hum! Ton point de vue est très intéressant, Mat. S'il s'agit effectivement d'une erreur, l'entreprise n'aurait aucune difficulté à l'identifier et elle sera probablement corrigée sur-le-champ. En fait, j'y pense, même s'il s'agit d'une fraude organisée, on pourra facilement prouver l'erreur et en trouver l'origine, donc mettre la main au collet des fraudeurs. Effectivement, Mat, tu as un très bon point. Je l'avoue.

La voix de mon ami prend du tonus. Bien qu'il ait le dessus sur le supposé grand financier que je suis, il demeure sobre. Tout compte fait, je crois que sa modération m'énerve plus que s'il me narguait.

Je n'ai pourtant pas longtemps à attendre, sa modestie passagère prend le large. Je retrouve le Mat que je connais.

- Donc, à moins que tous ces gens soient des abrutis, ce dont je doute, ton histoire de fraude ne tient pas la route, Gabriel. Les auteurs seraient assurés de se faire prendre à la première vérification de fin de mois. Pour un flic prétendument idiot, qu'en dis-tu ?

- Ouais !

J'avais pensé depuis le début à cette hypothèse d'erreur humaine, mais c'était trop simple. Il y avait forcément quelque chose d'autre. Vu les efforts qu'on s'est donnés pour voler mon ordinateur et les rumeurs de corridors que j'entends ici et là, je me suis imaginé le pire. Je voulais absolument établir un lien entre la disparition de Mike David et les dépassements de coûts. Mat me ramène à la réalité.

Je marmonne pour moi plus que pour lui.

- Donc ce serait tout simplement une erreur !

- Sept millions de dollars, c'est ce que j'appelle une erreur qui n'a pas peur d'une autre erreur.

Le voilà reparti.

- Voici ce que je vais faire, Mat : demain matin, je me rends à Stockholm, c'est à deux heures d'ici. J'utilise la même approche avec le contrôleur local de Stockholm que celle utilisée avec Stefan ici à Vienne. Je vais tenter de savoir si c'est la même erreur de taux de change qui s'est produite dans leur projet. Je sais exactement quelles questions poser maintenant. Nous aviserons à partir de là. Qu'en dis-tu ?

Mat garde le silence.

- Mon plan n'est pas bon !

- Oui, oui, il est parfait.

Silence encore. J'ai l'impression que Mat cherche ses mots, ce n'est pourtant pas son genre.

Enfin, il se décide.

- Deux choses, Gabriel, avant de terminer. La première, j'ai appris de mon côté que la conjointe de David a demandé le divorce il y a deux mois.

- Es-tu en train de me dire que la théorie d'Anouk sur l'implication de sa conjointe dans la disparition du mari qui l'aurait trompée pourrait être vraie ?

- J'espère que non. Ta sœur s'enflerait un peu trop la tête si elle avait été la seule à viser juste, mais il y a encore loin de la coupe aux lèvres. Je creuse tout de même le filon.

Il s'arrête encore. Je choisis de le motiver un peu.

- Et deuxièmement ?

- Le deuxièmement est un peu plus compliqué...

- Vas-y, je t'écoute.

Je dois me résoudre à endurer un autre long moment d'attente. Cette fois-ci, je le laisse aller, même si je sens mon pouls s'accélérer. Il finira bien par me dire ce qu'il a sur le cœur.

- Anouk est à Stockholm, elle doit rencontrer le directeur de la surveillance de Preston One demain matin à neuf heures.

Mon cri est sorti tout seul.

- Quoi !

CHAPITRE 14

Vienne, mercredi 6 juin

- Damien, c'est moi.

Comme il s'attendait à ce que je l'appelle, et puisque je ne suis pas d'humeur à faire dans la fantaisie, je n'ai pas trouvé utile de me présenter. Ma voix, et surtout le ton de ma voix, devrait lui suffire.

- Ah! C'est toi, Gabriel.

Effet de surprise un peu trop forgé à mon goût.

- Qu'est-ce qui se passe avec vous deux? Tu as envoyé Anouk ici, en Europe, dans la gueule du loup. À quoi as-tu pensé?

- Je n'ai pas envoyé…

- Il y a des millions en jeu. Si c'est une fraude, certaines gens seront prêts à faire n'importe quoi pour ne pas être démasqués. Elle court tous les dangers. Veux-tu me dire ce que ma sœur vient faire à Stockholm?

- J'ai bien essayé, Gabriel, tu la connais…

- C'est justement, tu aurais dû la retenir, tu la connais toi aussi.

- Reprend ton calme, Gabriel. Quand ta sœur a une idée dans la tête, elle n'est pas toujours facile à contrôler et...

- Moi, j'apprends de Mat, tout bonnement, qu'Anouk va rencontrer à Stockholm, demain matin, le paranoïaque directeur de la surveillance d'une des plus grosses firmes internationales, pour une possible affaire de fraude qui peut jeter l'entreprise par terre. Rien de moins. Et tu voudrais que je garde mon calme !

Tout ce que j'entends à l'autre bout de la ligne c'est un souffle court. Rien pour me calmer. Je ne décolère pas.

- À quoi as-tu pensé ?

- Je te l'ai dit, je n'ai rien pu faire, elle....

Je suis toujours sous le choc.

- Tu aurais pu l'en dissuader. Il ne t'est pas passé par la tête que tu aurais pu essayer d'empêcher ma sœur de risquer sa peau dans une affaire qui ne la concerne pas et pour laquelle elle ne connaît rien. Damien, ce n'est pas un jeu. S'il s'agissait bien d'une fraude, ces gens-là seraient probablement prêts à tout. On n'envoie pas une fille insouciante à l'abattoir. Elle pourrait...

- Arrête ! Ça va. J'ai compris.

Je réalise que Damien ne sait plus comment se sortir de sa situation embarrassante. Je dois me maîtriser. J'y vais peut-être un peu fort, mais bon sens ! Je ne peux m'empêcher de penser qu'il aurait quand même pu l'arrêter.

C'est là que Damien me prend de court, en me criant lui aussi par la tête :

- Sache, Gabriel, que tu ne détiens pas le monopole de la frustration !

Bon, ici, il marque un point. Est-ce que j'aurais pu l'arrêter moi-même ? Est-ce que je passe ma frustration sur ce pauvre Damien qui, je le crois, doit être aussi affecté par la situation que moi ?

Il profite de mon silence pour en remettre, sentant, je m'imagine, que la brèche joue en sa faveur.

- As-tu déjà eu un contrôle sur ta sœur enfin, je veux dire depuis qu'elle a plus de huit ans ? Elle est adulte, ingénieure et mature. Sache qu'elle est loin d'être une fille insouciante, comme tu le dis. Elle a le droit d'aller là où elle le désire et de se jeter dans le guêpier qu'elle veut sans notre permission, même si cela ne fait pas notre affaire à toi ou à moi. Tu es bien placé pour le savoir, toi. Quand tu ne veux rien entendre, il n'y a rien à faire, même si nous savons que notre ami se laisse couler dans l'alcool.

Damien est le plus. Comment dirais-je ? Le plus droit d'entre nous. C'est-à-dire le moins calculateur. Voilà, c'est ce qui le décrit le mieux : il est le moins calculateur. J'avancerais que c'est son trait de caractère principal. C'est pour cette raison que, quand il s'inclut dans ma colère en me faisant comprendre que je ne suis pas le seul à être frustré des décisions d'Anouk et quand il fait allusion à mes deux années de dérive où je n'ai su écouter personne, il n'applique pas une stratégie pour me calmer ou pour se défendre. Il le pense vraiment.

Sa réplique me touche en plein cœur.

- Désolé, Damien, je n'ai pas le droit de passer ma colère sur toi. Tu as raison, je n'aurais probablement pas pu la dissuader moi-même.

J'ai tout de suite regretté d'avoir utilisé « probablement ». Je devrai me corriger de mon sarcasme un jour.

- Elle serait probablement partie même si tu avais probablement essayé de l'en dissuader.

Là, j'avoue que Damien me la retourne en dessous de la ceinture !

- Ce soir, il est trop tard. Demain, j'ai déjà prévu de prendre le premier avion pour Stockholm. Je la ramènerai, Damien.

Quelque part en Europe

Les nouveaux complices identifièrent finalement une avenue prometteuse qui correspondait à leurs critères de sélection. Ils peaufinèrent leur stratégie d'un rendez-vous mensuel à l'autre. Ils ont trouvé un scénario qui effectivement mettrait leurs compétences et leurs postes à profit, dans un scénario aussi audacieux que risqué, mais combien profitable ! Durant les quatre mois qui suivirent leur première rencontre, le plan s'est concrétisé. Ils ont convenu maintenant de changer d'endroit, de jour et d'heure à chaque rencontre.

L'un comme l'autre n'avait que ce projet en tête. Ils ont même senti que leur rendement au travail en était affecté. On se posait des questions sur leurs airs absents. Le plus vieux s'est même fait demander s'il était tombé amoureux. Ils ont donc convenu de sauter un mois pour se rééquilibrer, mais ont vite compris qu'ils ne vivaient plus que pour le grand jour. Tout le reste leur était devenu secondaire.

Au bout de six mois, soit après six autres rencontres de travail, le scénario était sans défauts. Le plan détaillé était impeccable et l'analyse de risques parfaitement au point. Toutes les éventualités avaient été envisagées et tous les acteurs identifiés. Les dates étaient arrêtées pour chaque phase et les rôles bien répartis entre les deux. Les forces et faiblesses du scénario avaient été soupesées, les contraintes et opportunités bien analysées. Il ne leur restait plus qu'à suivre le programme à la lettre.

À partir du jour où le plan avait atteint sa maturité, ils ont augmenté la fréquence de leurs rencontres à une par semaine, afin de régler les mille autres petits détails. Après une dizaine de ces rencontres hebdomadaires, ils ont convenu de ne plus se voir. Le cellulaire remplacerait les rendez-vous.

Aujourd'hui, les deux sont extrêmement satisfaits des étapes réalisées en incluant la gestion du cas Beauregard. Un jalon important a été franchi il y a quinze jours. Ils sont entrés dans un scénario de non-retour.

Stockholm, jeudi 7 juin

Quand Ruth, l'assistante de Jérôme Nantel, lui apporta l'enveloppe ce matin à neuf heures, Duroy resta surpris. Il la contempla, vit qu'elle ne contenait pas de données sur l'expéditeur, aucun timbre, seulement la mention : « À remettre à M. Pierre Duroy ». Elle avait manifestement été livrée le matin même à la réception du bureau de Stockholm, par quelqu'un qui savait qu'il s'y trouvait.

Lorsque le directeur de la surveillance se déplace d'une unité à l'autre pour effectuer des enquêtes de préemplois ou pour faire des audits sur les systèmes de sécurités des différentes installations, il a l'habitude de s'installer dans un bureau de visiteur. Cette fois-ci, profitant de son congé forcé, il a décidé de s'installer dans le bureau du grand patron de la division européenne, Jérôme Nantel, sans en demander la permission à qui que ce soit. Porté par l'importance et la visibilité de son enquête, Duroy se sent le maître du monde. C'est sur lui que repose le dénouement de la plus grande crise qu'a connu l'entreprise. Le mandat lui vient du numéro un en personne, François Monet. Tous n'ont qu'à s'incliner. Même s'il ne pouvait dévoiler la teneur précise de ses recherches, il s'assurait que l'on sache qu'il travaillait sur un mandat personnel de Dieu le père en personne.

Ruth l'a trouvé dans le bureau en arrivant lundi matin. Pendant une seconde, elle a pensé que son supérieur revenait de son congé de maladie. À la place, elle a trouvé cet homme plutôt costaud, rustre, mais avec l'œil lucide et plus froid qu'une banquise à la dérive dans l'Antarctique. Plutôt que de la saluer, il lui a demandé un café sans lait ni sucre. Heureusement qu'elle avait entendu dire qu'il serait dans les parages cette semaine-ci, car lui, il agissait comme si tout le monde devait évidemment connaître un homme aussi important que lui.

L'enveloppe lui brûle les mains, mais il préfère attendre que Ruth ait quitté le bureau avant de l'ouvrir.

Une clef USB et une feuille pliée sur elle-même en tombent. La feuille d'abord, écrite à l'ordinateur :

> *Le contenu de cette clef vous intéressera sûrement.*
> *Gabriel Beauregard en sait plus qu'il ne le prétend.*

Instinctivement, Duroy tourne la feuille de l'autre côté, rien de plus. Il regarde sa montre. Anouk Beauregard devrait être ici depuis une dizaine de minutes. Tant pis, il prend le temps d'insérer la clef dans son ordinateur portable.

À l'écran, il peut lire :

Dossiers personnels de Gabriel Beauregard
Mot de passe :

Duroy reprend la feuille et la réexamine dans tous les sens. Rien ! Aucune indication sur un éventuel mot de passe.

Quelqu'un se paie ma tête, mais pas pour longtemps, se dit-il à lui-même, vert de rage. Il prend le téléphone et le raccroche pour utiliser son BlackBerry, plus sûr, pense-t-il. Le type à l'autre bout du fil est un consultant, embauché à l'occasion par ses services pour travailler sur des projets spéciaux. Ce consultant est un ancien employé du service de l'informatique de Preston One. Il se chargera de trouver le bon expert pour la mission que vient de lui confier Duroy.

Il a à peine le temps de raccrocher que Ruth entre à nouveau dans le bureau.

- Madame Beauregard est arrivée, monsieur.

- Et mon café !

- Oups ! Désolée, j'ai oublié, monsieur.

Depuis lundi, Ruth se fait un devoir d'oublier le café ou mieux, d'oublier de ne pas y mettre du lait ou du sucre.

Dès son entrée, Anouk, vêtue en femme d'affaires, donne une solide poignée de main au directeur de la surveillance pour marquer le pas. Elle décide de ne pas s'excuser de son retard, de toute façon, le directeur ne semble pas s'en être aperçu ni en être offusqué. Elle n'attend pas qu'il l'invite à s'asseoir et choisit le meilleur fauteuil à la table de conférence, probablement celui utilisé par Nantel et certainement par monsieur Duroy en personne, cette semaine.

L'homme esquisse un petit sourire et se dit à lui-même : *c'est comme ça que tu veux la jouer, ma grande. Tu l'auras voulu.*

C'est le début du bal des questions. Son expérience et son savoir-faire dans ce domaine sont reconnus dans l'entreprise ainsi que dans son ancien milieu. Il excelle à ce jeu. Son côté satirique y trouve un plaisir marqué. Aucun témoin ne lui résiste. Il se jette verbalement sur sa victime comme un prédateur sur sa proie qui à la longue, perd tous ses moyens de défense. À la fin, il sait généralement tout ce qu'il veut savoir, et même un peu plus grâce à sa persuasion, à sa ruse et à sa capacité de faire des recoupements.

Cette fois-ci, la partie sera intéressante, il en bave d'anticipation.

CHAPITRE 15

Stockholm, jeudi 7 juin

J'ai toujours aimé faire le trajet en train, entre l'aéroport Arlanda et le centre-ville de Stockholm. Aujourd'hui, je le trouve interminable. J'aurais pu prendre le taxi, mais à cette heure-ci, le train est de loin le meilleur moyen de déjouer les embouteillages matinaux. Heureusement, dans ce pays tout est généralement à l'heure, avions comme trains. N'empêche, il est huit heures cinquante et je n'arriverai à la gare qu'à neuf heures dix. En additionnant les quinze minutes de taxi entre la station et le bureau, dans le meilleur des cas, je ne serai pas à destination avant neuf heures vingt-cinq.

À l'heure prévue de mon arrivée, Pierre Duroy aura cuisiné Anouk depuis vingt-cinq longues minutes. Une éternité. Maintenant, pour me consoler, si je suppose qu'elle sera en retard comme à son habitude de, disons, dix minutes, il en restera tout de même quinze. Enfin, ils auront peut-être pris cinq autres minutes en formalités, quoique je connaisse assez Pierre Duroy pour savoir que les mondanités ne sont pas son point fort. Tout compte fait, Anouk se sera peut-être épargné quinze ou vingt minutes d'interrogatoire. Si mes calculs sont exacts, cela leur laisse de cinq à quinze minutes de vraie discussion avant mon arrivée. Ces minutes risquent d'être très longues entre les mains de Pierre Duroy, surtout s'il est aux abois.

Si seulement elle n'avait pas fermé son cellulaire hier soir et encore ce matin, j'aurais pu la dissuader d'aller à ce rendez-vous. Je ne comprends toujours pas ce qui la motive à rencontrer Duroy. En ce moment, je suis frustré par les évènements. Au lieu de suivre mon plan, je dois courir auprès de ma sœur qui risque de tout faire rater, sans parler de sa propre sécurité. Merde !

Enfin, me voici à la gare, au centre-ville. Je suis chanceux, car je suis parmi les premiers à sortir du train et donc parmi les premiers à prendre l'une des rares voitures taxis présentes. Il faut dire que j'ai peut-être frôlé la limite inférieure de la politesse avec certains passagers devant moi, un peu trop nonchalants à mon goût.

C'est là que l'idée me vient. Comment s'appelle-t-elle déjà ? Elle est Anglaise. J'ai son nom sur le bout de la langue. Au hasard d'une conversation en attendant Jérôme à son bureau, je me suis enquis de son bel accent anglais qui n'était pas celui auquel on s'attend d'une Suédoise. Elle a mentionné qu'elle venait de Leeds. En ce temps-là, je devais souvent transiter par Leeds, au centre de l'Angleterre. Le lieu de son origine m'avait donc frappé. Ruth ! Voilà, Ruth. Je n'aurais appelé personne d'autre au bureau de Stockholm, mais elle, je sais qu'elle est la discrétion absolue. Elle verrait un revenant qu'elle n'en dirait mot à personne. Je la contacte tout de suite.

Elle décroche immédiatement.

- Bonjour, Ruth, Gabriel Beauregard.

- Monsieur Beauregard, comment allez-vous ?

Sa question était des plus sincères, son intonation ne mentait pas.

- Très bien, merci. Dites-moi, Ruth, je suis un peu pressé, est-ce que ma sœur Anouk Beauregard est à vos bureaux en ce moment ?

- Oui, elle est en conférence avec monsieur Duroy dans le bureau de monsieur Nantel.

Elle a insisté sur la deuxième partie de sa phrase.

- Sont-ils seuls ?

- Oui, je ne crois pas que monsieur Duroy attende une autre personne.

- Pourriez-vous faire quelque chose pour moi ?

Elle semble un peu intriguée, mais répond par l'affirmative.

- Allez dans le bureau et demandez à ma sœur de venir prendre un appel dans la salle des visiteurs en lui mentionnant qu'il s'agit d'une urgence. Après, redirigez cet appel vers cette salle puis raccrochez.

Instinctivement, Ruth sait que toute cette mise en scène déplairait à monsieur Duroy. Elle ne peut retenir l'apparition d'un petit sourire - avec ou sans sucre - et s'exécute.

Elle ne frappe pas à la porte de peur de se faire répondre de revenir plus tard.

Intelligente, après avoir avisé Anouk de l'urgence téléphonique en question, sans évidemment mentionner qu'il s'agissait de son frère, Ruth se place entre cette dernière et le directeur de telle sorte que toute tentative d'intimidation visuelle s'avérerait inutile. Les gros yeux du directeur n'ont plus de cible. Anouk sort comme une balle en prenant soin de ramasser sa sacoche, dans le cas très souhaité où elle n'aurait pas à revenir dans ce bureau.

- C'est par ici, madame, la petite salle au fond.

- Merci. Il s'agit de mon frère, je suppose.

Ruth trouve Anouk un peu pâle.

- En effet, je crois qu'il s'inquiète pour vous. Vous voulez un thé, madame ?

- Merci, non. Vous êtes bien aimable.

Anouk sent que l'assistante lui porte une attention bien réelle. Possiblement parce qu'elle est la sœur de Gabriel qui était très apprécié partout où il se présentait dans l'entreprise. Ou peut-être, est-ce par compassion parce qu'elle sait qu'un entretien avec le directeur de la surveillance est un supplice en soi.

Ses faibles jambes l'incitent à s'asseoir d'abord, puis elle prend la ligne.

- Salut, grand frère !

- Comment la discussion se déroule-t-elle ?

J'ai décidé que je l'engueulerais une autre fois. Et puis, je suis tellement heureux de l'avoir au téléphone, pour le moment, je veux juste la sortir de là. Nous réglerons nos comptes plus tard. Le temps presse.

- Tu pourrais me dire : « Bonjour, petite sœur, comment vas-tu ? Que je suis heureux que tu sois en Europe, toi aussi ! » Ou quelque chose du genre.

Je connais assez ma sœur pour savoir quand elle me joue la comédie. C'est exactement ce qu'elle fait en ce moment même. Elle me leurre.

- Ça va, Anouk, n'en mets pas autant. Dis-moi plutôt comment se passe ta rencontre.

Beaucoup plus hésitante maintenant, sa voix me semble sur le point de se briser.

- Merci, Gabriel. Sors-moi de là, réussit-elle à me dire après avoir laissé tomber son masque.

- Que veut-il savoir, celui-là ? Qu'est-ce qu'il cherche ? Qu'est-ce que tu lui as dit ?

- Ce type est un maniaque, Gabriel. Il cherche à savoir si tu es remis de ta dépression, si tu bois encore, si tu viens souvent en Europe, si tu as encore des contacts avec des gens de la boîte, si tu es allé en Chine dernièrement. Je ne comprends rien, Gabriel. Je ne sais pas où il veut en venir. Ce n'est pas de cette façon que j'envisageais notre rencontre. J'ai tout raté.

Anouk ne peut retenir ses larmes. Ça y est, maintenant elle ne dira plus rien faute de pouvoir surmonter les sanglots qui lui coupent la voix.

- Voici ce que nous allons faire, petite sœur. Reste là où tu es, Ruth ne dira rien à Duroy. Quand j'approcherai de l'immeuble où tu es, je t'appellerai sur ton cellulaire et tu me rejoindras en courant dans le taxi dans lequel je serai. Tu ne devras pas te retourner. Si tu le croises, ne dis rien ou dis simplement que tu dois partir pour une urgence. Il n'aura pas de difficulté à te croire, vu ton état. Ah oui ! S'il te plaît, ouvre ton maudit cellulaire.

* * *

Quand Pierre Duroy a accepté le poste de directeur de la surveillance chez Preston One il y a cinq ans, il venait de démissionner de la Direction générale de la sécurité extérieure de la France, le DGSE. La démission a fait l'objet d'un communiqué laconique :

> *« À tout le personnel-cadre du DGSE.*
>
> *Veuillez noter qu'à compter de ce jour, l'agent Pierre Duroy quitte ses fonctions pour poursuivre d'autres champs d'intérêt.*
>
> *Ses enquêtes actives seront redistribuées ultérieurement à d'autres agents.*
>
> *Nous lui souhaitons bonne chance pour la suite de sa carrière.*
>
> *Le directeur général »*

Un mois après la publication de la note, Pierre Duroy entamait une nouvelle carrière chez Preston One à titre de directeur de la surveillance. Son nouvel employeur a évidemment effectué une enquête de préemploi, mais a vite constaté que ce milieu n'était pas parmi les plus transparents. La raison évoquée par Duroy pour justifier son départ était plausible : une surdose de voyages, de plusieurs semaines à la fois. Les gens de Preston One sont bien placés pour comprendre l'effet des voyages fréquents sur la vie privée. Dans ses anciennes fonctions, Duroy pouvait être à l'extérieur pour une période équivalente à six mois par année. Il ne voulait plus maintenir ce rythme infernal.

Lorsque questionné par des chasseurs de têtes très efficaces, monsieur Duroy a finalement fait allusion à sa dernière mission au Caire, dont le déroulement n'aurait pas plu à ses supérieurs. À son dire, cette situation était due à un conflit de personnalités plutôt qu'à la mission elle-même. Preston One a dû se contenter de cette courte version des faits, le tout étant évidemment dans le domaine du secret. Difficile d'évaluer si le secret professionnel était une marque d'éthique ou s'il servait favorablement le candidat.

Preston One lui fit une offre justifiée par son énergie, son approche stratégique malgré ses airs rustres, sa logique et admettons-le, sur le fait qu'il ait été le seul candidat vraiment sérieux. Offre qu'il accepta immédiatement, même si pour lui, cela signifiait un déménagement de Paris vers Berlin, là où est basé son poste actuel.

Depuis cinq ans, ni lui ni l'employeur n'ont eu à regretter l'entente. Il a su mériter la confiance de la direction par son efficacité et particulièrement par ses excellents résultats. Il n'est peut-être pas le collègue le plus aimé de l'entreprise, en plus d'être redouté de tous, mais il livre la marchandise.

Depuis qu'il est en poste, il n'y a plus de documents confidentiels qui traînent sur les bureaux le soir. Les ordinateurs portables non utilisés sont placés sous clef. Tous les courriels externes sont analysés selon un algorithme qu'il a aidé à concevoir. Des caméras de surveillance ont été installées dans des endroits stratégiques. Tout document laissé plus de cinq minutes sur une imprimante ou un photocopieur est systématiquement ramassé et détruit. Tous s'entendent pour dire que son approche est contraignante, mais la notion de confidentialité de l'information s'en est trouvée grandement améliorée.

CHAPITRE 16

Stockholm, jeudi 7 juin

Si ce n'avait été de l'aspect tragique de la situation, nous en aurions ri, Anouk et moi. Nous nous serions crus dans un film de James Bond.

Grâce à la promesse d'un gros pourboire, mon jeune et intrépide chauffeur de taxi torpille sa voiture jusqu'au bureau de Stockholm, arrivant sur place sous les bruits d'un bruyant freinage. Prévenue par mon appel, dès qu'elle aperçoit l'ombre de la voiture, Anouk sort de l'immeuble en courant et me rejoint sur le siège arrière par la porte que je venais d'ouvrir alors qu'elle était à peine immobilisée. Elle saute sur le siège et bien que la portière ne soit pas complètement refermée, la voiture taxi redémarre en trombe, nous contraignant tous les deux à rebondir sur le dossier, avant que l'on ait la chance d'attacher nos ceintures.

- Qu'est-ce que tu fais ?

- J'envoie un texto à Mat et Damien, ils sont probablement morts de peur pour toi.

- Tu grattes sur les interurbains maintenant.

- Il est neuf heures quarante ici. Sais-tu quelle heure il est à Montréal? Trois heures quarante du matin. Je suis certain qu'ils vérifient leurs cellulaires chaque fois qu'ils se réveillent et grâce à toi, cela doit leur arriver souvent cette nuit.

- Je n'ai pas besoin de tes remarques en ce moment, Gabriel.

Bon, je m'étais dit que j'attendrais au moins d'être rendu à l'hôtel avant de lui dire ce que je pense de ses frasques. Ma réflexion est sortie toute seule. Même si je suis extrêmement soulagé d'avoir sorti Anouk des griffes de Duroy, je pourrais l'étrangler juste là, sœur ou pas sœur.

- Au fait, à quel hôtel es-tu logée? J'ai demandé au chauffeur de se diriger vers la vieille ville pour qu'il démarre sans attendre, mais là, nous devons lui donner une adresse.

- Holiday Inn près du port, lui répond Anouk aussi sèchement.

- Je vérifie si je peux réserver une chambre à ton hôtel, j'ai mes bagages avec moi. Après, il faut que l'on discute.

- Pas tout de suite, je suis exténuée. Je n'ai pas tellement dormi la nuit dernière et…

- Moi non plus! Et tu sais très bien pourquoi.

- Laisse-moi terminer. Si l'on cassait la croûte ensemble dans deux heures, ce repos me donnerait le temps de me refaire un peu. Après je serai tout à toi pour la séance de torture, monsieur l'inquisiteur en chef.

- Midi, à la réception. Nous nous trouverons un restaurant ou une terrasse dans le coin.

Il ne restait plus de chambres régulières ; Stockholm est une ville beaucoup visitée qui a tellement à offrir aux touristes, surtout en été. Heureusement l'été il y a moins de gens d'affaires, il restait deux suites juniors de libres. Affaire conclue, il n'en reste plus qu'une maintenant.

* * *

Quand mon cellulaire sonne à onze heures trente, j'appréhende que ce soit Anouk. Je suis certain qu'elle s'est trouvé une excuse quelconque pour remettre notre discussion de ce midi.

En fin de compte, c'est Mat. Debout à cinq heures trente tous les matins, il avait déjà reçu mon texto. Une surprise m'attend !

- Je n'ai plus d'enquête, Gabriel !

- Qu'est-ce que tu me racontes ?

- Mike David vient tout juste de me contacter.

- Quoi ? Il est sorti de sa cachette, celui-là ! Il n'est plus sur la liste des personnes disparues !

- Tu as tout compris. Il n'a pas été kidnappé. Il me dit qu'il est libre de ses mouvements, mais préfère demeurer sous le radar parce qu'il a toujours peur.

- Se sent-il menacé, comme sa conjointe l'a d'abord rapporté ?

- Oui, mais son histoire n'est pas très claire, faute de détails. Il m'a surtout donné l'impression d'un homme qui ne fait confiance à personne et qui préfère se faire discret pour le moment.

- Es-tu certain que c'était bien lui?

- Je lui ai posé une panoplie de questions. Toutes ses réponses corroborent les faits recueillis lors de mon entrevue avec Julie Pronovost. Je peux affirmer que c'est bien notre homme.

- Où est-il?

- Il ne me l'a pas dit.

- Mais tu dois bien avoir une trace de l'appel!

- Il utilise un cellulaire jetable avec une carte prépayée. Il m'a seulement dit qu'il était en Europe. Donc il est de ton côté de l'Atlantique.

- Qu'est-ce qu'il voulait?

- C'est là que l'histoire devient intéressante.

- Bon, tu comptes me faire languir encore longtemps?

- Pas très, non.

Il s'arrête là.

- Alors, vas-y, continue. Je ne te ferai pas le plaisir de t'implorer, Mat.

- J'aurais bien aimé, mais bon, je m'en passerai pour cette fois. Donc, puisque tu ne veux pas que je te fasse languir, je te raconte la suite. - Sa voix devient plus professionnelle -. Il m'a demandé si nous pouvions garantir sa sécurité s'il revenait à Montréal. Il m'a paru fatigué et stressé. Il parlait tout bas et d'une manière saccadée. Quand j'ai demandé plus de précisions sur ce qu'il voulait dire par « garantir sa sécurité », il est devenu muet comme s'il venait de regretter de m'avoir appelé.

- C'est tout !

- Étant donné qu'il ne parlait plus, j'ai eu peur qu'il ne raccroche. J'ai décidé de lui dévoiler que tu étais mon ami et que tu étais sur les traces d'une fraude présumée chez son employeur. Je lui ai dit que nous trouvions étrange sa disparition dans ces circonstances et que nous croyions qu'il y avait peut-être un lien entre les menaces dont il fait l'objet et cette possible fraude. À ce moment-là, j'ai senti qu'il se remettait à respirer comme si je venais de lui ôter un fardeau de ses épaules. J'ai conclu sur le coup, vu la spontanéité de sa réaction, qu'il est peu probable qu'il soit impliqué directement dans une fraude, mais là, je me trompe peut-être. Puis, je lui ai mentionné que tu étais présentement à Stockholm.

- Quelle a été sa réaction ?

- Je crois qu'il s'est mis à pleurer. Il veut te parler, Gabriel. À toi et seulement à toi. Je lui ai donné ton numéro de cellulaire. J'espère que j'ai fait la bonne chose.

* * *

Il est midi moins une. Je me trouve dans le hall de l'hôtel et je suis bien décidé à ne pas laisser la moindre chance à Anouk. Dans précisément une minute, je me présente à sa porte de chambre et je la force à me parler. Il y a une limite à laisser quelqu'un entrer dans ses affaires, même si elle est ta sœur.

La minute qui suivit n'a été qu'échafaudages de scénarios sur le même thème, le pied de nez de plus en plus probable de la part d'Anouk.

Juste comme j'allais me lever, bouillonnant de l'intérieur, pour aller la relancer à sa chambre, je la vois sortir de l'ascenseur et venir dans ma direction. Je ne sais plus si je suis heureux de la voir honorer notre rendez-vous, ou si je suis déçu de ne pas avoir l'occasion de me défouler sur le seuil de la porte de sa chambre.

Elle décide de me la faire courte :

- Où va-t-on ?

Elle ne me donne pas l'impression d'être plus reposée que tout à l'heure, je dirais même qu'elle me fait l'effet inverse.

- As-tu des idées ?

- C'est toi l'ancien grand vice-président aux finances du siège social qui venait ici tous les mois comme moi je vais à Longueuil. Alors, décide.

- C'est bon, j'ai compris. C'est plutôt à moi de t'en vouloir pour être entrée dans mes affaires, dans mon dos, sans m'en parler. Je peux très bien me passer de ta mauvaise humeur en plus. Tiens ! Allons ici au restaurant de l'hôtel, il n'y a pas un chat, les touristes sont dans les rues à cette heure-ci de la journée. Tant pis pour l'ambiance.

J'évite de la regarder et me dirige directement vers le bistro de l'hôtel, adjacent à la réception. Anouk me suit, elle sait qu'elle n'a pas le beau rôle. Nous avons le choix des tables. Celle au bout près de la fenêtre me paraît bien située pour le genre de discussion que j'ai l'intention d'avoir avec elle.

Le serveur se jette sur nous, trop heureux d'avoir de la compagnie. Je commande deux sandwichs et deux bières. C'est seulement après avoir commandé que je demande à ma sœur si mon choix fait son affaire. Elle ne me répond pas. Je crois que cela lui importe peu. Ou peut-être garde-t-elle ses énergies pour la vraie discussion.

Je regarde à l'extérieur, par la fenêtre adjacente à notre table, et choisis de ne rien dire jusqu'à ce que notre bière soit servie, ce qui se fait à l'instant.

- Ne crois-tu pas qu'il est temps de me dire ce que tu fais ici ? Qu'est-ce que tu as dit au directeur de la surveillance ? Merde, de quoi te mêles-tu ?

Mon ton a monté subitement. Je n'ai pu me retenir.

- Je l'ai fait pour les employés et les petits actionnaires dont tu nous as parlé l'autre jour. Je l'ai fait aussi pour, admettons-le, l'aventure. Comme toi, j'ai besoin de me changer les idées ces temps-ci, vois-tu. Mais je l'ai fait, peut-être aussi et avant tout, pour toi, Gabriel. J'ai eu l'idée, pour une fois, que moi aussi je pouvais t'aider, que ce n'est pas uniquement à toi de le faire pour moi. J'ai trouvé l'occasion parfaite. Il me restait quelques jours de vacances. Voilà, tu connais la suite.

Depuis que nous sommes petits, Anouk a ce don de la jouer juste sur le bon ton. Tantôt, avec une logique implacable puis, quand je m'y attends le moins, elle m'amène sur le terrain émotif des relations frère-sœur. Qu'elle le fasse consciemment ou non, la stratégie fonctionne à tous coups. Cette fois-ci ne fait pas exception. Je n'ai plus une once de colère. Son air triste m'achève. Je me sens tout à coup beaucoup plus léger. Je crois qu'elle s'en aperçoit.

Voilà, c'est moi qui me sens coupable à présent. Elle tend la main. Je la prends. Le serveur qui nous épie au lieu de s'activer à nous amener nos sandwichs nous prend probablement pour un couple qui se remet d'une dispute.

- Oublie mon comportement agressif, petite sœur, je me suis peut-être un peu emporté. Il n'y a pas seulement le fait que tu te sois invitée dans mes affaires, qui m'a mis dans cet état.

Sa main relâche sa pression.

- Je te savais avec ce type, seule ici, à Stockholm. Si tu savais comme il y a des enjeux importants, tu comprendrais ma crainte de te voir mêler de près ou de loin à toute cette affaire.

Sa main reprend son tonus.

- Je le sais, grand frère, j'ai dîné avec le directeur de la vérification interne avant de quitter Montréal. Un homme charmant et aussi orgueilleux que volubile !

- Tu as…

- Oui, j'ai… reprend-elle après m'avoir interrompu.

C'est ce moment-là qu'elle choisit pour se prendre une longue gorgée de bière. Je ne peux rien faire d'autre que d'attendre. Tout commentaire, à ce moment-ci, inviterait une réplique qui serait plus longue à traiter que le temps interminable qu'elle voudra bien consacrer à sa si précieuse gorgée de bière.

Enfin, le verre retrouve sa place sur la table. En espérant maintenant que les sandwichs n'arrivent pas tout de suite.

- Il m'a parlé d'une vérification interne autour d'un trou d'environ treize millions de dollars pour l'unité de Stockholm et de sept millions pour l'unité de Vienne. Pas loin de vingt millions au total.

- Le vérificateur interne t'a parlé de sa vérification !

- Aussi vrai que je suis là, en face de toi, mon cher.

- Mais…

Anouk m'interrompt à nouveau pour me raconter les détails de son fameux dîner. Elle a été plutôt vague sur sa stratégie qui a amené le vérificateur à lui confier les secrets en question, mais j'avoue que le résultat est bien là. Elle en savait presque autant que moi avant même de quitter Montréal. L'aurais-je encore sous-estimée ?

L'affaire m'apparaît plus claire à présent. Les rumeurs dont Christian me parlait, maintenant corroborées par le même écart de dix pour cent sur le taux de change du projet de Vienne, sont très inquiétantes. Tous les faits concordent. Je ne serai pas étonné de trouver la même faille ici, à l'unité d'affaires de Stockholm. Je suis d'autant plus troublé que, comme me le faisait si bien remarquer Mat, même s'il s'agissait d'une fraude, le coupable est certain de se faire prendre. Je n'y comprends toujours rien.

Encore plus préoccupant, il semble que de plus en plus de personnes soient au courant : Christian le contrôleur européen rencontré à Berlin, Stefan le contrôleur de Vienne, le directeur de la surveillance, certainement Mike David et Jérôme Nantel qui est en congé de maladie et évidemment le type de la vérification interne, sans compter ma petite sœur, moi et le ou les coupables ! Les hauts dirigeants de Preston One à Montréal doivent être complètement hystériques.

Cette affaire doit être réglée de toute urgence, avant qu'elle ne s'ébruite dans la communauté des investisseurs, ce qui sera fait au plus tard à l'assemblée des actionnaires de jeudi prochain quatorze juin. Dans exactement une semaine maintenant ! La transparence oblige les dirigeants à divulguer toutes pertes extraordinaires anticipées, à plus forte raison si ces pertes sont dues à une fraude interne. Ce sera la catastrophe pour l'entreprise. Le temps presse.

Je crois qu'Anouk détecte mon état d'esprit. Elle reprend l'initiative de la discussion.

- Qu'est-ce que nous allons faire maintenant ?

Et vlan ! Elle choisit d'utiliser un : « nous », pas un simple : « tu ». Que puis-je répondre ? Je décide de m'acheter du temps en mettant Anouk à niveau avec les informations que j'ai recueillies de mon côté.

Je m'exécute en lui révélant ce que j'ai appris depuis mon arrivée ici.

Elle semble apprécier cette marque de considération. Elle ne m'a pas interrompu une seule fois, buvant chacune de mes paroles. Elle ne s'est même pas retournée quand les sandwichs sont arrivés. La mâchoire lui est tombée quand j'ai abordé le chapitre le plus récent c'est-à-dire l'appel de Mat juste avant notre dîner, relatant la réapparition de Mike David. Cette fois, elle ne me laisse pas terminer et me coupe.

- Puis, est-ce qu'il t'a appelé ?

- Oui, dix minutes après l'appel de Mat, juste avant midi, mon cellulaire sonnait à nouveau. C'était lui, Mike David en personne. J'ai bien reconnu sa voix. Il est même ici à Stockholm. Il veut me voir.

- Que fait-il à Stockholm, celui-là ?

- Il a probablement su que j'y étais...

- Mais Gabriel, il a su que tu y étais il y a à peine une heure !

- Ce fait m'a intrigué aussi. Puis je me suis dit qu'il venait peut-être m'attendre ici, à Stockholm. Il aurait appris mon intention d'y venir, je ne sais comment, bien avant que Mat lui confirme ma présence. Ceci, c'est en présumant qu'il savait que j'enquête sur l'affaire, mais je ne vois vraiment pas comment il l'aurait su. Et puis, Mat m'a dit qu'il a été vraiment surpris quand il lui a parlé de ma présence ici. Le plus probable est qu'il se terre à Stockholm ou bien il enquête lui aussi et cela l'a amené ici ou encore, il fait partie du coup et doit être ici pour cette raison. Comme tu le constates, il est de plus en plus clair qu'il y a une relation entre son ancienne disparition et la fraude interne.

Sans regret, Anouk met de côté sa belle théorie de lundi dernier sur la supposée intervention de madame dans la disparition de monsieur. Elle ne voit pas d'autres explications possibles ; mon énumération des possibilités lui semble complète.

Je suis étonné de constater à quel point elle est entrée dans le jeu. Elle prend cette affaire très au sérieux, elle aussi. Où est-ce le résultat de sa rencontre avec notre ami commun le directeur de la surveillance qui lui donne le goût de s'engager davantage ?

Elle dépose son sandwich à peine grignoté.

- C'est tout ! Il veut te voir. Il ne t'a pas dit pourquoi. Il inquiète sa conjointe, fait travailler la Sûreté du Québec, te fait courir en Europe et moi je...

Elle s'arrête subitement, préférant à raison, ne pas remuer la poussière encore en suspension dans l'air.

- Il a peur, Anouk. Il m'a dit qu'il ne fait plus confiance à personne, sauf à moi. On l'a menacé et Pierre Duroy lui court après. Notre conversation s'est limitée à trente secondes.

- Quand le rencontrons-nous ?

La voici qui en remet. Ma première réaction est de lui dire : « Prends le premier avion qui rentre à Montréal. » Et puis merde ! Comme me le rappelait Damien, elle est assez grande pour savoir ce qu'elle fait. Peut-être a-t-elle besoin aussi de ce défi pour l'aider à oublier sa peine d'amour. Ce serait sa bouée à elle, comme elle l'est en quelque sorte pour moi. Ce n'est pas comme si je la faisais venir ici, elle y est déjà, de son plein gré. C'est son choix qu'elle m'a en quelque sorte imposé. Et puis, je suis à ses côtés maintenant.

Mais pourquoi est-ce que je me sens encore indécis malgré tout ?

Anouk met fin à mon tourment.

- Gabriel, c'est moi qui insiste. Tu n'as pas à t'en faire, je sais ce que je fais. Je me tiendrai loin de la mêlée si l'affaire se corse.

Je ne réagis pas.

- Tu es bien placé pour me comprendre, toi qui es entré dans cette aventure pour des raisons semblables aux miennes. Sentiment d'utilité et reprise en main de ta vie ; évidemment en plus de vouloir aider tous ces gens. Tu vois, moi, j'ai une raison de plus que toi.

Elle s'arrête et attend ma réaction.

Pas très malin, je tombe dans son piège en lui demandant évidemment quelle est cette autre raison, ce à quoi elle s'empresse de répondre.

- En plus, je veux t'aider. Toi !

Si j'avais une once de rancœur, elle a disparu sur-le-champ. Je tourne la page.

- Je rencontre Mike à dix-neuf heures ce soir. Il va me recontacter plus tard pour m'indiquer le lieu. Quant à Anders...

- Anders ?

- Oui, Anders, il est le contrôleur de l'unité de Stockholm, l'équivalent de Stefan, mais ici à Stockholm. Il se rapporte aussi à Christian.

À présent, elle me fait la moue. Je me demande pourquoi. Mais au même moment, le compte rendu des évènements qu'elle m'a fait tout à l'heure me revient en mémoire. J'ai ma réponse : hier, elle n'a pas vécu une expérience très heureuse lors de sa conversation téléphonique avec mon ami Christian. Je n'y reviens pas.

- Donc pour en revenir à Anders, nous le rencontrons - je lui fais un beau sourire en appuyant sur le « nous » - cet après-midi à dix-sept heures à la sortie de la station de métro Slussen, près de notre hôtel. C'est une station assez passante, proche des transbordeurs à destination des îles. Nous devrions passer incognito. Difficile, pour qui que ce soit, de le suivre ou de nous suivre. L'endroit est idéal. Nous le croiserons, par hasard, à dix-sept heures.

- Sait-il de quel sujet tu veux l'entretenir ?

- J'ai été discret au téléphone, mais quand Christian a su que je voulais le rencontrer, il l'a contacté pour me faciliter la tâche. Anders, comme Stefan à Vienne, est aux prises avec une perte inexpliquée qui doit aussi mettre toute son unité sur les dents. Il ne m'a pas semblé si surpris lorsque je suis demeuré vague sur l'objet de notre rencontre et sur la nécessité de l'avoir à l'extérieur du bureau. J'ai vraiment hâte de savoir si les dépassements ici ont la même cause que sur le contrat de Vienne. La réponse, quelle qu'elle soit, changera le cours de notre enquête.

- Merci.

- Pourquoi merci?

- Merci, Gabriel, de me faire confiance.

CHAPITRE 17

Montréal, jeudi 7 juin

- C'est un excellent choix, madame. Est-ce pour un cadeau?

- Oui, c'est pour mon mari. C'est à l'occasion de notre quinzième anniversaire de mariage. Il adore surtout les toiles représentant des animaux exotiques. Vous voyez, je lui achète un tableau par année depuis que nous sommes mariés. Avec celle-ci, il aura une collection de quinze toiles.

Damien qui n'est pas fort en chiffres avait tout de même réussi à figurer le produit de quinze fois un!

- Il possède déjà des toiles de lions, de girafes, de gazelles et ainsi de suite. Pourvu que ce soit des animaux sauvages.

- Je vous l'emballe alors.

- S'il vous plaît, merci. Vous savez, c'est sa façon à lui de voyager dans des endroits de rêve qu'il ne verra probablement jamais.

- Ce papier vous convient-il?

- Parfait! merci. C'est moi qui lui ai acheté toutes les autres toiles. Une à chaque anniversaire. Je vous l'ai déjà dit, je crois.

- Je vois. Je vous félicite, répond Damien qui fait tout pour accélérer la transaction.

- C'est la première fois que je visite votre boutique, Le Zèbre. Je me suis dit que vous vendiez sûrement des toiles d'animaux avec un nom semblable.

La femme rit maintenant. Elle se trouve drôle.

- Bon, ce n'est pas un zèbre - elle fait une mimique -, mais un orang-outan. Le tableau devrait tout de même lui plaire.

Elle se met à rire à nouveau.

Une vente c'est une vente, Damien en convient. Mais quand le seul critère d'un client est de trouver une toile d'un animal sauvage qu'il n'a pas déjà dans sa collection et à bon prix de surcroît, il se demande ce qu'il fait ici. Toutes ses études, ses recherches, ses essais, pour en arriver à vendre une toile d'orang-outan à cette dame qui, à bien lui regarder l'air, n'est pas tellement éloignée de ce que la toile représente.

Un jour, un jour, on découvrira son talent et à ce moment-là, il sera tellement heureux de relater avec humilité ses modestes débuts. Pour l'instant, la modestie est longue. Il doit terminer l'emballage de la toile, plutôt ordinaire, mais cela l'aidera au moins à atteindre son objectif de vente pour la journée.

Ce n'est pas Damien qui a trouvé le nom de la boutique. Quand il y a fait ses débuts, elle était en activité depuis cinq ans. Il s'est trouvé des affinités avec le propriétaire, un artiste lui aussi, mais qui a eu la chance de disposer d'un petit héritage lui permettant d'avancer la mise de fonds pour faire l'acquisition du modeste commerce. Une petite boutique d'art aide son artiste à payer l'épicerie en attendant qu'arrive la célébrité.

Son premier geste a été de la rebaptiser pour : « Le Zèbre ». Son concept, à l'époque, était de proposer uniquement des œuvres en teintes de noirs et de blancs, de là le nom. Survie oblige, Le Zèbre devint avec le temps de plus en plus coloré. Quand Damien débuta comme aide-gérant, la couleur inondait déjà les murs de la place. Il ne reste de noir et blanc que le zèbre original, peint sur un des murs de la boutique.

Ils sont deux à se partager la permanence, le gérant et Damien, avec tout ce que cela signifie sur le plan des vacances, de la durée des journées de travail et des fins de semaine à se partager. Ces difficiles conditions s'ajoutent à sa frustration artistique. Et cette femme qui n'en finit plus de lui raconter des âneries...

- Ce sera comptant, débit ou par carte de crédit, madame ?

- Comptant. Je ne veux pas qu'il voit le relevé de la carte. Vous savez, c'est pour un cadeau.

Ça y est, elle recommence ! De toute façon, à ce prix ridicule, vaut mieux qu'elle garde le secret.

Quand enfin la porte se referme sur la cliente, Damien s'empare immédiatement du combiné pour appeler Mat.

Comme à son habitude, ce dernier répond presque immédiatement.

- Sergent Mathieu Smith à l'appareil.

- Mat, c'est moi.

- Quel bon vent t'amène, Damien ?

- Le vent d'Anouk et de son frère qui courent je ne sais quel danger en Europe avec cette histoire de fraude ou de disparition.

- Tu n'as pas reçu le texto de Gabriel ce matin ! Ils vont bien. Gabriel a récupéré Anouk. Les deux sont sains et saufs.

- Oui, je l'ai bien reçu, mais ce n'est pas ce qui m'inquiète. Ces deux-là ne s'arrêteront pas si facilement, tu les connais. Ils courent après les ennuis, tu le sais très bien. Tout a commencé à la blague lundi soir dernier. C'était drôle tant qu'il ne s'agissait que de discussions pour animer notre souper. J'aime de moins en moins la direction que prennent les évènements, Mat. Je suis ici, bien paisible, dans ma boutique de merde pendant qu'Anouk court tous les risques pour aider son frère et je ne sais trop qui d'autre.

- Au fait, pourquoi m'appelles-tu ? Tu vois mon vieux, je suis un peu pris en ce moment.

Damien n'apprécie pas tellement la question. La vérité c'est qu'il ne sait pas lui-même pourquoi il appelle son ami. Ce qu'il sait par contre c'est qu'il ne se sent pas bien face à la situation. Il comprend que les histoires de Preston One ou les aventures de l'autre type qui a disparu ne le concernent aucunement. Mais, maintenant qu'Anouk et Gabriel y sont mêlés, il s'agit d'autre chose. Peut-être veut-il inconsciemment se faire répondre qu'il fait bien de ne pas s'en mêler et que dans les circonstances, la meilleure chose à faire est de continuer à vendre des tableaux d'orangs-outans.

- Je ne sais pas, moi.

Damien hésite, puis l'inspiration lui offre une porte de sortie.

- Tu pourrais leur dire de rentrer à ces deux-là, avant que quelque chose ne leur arrive.

- Tu veux rire, Damien. Est-ce que tu parles de la même Anouk et du même Gabriel que je connais ?

- Je ne trouve pas ta réponse convaincante. Je me suis mis tout le monde à dos dans cette affaire. Anouk m'a engueulé comme du poisson pourri parce que je t'ai mis au courant qu'elle était partie là-bas, Gabriel en a fait autant sinon pire parce que je ne l'ai pas empêchée de partir, et même toi tu t'y mets aussi parce que je m'en fais pour eux. J'ai un mauvais pressentiment, Mat. Tu les connais, ils ne s'arrêteront pas là.

- Toi, Damien, tu restes ici. Pas question que tu partes aussi de l'autre côté de l'Atlantique. Il y a assez d'Anouk qui n'en fait qu'à sa tête.

C'est pourtant précisément la réponse qu'il espérait recevoir, mais pourquoi ne se sent-il pas soulagé? Il a vraiment besoin de se faire rassurer davantage, de se faire confirmer que la meilleure stratégie est celle de ne rien faire, que ses amis ne courent aucun danger et que Mat a un plan pour les ramener.

- Il y a sûrement quelque chose que l'on peut faire, non?

Son ton n'est pas très convaincant.

- Rien, Damien. De mon côté, le type qui avait disparu ne l'est plus. Officiellement, la Sûreté du Québec n'a plus rien à voir dans ce dossier. Quant à l'histoire de fraude, s'il s'agit bien d'une fraude, ce dont je doute parce qu'elle ne profiterait à personne puisque ses auteurs seraient rapidement démasqués, elle n'est pas de notre ressort. Alors toi, tu ne fais rien, tu ne t'en mêles pas. Est-ce bien compris? Il y a assez de Gabriel et d'An...

Mat préfère ne pas retourner le fer dans la plaie. Damien attend en vain qu'il complète sa phrase. Après quelques secondes, il comprend, par le silence du policier, qu'il est temps de conclure.

- Merci de ton écoute, Mat. Tu me tiens au courant dès que tu auras du nouveau.

- Compte sur moi, je le ferai.

Damien trouve le ton de son ami un peu vague, comme s'il venait de passer à autre chose.

- À la prochaine ! répond Damien sur un ton qui lui, se veut très net.

Les deux raccrochent en même temps. Damien, à demi rassuré, retourne dans son monde banal et transitoire, d'ici à ce que la renommée vienne à sa rencontre. Mat, lui, est figé sur sa chaise. Quand il a appris que Mike David était bien vivant et libre, il fut soulagé de laisser tomber ce dossier qui ne lui a jamais semblé tout à fait clair. Mais un petit je ne sais quoi dans le fond de sa tête le tracasse. Le texto de Gabriel ce matin, qui se voulait pourtant rassurant, ne l'a pas délivré de son malaise. En s'entendant argumenter avec Damien à l'instant, il se prit à essayer de se convaincre lui-même. Rien ne peut arriver à Gabriel ou à Anouk. Ils ont été capables ce matin de se sortir par eux-mêmes des mains du directeur de la surveillance à Stockholm. Que pourrait-il leur arriver d'autre ?

C'est justement cette question qui lui trotte dans la tête. Gabriel lui a mentionné qu'il doit rencontrer le contrôleur de l'unité de Stockholm. Maintenant, Mat ne serait pas surpris, puisque Mike David est en Europe et qu'il lui a donné le numéro de Gabriel, qu'il le rencontre lui aussi. Autant d'occasions de se mouiller. Autant d'occasions de se blesser. Mat espère au moins que son ami n'entraînera pas Anouk avec lui. Mais il n'en est pas si certain, il connaît la fille.

Comme policier, il a vu trop de coups bas se donner pour des peccadilles. Dieu sait de quoi sont capables des gens qui trempent dans une affaire de plusieurs millions de dollars, s'il s'agit bien d'une fraude évidemment. Il essaie de se consoler en se disant que ce n'est probablement pas le cas, qu'une erreur s'est glissée dans le taux de change, qu'on en trouvera la cause et que tout rentrera dans l'ordre. Pourtant, ses belles théories ne sont d'aucune utilité pour apaiser ce qui continue de le ronger à l'intérieur. Son entretien avec Damien n'a fait qu'aggraver ses doutes. Mat ne réussit pas à se détendre.

D'un coup, il appuie sur le bouton de l'interphone.

- Jeanne, peux-tu venir à mon bureau tout de suite, s'il te plaît ?

Plutôt corpulente, Jeanne est dotée d'une étonnante souplesse quand son patron lui demande de venir à son bureau sur un ton aussi déterminé

- Combien de jours de vacances me reste-t-il ?

- Si l'on soustrait la journée du mois dernier que vous avez utilisée pour prolonger la longue fin de semaine de la fête des Patriotes, il vous en reste six, sergent.

Le titre officiel de Jeanne est assistante administrative pour le département. Dans les faits, c'est elle l'organisatrice en chef. Elle gère le bilan, à l'heure près, des congés de maladie et des vacances prises et restantes de chacun des membres de l'unité, en incluant les heures de son patron. C'est à elle que l'on doit s'adresser pour tout ce qui concerne les conditions de travail. C'est même elle qui implicitement, accorde ou non les permissions en fonction du ton qu'elle prend pour les transmettre au sergent. Tous les nouveaux apprennent très tôt, ou à leurs dépens, qu'il est hors de question de la court-circuiter.

- Peux-tu appeler l'agence de voyages pour vérifier les disponibilités et les coûts pour un billet à destination de Stockholm? Vois si je peux avoir un départ aujourd'hui ou demain au plus tard. Si ce n'est pas trop cher, tu réserves. Fais mettre la facture sur ma carte de crédit personnel. Après, tu me passes le directeur, ensuite, - d'une voix moins assurée, - ma conjointe.

Stockholm, mercredi 6 juin, la veille

Depuis une semaine, Mike David, les traits tirés par la fatigue, change de ville ou de pays tous les deux jours. Il a conclu que son seul salut résidait dans la fuite. Fuir, se déplacer en permanence, bouger, tant que la situation ne sera pas éclaircie. Avec tous ses points de fidélité accumulés auprès des compagnies aériennes, il peut à sa guise, se déplacer dans toutes les directions pour brouiller les pistes.

À son retour précipité de Berlin, à la suite des menaces dont il a fait l'objet, il n'est demeuré qu'une journée à Montréal. Se sentant épié, il a pris la décision de quitter la ville, encore une fois. En catimini donc, il a pris un vol pour Paris, là où Preston One a peu d'activités. Deux jours plus tard, quand il eut l'impression qu'on l'observait, il prit le train pour Bruxelles d'où il a fait les cent pas autour de la gare du Midi avant de sauter, à la dernière minute, dans l'Eurostar pour Londres. Il s'est trouvé un petit hôtel près de la gare Saint-Pancras. Le lendemain matin, il a cru reconnaître un visage à l'hôtel, visage qu'il avait vu la veille à la gare. Mike, en bon scientifique, ne croit pas au hasard. Il n'y avait pas de chance à prendre, il déguerpit le matin même. Métro Piccadilly Line jusqu'à Heathrow afin de prendre un vol vers Stockholm.

En modifiant constamment son itinéraire, l'homme en fuite essaie de maximiser ses chances de déjouer ceux qui le suivent, quels que soient ces gens. Cette fois-ci, pense-t-il, on ne le cherchera pas si près de la tanière, soit le siège social européen à Stockholm.

C'est en arrivant ici, aujourd'hui, ce mercredi 6 juin qu'il contacta sa conjointe, Julie. Pour elle, à Montréal, il était quatre heures du matin. Leurs relations étaient tendues depuis quelques mois, bien avant sa fuite. Se faire réveiller à quatre heures du matin n'aidait en rien les dispositions de madame envers monsieur. Elle lui fit savoir en ne mentionnant que son nom, sans intonation, sans : « Ou es-tu ? », sans : « Vas-tu bien ? ». Juste :

- Mike !

Ses problèmes ont commencé depuis qu'il a été convoqué à Berlin par la vérification interne, rendez-vous qui n'a jamais eu lieu. Menacé, il sent que chacun de ses mouvements est épié. Il a donc demandé à Julie de porter plainte à sa place, lui, étant occupé à fuir, à se faire discret. Ce n'est pas de gaieté de cœur qu'elle s'est laissée entraîner dans les péripéties de son mari, mais bon, ne plus aimer quelqu'un ne veut pas dire lui vouloir du mal, se dit-elle.

Après une semaine de cabale donc, Mike David est exténué, physiquement et psychologiquement. Il est un scientifique à la tête de l'ingénierie d'une grande firme internationale, pas un voleur qui se cache pour survivre. Il comprend maintenant que cela ne s'arrêtera jamais.

Pas tout à fait surpris de la réaction de Julie, il formule immédiatement le but de son appel, privilégiant lui aussi l'économie de mots.

- As-tu le nom du policier qui a pris ta plainte à la Sûreté du Québec, concernant...

Elle ne le laisse pas terminer.

- Je sais de quoi tu parles. Ce n'est pas comme si je portais plainte à la Sûreté du Québec toutes les semaines.

Mike considère que sa meilleure ligne de défense demeure le silence. Il la laisse poursuivre.

- Un dossier c'est un dossier, on nous donne des numéros, pas des noms.

- Julie, fait un effort, c'est très important pour moi.

Est-ce sa voix suppliante ou son désir de retourner dans son lit ? Le résultat est qu'elle décide d'y mettre du sien pour en terminer.

- Le seul qui a semblé intéressé par tes difficultés, c'est le type qui m'a contactée pour avoir des précisions quelque temps après avoir fait ma plainte.

- As-tu son nom ?

- Je mets de l'éclairage.

Mike le sait maintenant, il aurait dû attendre après huit heures du matin pour l'appeler, mais il n'a plus les idées claires et la différence de fuseau horaire lui a échappé. De plus, c'est la seule personne qui peut lui donner le renseignement dont il a besoin tout de suite.

- J'ai le dossier ici, attends. Le voici, Sergent Mathieu Smith. Je m'imagine que tu as besoin de son numéro de téléphone. Je l'ai là, je te le donne...

CHAPITRE 18

Stockholm, jeudi 7 juin

Anders ne correspond pas au physique suédois auquel on s'attend. Légèrement ventru, pas très grand, les cheveux foncés, fumeur compulsif, il doit s'arrêter à toutes les quatre marches de l'escalier roulant qui est en panne. J'avais donné une description à Anouk, mais c'est moi qui l'ai reconnu le premier, à dix-sept heures cinq. Facile à repérer, il est le goulot d'étranglement qui fait languir la file derrière lui, les usagers devant se résigner à le contourner. Enfin arrivé en haut de l'escalier, je le laisse retrouver son souffle en faisant un signe de tête à Anouk pour qu'elle nous rejoigne discrètement.

Ses sens retrouvés, Anders me reconnaît. Il escamote un semblant de sourire, reconsidère son choix, puis me tourne le dos pour se diriger vers la sortie du métro Slussen par l'issue donnant vers le port. J'emboîte le pas derrière lui, Anouk est maintenant à mes côtés. Il n'est pas à l'aise et ne sait visiblement pas comment nous ferons pour nous parler sans en avoir l'air. Moi non plus d'ailleurs. J'aurais dû mieux me préparer.

Tout d'un coup, il bifurque et se dirige vers une espèce de passerelle où il est inscrit Bla Bodarna. Je n'ai aucune idée de ce que cela signifie, mais voyant les quelques personnes accoudées sur un grillage en train d'admirer la baie, je comprends qu'il nous amène observer le mouvement des bateaux, côte à côte. Bonne idée ! Pas si bête, le type. Il a plus de talent que moi pour improviser. Il faut dire que mon expérience de détective n'est pas difficile à battre. Nous le suivons.

Une fois installés, lui à ma gauche, Anouk à ma droite, je fais comme j'ai souvent vu faire dans les films. J'essaie de remuer les lèvres le moins possible et de maintenir mon regard au loin, vers le large. J'en aurais ri, si le moment n'avait été si crucial. Le pauvre, il est aussi mal que moi, sinon plus. Je casse la glace.

- Il y a longtemps, Anders.

- Oui, monsieur Beauregard. Je ne m'attendais pas à vous revoir. Surtout pas dans de telles conditions. Madame...

Il jette un coup d'œil rapide vers Anouk. Un coup d'œil inquiet. Pas le type de regard que les hommes lui lancent généralement.

- Anouk Beauregard, ma sœur. Ce serait un peu long à t'expliquer, mais elle m'est d'une grande utilité en ce moment.

Anouk se fait la plus discrète possible. Elle aussi regarde au loin. Elle a dû voir les mêmes films que moi. Je crois déceler un petit contentement dans l'expression d'Anders qui ne semble pas vouloir faire de cas de la présence de ma sœur. Allez savoir, dans les circonstances une présence féminine le rassure peut-être.

J'ai le sentiment que nous devons écourter cette rencontre. J'ai l'impression que c'est aussi son souhait. Il prend les devants maintenant.

- Christian m'a dit que vous vouliez me parler de ce contrat qui va mal.

- En effet, Anders. Je comprends que toutes les raisons normales de dépassement de coûts ne sont pas en cause ici. Est-ce que je me trompe ?

- Exact, monsieur, je n'ai jamais vu pareille chose.

Mon silence ne vient pas à bout du sien. Je dois le relancer.

- En gros, de quoi s'agit-il ?

Un bateau devant nous effectue des manœuvres pour accoster. Cet exercice retient exagérément son attention, comme s'il en était le capitaine et que son bon accostage dépendait de la force de sa concentration.

- J'aurais dû m'en rendre compte, monsieur. Une erreur tellement flagrante.

- De quelle erreur me parles-tu, Anders ?

Le pauvre, il se dandine. Il évite de nous regarder, Anouk et moi.

- C'est un gros contrat de semi-conducteurs. Le prix d'achat de certaines matières premières a dépassé les budgets prévus. Nous perdrons notre chemise avec ce projet qui devait être l'affaire du siècle pour notre unité ici à Stockholm. Je me sens tellement responsable !

Vraiment gêné, il semble s'en vouloir effectivement beaucoup. Toute sa physionomie en témoigne.

- Que s'est-il passé avec les matières premières ?

- Certaines matières ont coûté treize millions de dollars de plus que prévu.

Anouk ne peut retenir sa question.

- Comment peut-on se tromper à ce point sur un bordereau de matières, alors que l'estimation de leur quantité et de leur prix est un jeu d'enfant pour cette gamme de produits ?

Elle parle comme une professionnelle de l'approvisionnement. La question n'a rien pour détendre Anders. Il se replie sur lui-même à vue d'œil, le pauvre, lui qui n'est pas tellement grand au départ. D'une voix à peine audible, il crache le morceau, aussi péniblement qu'on se fait arracher une dent.

- Les terres rares.

À mon tour de ne pouvoir réprimer ma réaction.

- Quoi ? Les terres rares ! Que veux-tu dire ?

- Nous avons sous-estimé le prix d'achat des terres rares pour un montant de treize millions de dollars.

J'essaie d'en tirer le plus possible avant qu'il ne s'écroule.

- C'est énorme ! Comment expliques-tu cet écart ?

Sa voix se fait timide. J'ai presque envie de l'inviter à prendre un bon café chaud plutôt que de le cuisiner comme nous le faisons depuis cinq minutes.

- Le taux de change.

Bingo ! C'est exactement le même scénario que pour le contrat de Vienne. Il ne s'agit plus d'un hasard. Je sens qu'Anouk est aussi fébrile que moi, ses mains et sa tête s'agitent. Je poursuis sur mon élan pour m'assurer que je comprends bien.

- Il y a donc erreur sur le taux de change entre la couronne suédoise et le yuan pour l'achat des terres rares ! Dis donc, cet écart correspond à quel pourcentage du prix des terres rares ?

- Je n'ai pas fait le calcul, mais cela est facile. Le contrat pour ces matières est de cent trente millions. Donc...

Il s'arrête le temps de valider son calcul mental.

- ... de dix pour cent. Tiens ! C'est étrange, dix pour cent tout rond. Je n'avais pas fait la mathématique, pourtant très simple.

- Tu es en train de me dire que vous vous êtes trompés de dix pour cent sur le taux de change. Comment expliques-tu cette erreur ?

- Je n'en sais rien, monsieur Beauregard.

Je trouve que la culpabilité le rend encore plus poli. Il reprend à voix basse.

- Si vous saviez combien de fois j'ai refait tout le parcours. J'ai revu toute la documentation, tous les contrats, rien n'explique comment nous avons pu laisser passer une telle erreur. C'est comme si...

Il s'arrête, la manœuvre du bateau requiert encore son attention et mobilise de nouveau toutes ses forces. La frustration se lit sur son visage.

- Comme si quoi, Anders ?

- Comme si l'on avait majoré le taux une fois la transaction approuvée par mon département en l'augmentant, je le sais maintenant, de dix pour cent, ce qui est impossible - rajouta-t-il à voix basse.

- En effet, je ne vois pas comment et surtout je ne vois pas pourquoi.

Anouk, qui ne manque pas un mot de la discussion, l'aborde sous un autre angle.

- Qui aurait intérêt à falsifier les chiffres, d'après vous ?

Très bonne question. La réponse d'Anders m'intéresse vraiment.

- Je n'en ai aucune idée, madame. Ce n'est l'intérêt de personne. Voilà ce qui est étrange, ce n'est l'intérêt de personne.

- Je ne comprends pas, lui répond Anouk qui esquisse un regard furtif vers l'homme, mais qu'elle redirige aussitôt vers le large.

Anders en profite pour essayer de se justifier, comme s'il en sentait le besoin.

- Si c'est une erreur, nous la corrigerons et quelques personnes passeront pour incompétentes, dont moi. S'il s'agit d'un acte volontaire, l'auteur sera facile à retracer. Vous voyez ? Il n'y a aucune façon de s'en sortir. C'est comme voler une banque en plein jour en laissant ses empreintes partout et en souriant à la caméra de surveillance avant de sortir. Le ou les auteurs de la fraude, ou ceux qui ont fait cette erreur bête sont assurés de se faire épingler. Cela prendra un certain temps, mais l'entreprise identifiera tôt ou tard les responsables. Et moi là-dedans, je n'ai rien vu. La situation me rend furieux. Je passe pour un incapable.

- Et ton patron, Christian, qu'est-ce qu'il dit de tout cela ?

Je sais que Christian est vraiment préoccupé, mais je veux savoir ce qu'Anders en sait, lui.

- Je parle à monsieur Hoffman tous les jours. Il a refait avec moi tous les calculs, il ne voit pas non plus comment et où l'erreur a pu se produire. Monsieur Duroy m'a interrogé la semaine dernière. Ce n'était pas drôle, je me suis senti traité comme un criminel. Tout ce que je fais doit être vérifié par mon supérieur jusqu'à ce que l'on connaisse d'où provient l'erreur. Je suis en tutelle. Vous savez, monsieur Duroy est à Stockholm en ce moment, il me fait peur.

- Sais-tu s'il y a d'autres cas similaires ?

- J'espère bien que non, mon Dieu. Ce serait la catastrophe !

Sa réaction ne porte pas à confusion. Il se sent responsable comme contrôleur. Il doit garantir la qualité de l'information financière de son unité. Aussi, il n'est indéniablement pas au courant de la même erreur sur le contrat de Vienne.

Anouk prend la relève en ouvrant une autre avenue que je n'avais pas envisagée.

- Que va-t-il se passer maintenant ?

J'apprécie vraiment l'apport d'Anouk qui trouve toujours un nouvel angle à explorer.

- Une équipe de la vérification ira passer la fin de semaine prochaine au bureau de notre agent qui nous fournit les terres rares à Beijing, monsieur Li Mei. Ils reverront l'ensemble du projet de A à Z et identifieront qui a fait quoi et qui a approuvé quoi. Ils referont tous les calculs et vérifieront toutes les hypothèses. Notre agent nous assure de sa collaboration. Nous devons trouver où l'argent se trouve.

- Et si l'équipe ne trouve rien !

La question d'Anouk est hypothétique, mais combien pertinente.

-Monsieur Hoffman me dit que le tout doit être dévoilé à l'assemblée des actionnaires dans une semaine précisément. C'est une erreur qui se cache dans le système, très long avant d'en trouver la cause. J'avoue qu'il y a peu de chance qu'on identifie la source avant l'assemblée de la semaine prochaine. Le président n'aura pas le choix. Il devra divulguer toutes informations susceptibles d'influencer le cours de l'action. Croyez-moi, cette annonce aura l'effet d'une bombe. Ce sera la catastrophe, le marché va réagir fortement s'il y a doute d'une fraude interne. Je ne vous apprends rien, monsieur Beauregard, n'est-ce pas ?

Il a malheureusement raison. Nous sommes sur la même longueur d'onde. Le pauvre, il serait encore plus alarmé s'il savait qu'il y a un deuxième contrat dans cette situation. Ou est-ce l'inverse ? Il ne serait alors plus seul dans sa triste situation ; bien mince consolation !

- Qui est au courant ?

- Mis à part vous, monsieur Beauregard et madame, qu'il regarde plus du menton que des yeux, il y a évidemment mon supérieur, Christian Hoffman, sûrement Jérôme Nantel, notre vice-président européen bien qu'il soit en congé de maladie, quelques cadres supérieurs de Montréal, je présume, et nos équipes restreintes qui sont impliquées dans ce dossier. Je n'en vois pas d'autres.

Il réfléchit comme si sa vie dépendait de la réponse à cette question.

- Ah oui, le directeur de la surveillance, bien sûr, sans parler du vice-président de la technologie qui a été impliqué dans le choix de notre agent de Beijing.

Anders se redresse du mieux qu'il le peut. Il semble vouloir me dire quelque chose, se ravise, se retourne puis s'éloigne de nous à petits pas, se mêlant à la foule de travailleurs qui eux, sont heureux de retourner à la maison.

* * *

Anouk et moi le regardons se faire bouffer par la foule. Le pauvre type, il se sent coupable. Je ne le blâme pas, en tant que contrôleur de l'unité, il est responsable de toutes erreurs liées aux états financiers de son unité, c'est le cruel destin d'un gestionnaire. Chez Preston One, ce genre de situation ne pardonne pas. Ses jours sont probablement comptés dans l'entreprise et il le sait. C'est comme s'il attendait sa sentence, l'inévitable verdict.

Sans regarder Anouk, je me suis pris à faire mes réflexions à voix haute.

- Treize millions de dollars ici, sept millions à Vienne pour un total de vingt millions de dollars. Voilà le montant manquant, vingt millions de dollars. C'est le chiffre que t'a donné ton séduisant vérificateur interne avec lequel tu as dîné mardi. Mais nous, nous en connaissons la cause, le fameux dix pour cent sur les taux de changes. Nous sommes plus avancés que le directeur de la surveillance ou la vérification interne.

Je poursuis mon monologue, qui en est plus ou moins un maintenant, puisque je viens de capter l'attention d'Anouk. Je me prends à exprimer plus d'émotion que je ne voulais le faire.

- Même scénario ici qu'à Vienne. Dix pour cent tout rond sur le taux de change des terres rares. Deux gros contrats simultanés, dans deux unités européennes différentes, même prétendue erreur. Ce n'est pas dû au hasard. Impossible. Quelqu'un a introduit une petite équation secrète dans un chiffrier stratégique. Preston One est assurément aux prises avec une sale affaire. C'est le scénario catastrophique que je craignais et que vraisemblablement toute la haute direction redoute. À sept jours de l'assemblée annuelle des actionnaires, ils doivent tous être morts de peur au siège social, surtout le président, François Monet.

Puis, les dents serrées en haussant le ton, je m'entends dire à Anouk :

- Des salauds vont faire couler Preston One. Pourquoi ? Personne ne peut retirer quelque avantage que ce soit avec cette manipulation. Elle est vouée à l'échec. Les auteurs ne peuvent en tirer quoi que ce soit, car ils se feront assurément prendre. Preston One écopera pendant que les fraudeurs, eux, ne pourront rien faire avec l'argent détourné. On saura avant longtemps qui a joué avec les taux. L'entreprise récupérera incontestablement l'argent. Je ne comprends pas. Je suis dans les limbes, Anouk.

- Nous les empêchons, me répond-elle en affichant un regard beaucoup plus confiant que le mien, ce qui me fait le plus grand bien à ce moment-ci, même si je me doute qu'elle non plus n'a aucune piste à proposer.

Je la regarde dans les yeux à présent.

- Ah oui ! Je veux te dire, Anouk - je place mes deux mains sur ses épaules - tu as été parfaite avec Anders à l'instant. Tes questions tombaient à point, j'ai aimé ton angle d'attaque. Elles nous ont beaucoup aidés à comprendre la situation. Merci !

Je vois à son air ému et ses yeux embués, que ma remarque a compté plus que je l'aurais cru. Je viens de lui faire une immense joie. Si quelqu'un nous observait à ce moment précis, il croirait que je viens de demander cette femme en mariage. Pour un instant, la gravité de la situation dans laquelle nous nous trouvons prend congé; comme si un sentiment très fort, même s'il ne dure qu'une seconde, suffisait à effacer des jours de stress.

Mon cellulaire, qui nous fait sursauter tous les deux, brise la singularité du moment. L'interlocuteur est précis et bref. Dix secondes plus tard, je raccroche sans avoir dit un mot. Anouk me demande un compte rendu du regard.

- Mike David nous attend dans une demi-heure devant le Konserthuset.

- Le quoi?

- C'est l'endroit où sont décernés certains prix Nobel. Je connais, suis moi.

* * *

Anders se dirige maintenant vers le stationnement adjacent à la station de métro. Son pas n'est pas rapide, les pentes aux alentours n'aidant en rien sa démarche déjà laborieuse. Il se prend une cigarette, l'allume et s'en tire une bonne grosse bouffée avec l'énergie du désespéré qui se sort enfin la tête hors de l'eau après une immersion interminable. Il prend son cellulaire et compose un numéro abrégé.

- Bonjour, monsieur, ici Anders.

- Et puis?

La voix à l'autre bout du fil est sèche, nerveuse et sans façon.

- Bien, comme vous me l'avez demandé, monsieur, je lui ai dit ce que je savais.

- Quelle a été sa réaction ?

- Il ne m'a pas paru vraiment surpris. Il savait, je crois.

- Que veux-tu dire par « Il savait, je crois » ?

- Que voulez-vous dire ?

- C'est pourtant bien simple, tu viens de me déclarer que tu crois qu'il savait. Je te demande comment tu arrives à cette conclusion.

Anders cherche sa réponse et un peu d'air, empêtré dans sa propre fumée.

- Il n'a pas sursauté quand je lui ai parlé du treize millions.

- Pas de chiffres et pas de noms au téléphone ! lui crie la voix.

- Bon, poursuit Anders encore un peu plus écorché psychologiquement. J'ai vu dans le regard de monsieur... - sa voix s'éteint -, et de sa sœur, aucune surprise particulière quand je leur ai parlé du prix des terres rares qui sont la cause de la perte sur le contrat que vous connaissez. Ils savaient ou s'en doutaient.

- Sa sœur !

La surprise de son interlocuteur ressemble à une question. Anders saisit la balle.

- En effet, monsieur. La sœur de monsieur... l'accompagnait.

L'homme au téléphone fait une pause puis reprend pour lui-même : « encore elle ! »

- Es-tu certain qu'ils savaient pour la perte de x millions ? - La voix se fait soudainement complice - c'est important pour moi.

- Je ne peux le jurer, mais je parierais là-dessus. Il m'a même fait calculer rapidement que x millions représentaient exactement dix pour cent du montant des matiè…

Anders s'arrête là. Il a l'impression qu'il vient de se racheter un peu, en collaborant à l'enquête.

Pierre Duroy raccroche le premier.

CHAPITRE 19

Stockholm, jeudi 7 juin

- Le voilà, là-bas. Tu vois, les énormes colonnes devant le Konserthuset, Mike doit nous y attendre.

Anouk a les yeux grands ouverts. Pour une novice et même pour un vétéran comme moi, les rues de Stockholm sont fascinantes.

- Allons par ici, ce sera plus court.

Je prends les devants, la laissant à quelques pas derrière moi, les yeux perdus dans tant de beautés architecturales. En me retournant pour mesurer l'écart qui nous sépare, je dois faire un effort pour l'apercevoir entre les deux policiers qui s'étaient intercalés entre elle et moi. Je ralentis le pas. Les policiers en font autant, la manœuvre ne me sert donc à rien. J'arrête carrément. Les deux policiers en font encore autant. Ils m'empêchent de voir Anouk derrière eux.

C'est là que j'aperçois deux autres policiers arriver sur ma droite. Le plus âgé des deux tient une plaque à la main. Les quatre me regardent. Je ne comprends pas bien ce qui se passe en ce moment. Plus loin, j'entrevois enfin Anouk. Elle semble se rendre compte aussi de l'étrangeté de ce qui se trame et par instinct sans doute, demeure à l'écart. Celui qui

193

a sa plaque à la main se présente devant moi et me la place juste sous le nez. Je n'aime pas ses manières.

- Monsieur Beauregard ? Gabriel Beauregard ?

Son ton, bien que professionnel, est plutôt intimidant.

- Que se passe-t-il, monsieur l'agent ?

- Vous êtes en état d'arrestation pour fraude envers une entreprise qui a des installations sur le territoire suédois.

Et vlan ! Il me coupe les deux jambes. Je ne sais plus quoi faire. Je suis en état d'arrestation. C'est la première fois qu'une telle chose m'arrive. Je sens la panique s'emparer de moi. Mon cœur se débat, ma pression monte. Qu'est-ce qui se passe ? Je croise le regard d'Anouk, au loin. Elle ne semble pas comprendre la situation plus que moi. Instinctivement, elle demeure toujours à bonne distance.

- Je ne comprends pas, monsieur l'agent. Vous m'accusez de fraude !

Deux de ses collègues me prennent sous les bras en me poussant littéralement vers la rue adjacente. Je ne résiste pas, ce serait mal avisé de ma part. J'aurais bien le temps de tirer la situation au clair une fois rendu au poste. Anouk, à l'écart des quatre sbires, a la bouche ouverte. Elle me semble encore plus affolée que je peux l'être en ce moment. Les évènements se déroulent trop rapidement, je n'ai pas le temps de réfléchir. Celui qui a affiché sa plaque mène le bal, un policier ferme l'étrange marche derrière nous, tandis que les deux autres policiers à mes côtés ont toujours bien en main chacun de mes bras. La foule immédiate se retourne à notre passage, certains badauds sont surpris, d'autres amusés. Le spectacle laisse les quelques personnes qui en sont témoins tout à fait indifférentes à mon sort. Évidemment, aucun ne prendra ma défense. Pourquoi le ferait-il?

Me voici rendu près d'un fourgon, préalablement garé dans la petite rue. On me fait signe d'entrer, je l'avoue, avec une certaine douceur à laquelle je ne m'attendais pas. Le fourgon démarre aussitôt. Tout va trop vite, beaucoup trop vite.

Par la fenêtre, en tournant le coin, j'entrevois Anouk qui est en état de panique. Elle a les deux mains sur sa bouche et les yeux pleins d'eau. Par peur ou par prudence, elle a toujours maintenu une bonne distance entre elle et nous. Heureusement, somme toute, puisqu'il est préférable qu'un de nous soit libre pour pouvoir aider l'autre.

* * *

Très nerveux, les traits tirés, mal rasé et mal habillé, Mike David épie toutes les silhouettes qu'il croise. Il bouge constamment, toisant la foule autant devant que derrière lui, en évitant de regarder les gens directement dans les yeux. Il constate un petit mouvement de foule sans importance sur sa droite. Rien pour l'alarmer.

Il tourne en rond depuis cinq bonnes minutes maintenant. Aucune trace de la seule personne qui est peut-être en mesure de l'aider. Il a beau scruter la foule, encore et encore, il doit se rendre à l'évidence, son rendez-vous n'aura pas lieu.

Sorti de sa tanière et ainsi exposé, le temps lui paraît interminable. Il se sent observé. Chaque visage lui paraît suspect. Il ne peut faire confiance à personne. Le risque est trop grand. Mike David ne peut se permettre le luxe d'attendre une minute de plus. Déçu et encore plus mal dans sa peau qu'à son arrivée, il quitte le Konserthuset, la tête basse, ne sachant où aller.

Stockholm, vendredi 8 juin

La nuit dernière, Anouk n'a presque pas dormi. Elle a essayé toute la soirée de contacter Mat. Aucune réponse. Ce n'est pourtant pas dans ses habitudes d'éteindre son cellulaire.

Au petit matin, avant même le lever du jour à Stockholm et au beau milieu de la nuit à Montréal, elle s'est résignée à appeler à sa résidence privée, sachant qu'elle risquait d'inquiéter Hélène et de réveiller les jumeaux par la même occasion. Après s'être confondue en excuses, peut-être un peu trop au goût d'Hélène, Anouk en vint au but de l'appel. Elle s'est fait répondre que Mat était en mission. Après quelques autres questions, Anouk réalisa qu'il n'y avait rien à faire. Hélène n'avait aucune idée, ni de la mission ni du lieu où avait cours ladite mission. Ni Anouk ni Hélène n'ont trouvé de sujets de conversation une fois évacuées les questions d'Anouk. Elles ont raccroché, sans s'enquérir de la santé de l'une ou de l'autre, comme deux étrangères.

C'est chaque fois la même chose, la discrétion des opérations policières doit être assurée. Cette règle demande d'ailleurs un acte de foi de la part d'Hélène et de toutes les conjointes ou conjoints qui sont dans cette situation. Nul ne sait si la phase qui tue : « Mon amour, ne m'attend pas pour coucher, je suis en mission cette nuit », n'a été utilisée à d'autres fins que pour démasquer de dangereux criminels.

Bredouille, Anouk a regretté d'avoir réveillé la conjointe de son ami pour rien.

Elle ne savait qui d'autre contacter. Damien? Peine perdue, cela ne ferait que le mettre sur les dents. Un collègue de Mat à la Sûreté? Impossible, il n'y a pas d'enquête officielle, Mike n'était plus disparu et les histoires de fraude en Europe ne sont certainement pas du ressort de la police au Québec. Elle a pensé un temps appeler Christian. Elle s'en dissuada assez rapidement, leur dernière conversation s'étant terminée en queue de poisson. Duroy? Hors de question.

Après l'échec de son appel, elle arrive à la conclusion que sa seule autre chance est de contacter Anders. Ils s'étaient vus la veille, il la replacerait et voudrait certainement aider son ancien grand patron. Mais elle revient vite sur terre. Elle réalise qu'elle ne connaît pas son nom de famille. Elle ne se souvient plus avoir entendu son frère le mentionner une seule fois.

Frustrée, épuisée, elle regrette amèrement sa décision de vouloir frayer avec des gens qui sont prêts à tout, pour les millions de Preston One. Elle s'étale sur son lit et pleure de toutes les forces qu'il lui reste.

À neuf heures ce matin, son cellulaire la sort de son trop bref sommeil. Cette nuit, elle a vu toutes les heures passer les unes après les autres. Elle venait juste de s'endormir. Cela ne l'a pas empêchée de se précipiter sur l'appareil avec l'énergie du désespoir.

- C'est toi, Gabriel, supplie-t-elle !

- Désolé, Anouk, ce n'est que moi, Mat.

- Ah! Mon Dieu, c'est toi!

Ce n'est pas son frère sur la ligne, mais pour Anouk qui se sent seule au monde, entendre la voix de son meilleur ami la paralyse de joie. Elle est sans mots. Sa voix brisée l'empêche de dire quoi que ce soit. Mat le comprend et prend la suite des opérations en charge.

- Je sais ce qui est arrivé à Gabriel, Anouk. En arrivant ce matin, j'avais un message sur le répondeur de mon cellulaire. Il n'a eu droit qu'à un appel, mais je n'ai pu le prendre, j'étais en avion.

Il se tait pour le moment. Anouk ne réagit pas. Elle est transie de peur ou de joie, Mat ne le sait pas. Ce qu'il sait par contre c'est qu'il a bien fait de venir ici. Il a eu raison d'argumenter avec son supérieur pour prendre quelques journées de vacances à la dernière minute, ce qui ne se fait habituellement pas quand on détient un poste de responsabilité comme le sien. Il a aussi bien fait d'affronter Hélène pour essayer de lui expliquer, sans lui en donner la raison, qu'il ne sera pas à la maison cette fin de semaine. Il sait que ce n'est pas la meilleure chose à faire pour un mari et père de famille.

En ce moment précis, le soulagement qu'il perçoit dans la voix de son amie d'enfance justifie amplement les efforts, les coûts et les risques matrimoniaux. Malgré le décalage horaire et bien que son taxi lui coûtera la peau des fesses, à partir de l'aéroport de Stockholm, il ne regrette rien.

Il prend un ton qui se veut le plus rassurant possible.

- Où es-tu, Anouk ?

- À Stockholm, répond-elle tant bien que mal.

- Non, idiote, je veux dire à quel hôtel tu es. Je dois donner une adresse au chauffeur.

Ce n'est qu'après un très long sanglot qu'elle répond finalement à la question.

Stockholm, vendredi 8 juin

Ruth, l'adjointe de Jérôme Nantel, s'immisce la tête dans le cadre de la porte, ce qui fait sursauter Duroy qui squatte toujours le bureau de son patron. Elle lui annonce un appel sur la deux, sachant qu'il est déjà sur la une, puis le laisse avant qu'il ait l'occasion de lui demander quoi que ce soit.

Elle ne peut donc pas voir la figure de Duroy qui rougit de frustration en annonçant à son interlocuteur qu'il doit le laisser pour prendre l'autre ligne puisqu'il n'y a personne pour prendre le message.

Elle ne le voit pas non plus se contorsionner dans tous les sens en entendant ce que la personne sur la ligne deux est en train de lui raconter. Duroy donne l'impression que ses épais sourcils prennent encore plus de volume quand il l'interrompt en criant.

- Vous me le gardez pour la fin de semaine, m'entendez-vous ?

Maintenant debout, rouge de colère, il ne laisse pas son interlocuteur terminer ce qu'il essaie de lui dire.

- Pas question que vous le laissiez sortir. Il est impliqué dans la fraude, j'en suis certain. Il y a trop de hasards non expliqués. Lui et sa sœur sont au courant de trop de choses pour ne rien avoir à faire avec les évènements qui nous préoccupent.

- Une nuit, monsieur Duroy, nous ne pouvions le garder plus longtemps. Une nuit en dedans, c'est le maximum si l'on ne dispose d'aucune accusation précise. Je n'ai toujours pas vu la couleur d'une preuve. En avez-vous, monsieur Duroy ?

Pierre Duroy n'en a pas à présenter. Il le sait, et eux le savent maintenant. Sa meilleure chance est de trouver quelque chose dans l'ordinateur. Il devra encore attendre jusqu'à demain avant que son homme ne finisse de déchiffrer le mot de passe.

- Hier soir, il a fait un appel à un policier du Canada. Nous nous attendions à devoir répondre à des questions pour lesquelles nous n'avons toujours pas de réponses, monsieur Duroy. Nous l'avons laissé sortir avant de devoir rendre des comptes. Il a été relâché au petit matin. Je ne pouvais rien faire d'autre. Vous m'en voyez désolé.

Une fois le récepteur remis à sa place, Pierre Duroy esquisse un petit sourire satisfait. Il s'est battu pour obtenir plus, mais bon, on ne peut gagner tous les combats, se dit-il. Vingt-quatre heures, c'était tout même assez pour le faire réfléchir. Il voulait faire peur à Gabriel Beauregard et à sa sœur qui sont un peu trop sur ses talons. Il a manifestement réussi. Ses bonnes relations avec le commissaire de Stockholm, fruit d'une saine collaboration au cours des années, lui ont permis d'obtenir une faveur de sa part, l'arrestation d'un criminel potentiel avec de simples présomptions. Une arrestation préventive, c'est le mieux que le commissariat a pu offrir au directeur de la surveillance. Une nuit de cellule pour un homme comme Gabriel Beauregard c'est assurément traumatisant. Tant pis s'ils l'ont laissé filer. Il fera une erreur ou il repartira pour Montréal sans demander son dû. Demain, il aura le mot de passe pour déchiffrer la clef USB qu'on lui a livrée sur un plateau d'argent. Il sera toujours temps de passer à une autre stratégie.

* * *

200

Lorsque Pierre Duroy est en déplacement, ce qu'il évite autant que possible, il prend normalement un avion le vendredi en fin d'après-midi pour retourner chez lui à Berlin. Pas cette fin de semaine ci. Il devra rester à Stockholm, là où le dénouement de l'affaire se trouve peut-être. Il ne lui reste que six jours avant l'assemblée des actionnaires, date butoir donnée par le président, sinon il sait qu'il devra vraisemblablement se trouver un autre emploi.

Demain, samedi, Pierre Duroy ne sera pas avec sa conjointe Élisabeth ni avec sa fille atteinte de trisomie vingt et un. Il devra se résigner à lui téléphoner et à essayer de lui expliquer. Il sait que sa fille ne comprendra pas pourquoi elle ne verra pas papa cette fin de semaine. Cette pensée lui crève le cœur. Il lui fera de la peine. Il n'a pas le choix, il faut qu'il dénoue cette affaire à temps.

CHAPITRE 20

Stockholm, vendredi 8 juin

Le soleil devrait se lever bientôt.

Ce qui m'a le plus torturé dans ma cellule la nuit dernière, c'est le souvenir du visage défait d'Anouk, entrevu par la fenêtre du fourgon qui m'a amené au poste de police.

On m'a confirmé, une fois au poste, que j'étais bien un suspect dans une affaire de fraude envers une entreprise établie en Suède. Rien de nouveau par rapport à ce que le chef du quatuor de policiers m'avait déjà déclaré lors de mon arrestation. Durant l'interrogatoire, j'ai compris, du langage non verbal des agents, qu'on ne leur avait pas dit de quelle entreprise il s'agissait. Le montant de la fraude ne leur avait pas été communiqué non plus. Ce qu'ils ne savaient pas, eux, c'est que je connais l'entreprise en question, le montant exact et le scénario utilisé mieux que tous, sauf peut-être des personnes impliquées elles-mêmes. Quand je leur ai demandé quelles preuves ils détenaient, j'ai senti de l'improvisation. On me répétait que quelqu'un avait porté plainte contre moi. La plainte a transité directement en haut lieu. Les agents devant moi semblaient mal à l'aise. Leurs questions n'étaient pas ciblées, ils naviguaient de toute évidence à l'aveuglette. J'ai facilement gardé pour moi tout ce que je savais sur l'affaire, estimant qu'il y avait déjà assez de monde au courant. Après quelques heures, il m'est apparu clair qu'on obéissait à une commande.

Je n'ai évidemment pas fermé l'œil de la nuit. L'inconfort de la place et la frustration de n'avoir eu droit qu'à un appel anéantissaient toute tentative de somnolence.

Hier soir, ma première réaction a été de contacter Anouk. Qu'aurait-elle pu faire de plus ? Elle sait que je suis ici et elle connaît l'affaire presque autant que moi. Mon avocat montréalais ? J'aurais dû lui expliquer trop de choses pour qu'il soit efficace, et ce au beau milieu de la nuit. Un avocat d'ici ? J'aurais pris la nuit à le trouver et la matinée à lui expliquer mon cas.

Je m'en suis donc remis à Mat pour maximiser mes chances. J'ai pesté quand je suis tombé sur sa boîte vocale.

N'empêche, quelqu'un, quelque part, a déposé une accusation contre moi. Même si elle n'était pas étayée, cette ou ces personnes veulent me faire peur, incontestablement pour nuire à mon enquête. Ou bien, ces gens croient effectivement que j'ai quelque chose à avoir dans la fraude et veulent me faire parler. Facile, pour une personne au fait des évènements de prétendre que j'ai quelque chose à y voir. J'ai travaillé pour Preston One dans le plus haut poste en finance et juste au moment où des irrégularités commencent à faire surface, me voici dans le cœur de l'action, tant à Berlin qu'à Vienne ou à Stockholm. Les circonstances me désignent naturellement comme... Comment dit-on ? Ah oui ! Comme témoin important.

Si quelqu'un croit que je suis coupable de quelque chose, je ne vois que Pierre Duroy pour avoir les contacts nécessaires au commissariat pour me faire arrêter, tout au moins temporairement, sans aucune espèce de preuve. Je suis sur sa liste de suspects depuis le début, je le sens. Mais si ce n'était pas lui, ce sont peut-être les fraudeurs eux-mêmes qui veulent m'arrêter ou me ralentir. À moins que l'on ne parle de la même personne. J'avoue que le vol de mon ordinateur dans des circonstances peu banales et cette nuit en prison me font réfléchir.

La pauvre Anouk a dû passer une nuit affreuse, certainement bien pire que la mienne. Je crois qu'il a été plus pénible pour elle de s'en faire pour moi que moi, d'avoir passé cette mauvaise nuit en prison. J'ai hâte d'avoir de ses nouvelles.

Cette nuit, mes pensées pour ma sœur abandonnée à son sort dans une ville qui lui est étrangère ont ravivé le temps où je me retrouvais seul dans ma chambre à Amman, en attendant des nouvelles de Marie qui n'arrivèrent jamais.

En ce petit matin, j'éprouve une sensation bizarre. Autant cette nuit d'insomnie m'a fait revivre le pire cauchemar, autant à présent, c'est le plus beau souvenir de ma vie qui se rappelle à ma mémoire.

Montréal, sept ans plus tôt

La lumière chaude du soleil baignait les corps et les cœurs en ce magnifique mardi midi du mois d'août. Les terrasses de Montréal étaient bourrées d'une faune hétéroclite de gens d'affaires, d'artistes et de flâneurs. Tous profitaient, tant qu'ils le pouvaient, de l'ambiance d'été d'une ville où il fait bon vivre.

Même après sept ans, le souvenir de cette journée demeure immuable dans mes souvenirs.

Ici, l'anarchie régnait en maître. Personne ne se résignait à manger à l'intérieur. Tous se bousculaient pour avoir le bonheur d'être sur la terrasse. Évidemment, tout le monde avait faim en même temps, ce qui n'avait rien pour calmer la cohue.

J'ai eu la chance avant les autres de repérer une table que l'on désertait à l'instant même. Ici, pas de hiérarchie, pas de communautaire, pas de pitié. La conquête d'une table en ces moments difficiles est une affaire où chacun travaille pour soi. J'excellais à ce jeu, particulièrement au moment de ces évènements.

Ma stratégie à moi c'était de la faire naturelle. Le regard fuyant, l'air un peu naïf, je donnais l'impression de vouloir aider le serveur à débarrasser une table comme si le but ultime de l'exercice était de rendre service à l'humanité. Avec un peu de culot, ce stratagème fonctionnait presque à tous les coups. J'attendais généralement moins longtemps que la moyenne des gens pour arriver au fil d'arrivée.

Je me suis quasiment assis sur la sacoche de la dame, dont le postérieur précédait le mien de deux secondes, sur la chaise du coin. Une fois bien installé, en évitant subtilement le regard de ceux devant qui je suis peut-être involontairement passé, j'ai commandé ma bière.

Elle était bonne et l'ambiance était parfaite, sauf pour les serveurs qui eux, ne l'avaient pas facile en ces beaux midis d'été.

J'avais rendez-vous avec Anouk. Quand elle se retrouve entre deux amours, ma sœur devient plus familiale. Comme nous travaillions tous deux au centre-ville, elle a eu l'idée de ce dîner, sur l'une des terrasses les plus achalandées de la rue alors que moi le midi, je prenais généralement un sandwich sans me laisser distraire de mon travail. Mais bon, devoir de grand frère oblige, et puis, il faisait tellement beau que je me suis laissé corrompre sans grande résistance, je l'avoue.

Je l'ai remarquée elle, avant de reconnaître ma sœur qui pourtant la précédait. Était-ce sa démarche, son grand chapeau, ses yeux brillants, je ne sais pas, mais l'effet fut immédiat et foudroyant. En un regard, cette fille-là a percé toutes mes gardes. Je ne dirais pas qu'elle était particulièrement jolie alors que ma sœur, à deux pas devant cette inconnue ne laissait, elle, personne indifférent, sauf moi... son frère.

Il y a des allures ou des visages dont l'expression vous saisit immédiatement. Je ne parle pas de beauté, mais de chimie, de vibrations, de regard intelligent et pétillant comme celui d'un chat qui veut se tirailler, d'une physionomie qui correspond exactement à vos rêves inconscients, d'une âme saine de quelqu'un qui est bien dans sa peau. C'est l'impression que m'a faite cette fille, juste derrière Anouk.

C'est à ce moment que j'ai croisé le regard d'Anouk qui se tourna aussitôt pour dire quelque chose à la merveilleuse apparition, qui se trouvait maintenant à ses côtés.

Quand j'ai réalisé qu'elles se connaissaient et qu'elles se dirigeaient toutes les deux vers moi, je me suis levé comme si un ressort m'éjectait de ma chaise. C'est là que mon bock de bière se mit à tituber. Par en arrière d'abord, ensuite en faisant de légers mouvements circulaires, puis par en avant. C'est-à-dire vers moi. Au même moment où les yeux rieurs de cette fille s'intercalaient entre le soleil et moi, le blond de ma bière s'intercalait lui, entre mes deux jambes.

Deux filles sur une terrasse un mardi midi du mois d'août qui riaient aux éclats devant un pauvre con qui ne savait plus s'il devait s'occuper de sa bière qui continuait à se déverser de la table au sol, de sa sœur et de sa divine compagnie, ou de ses pantalons trempés de la ceinture aux genoux. Animation garantie pour la galerie. Les habitués du restaurant n'en demandaient pas tant.

Et comme si l'humiliation n'était pas tout à fait complète, Anouk ne parvenait pas à me présenter correctement son amie.

- Marie...

Fous rires incontrôlables.

- Je te...

Elle promenait son regard entre moi, enfin soyons précis, mon entrejambe, la table et son amie. Cette dernière en faisait autant, en ne pouvant elle non plus s'empêcher de rire aux larmes.

- Présente mon...

Elle devait placer sa main sur sa bouche à présent, comme si cette posture pouvait atténuer son fou rire ou l'empêcher de sautiller d'une façon incontrôlée. Peine perdue.

- Frère Gabriel.

Son amie me tendit la main, faute de pouvoir prononcer un mot. Moi, le con, sans y penser, je lui tendis la mienne, ruisselante de bière. Quand Marie réalisa l'état de ma main, elle s'est pliée en deux.

La honte totale.

C'est à ce moment précis, le plus humiliant de ma vie, que Marie, la collègue d'Anouk, entra dans ma vie.

Architecte, elle travaillait au même bureau que ma sœur, chez ING Solution. Ce midi-là, l'idée vint à Anouk en croisant son amie dans l'ascenseur, de l'inviter à se joindre à nous, sans préméditation, sur un coup de tête.

Le dîner a été magique. La chimie opérait. Instantanément, nous nous comportions comme des complices de toujours. Tous les trois, espérions que ce moment fût immortel.

Le lendemain, nous avons convenu de nous retrouver à la même terrasse, aussi achalandée d'ailleurs. J'ai tenu ma bière à deux mains, aucun compromis possible sur ce point. Le surlendemain, Anouk a eu un empêchement de dernière minute, enfin c'est ce qu'elle a dit à Marie. Nous avons alors résolu de nous retrouver en tête à tête pour la première fois, mais sur une terrasse un peu moins mouvementée. Je me sentais comme un adolescent. Spontanément, nous avions tellement de choses à nous dire, comme si l'on s'était toujours mutuellement attendu. J'ai découvert son intelligence, son humour, sa grande culture ; devrais-je dire l'ensemble de l'œuvre ?

Les dîners se sont vite avérés insuffisants. Notre appétit l'un envers l'autre devenait insatiable. Nous avons rajouté un souper, puis deux, puis tous les soupers possibles, quand j'étais à Montréal.

On a vite fait de remarquer au bureau que quelque chose avait changé dans mon comportement et dans ma vie. C'est mon assistante Johanne qui fut la première à percer le mystère. Au début, par de subtiles allusions. « Est-ce que je vais vous chercher un sandwich ce midi, monsieur Beauregard ? »

Le ton et le petit sourire laissaient entendre qu'elle s'attendait à ce que la réponse fût non ; alors que pendant des années, elle ne me posait même plus la question. Quand j'étais à Montréal et ailleurs au fait, lunch rimait avec sandwich tout en poursuivant le travail.

Peu de temps après, Johanne incorpora de petites variantes. « Dois-je éteindre dans la salle de documentation en finissant ce soir, ou le ferez-vous plus tard, lorsque vous aurez terminé ? »

J'avais la réputation dans la boîte d'être le dernier à quitter le bureau. J'éteignais en partant, point. Mais voilà que je me suis pris à demander à Johanne de le faire quand elle terminait sa journée à elle. Le premier soir, elle a pensé que je devais quitter le bureau plus tôt pour prendre un vol en soirée. Elle était dans tous ses états pensant avoir oublié de me le rappeler ou pire encore, oublié de le réserver. Après l'avoir rassurée, elle s'exécuta. Le lendemain, même scénario, elle éteignait l'éclairage de la salle de documentation à la fin de sa journée à elle.

Je n'étais plus celui que l'on appelait au bureau à vingt heures en sachant que je m'y trouverais assurément.

Le coup de grâce, Johanne me l'a asséné environ un mois après ma rencontre avec Marie. C'était par un beau matin de septembre. Ah oui, je dois aussi souligner que je n'étais plus le premier arrivé au bureau. Donc, ce matin-là, après avoir eu droit au plus beau sourire de sa part, puisqu'entrée avant moi, elle me lança :

- Belle cravate, monsieur Beauregard !

Je pris le taureau par les cornes.

- Vous la trouvez bien ?

Elle a pris le taureau à son tour, par je ne sais trop quoi, mais elle l'a bien pris.

- Comment s'appelle-t-elle ?

Je n'aurais jamais cru que je rougirais un jour devant une remarque de Johanne, mais là, je me suis pris à rougir comme un gamin qui venait de se faire prendre en défaut.

- Marie.

C'est tout ce que je réussis à répondre. De toute manière, mon sourire et ma couleur en révélaient plus que tout ce que je pouvais verbaliser.

* * *

Marie fit mon initiation à la vie culturelle montréalaise. À l'époque, je ne donnais pas tellement dans la culture. De toute manière, j'étais beaucoup trop occupé pour avoir des loisirs. Elle me fit découvrir le Vieux-Montréal, le Jardin botanique, le Biodôme, les musées, les églises, le Parc olympique, le quartier des spectacles et même le métro que je ne prenais jamais, pour les mauvaises raisons. Nous participions à presque tous les festivals qui s'enfilent tout l'été à la queue leu leu. Je vis dans cette ville depuis toujours et jamais on ne me l'avait présentée de cette façon. J'avais même oublié que Montréal est une île. Je devenais Montréalais et amoureux.

À l'automne, nous nous sommes pris un appartement, compromis nécessaire pour qu'un n'ait pas à habiter chez l'autre.

Anouk m'a avoué plus tard qu'elle aurait bien aimé être à ma place, prendre un logement avec Marie, j'entends. Malheureusement pour Anouk, elle n'était pas le genre, dans le sens littéral du terme, de Marie.

211

Je n'effectuais que les voyages que je ne pouvais déléguer. J'amenais à la maison de moins en moins de dossiers les fins de semaine. J'ai même eu l'arrogance de faire attendre les banquiers de Londres durant toute une semaine, puisque l'anniversaire de Marie tombait un mercredi. Pas question d'être absent cette semaine-là. J'ai d'ailleurs réussi à me faire consentir le meilleur taux jamais obtenu par Preston One pour le renouvellement de nos emprunts à long terme. Les Londoniens s'imaginaient que l'on convoitait la concurrence.

J'ai eu des amours de jeunesse, j'ai aussi eu des relations plus sérieuses tant qu'elles ne nuisaient pas à mon travail. Marie, c'était autre chose. Tout devenait tellement facile avec elle.

Anouk demeurait discrète sur les nouvelles amours de son amie. Les collègues de son bureau n'ont pas eu besoin d'une primeur de sa part pour y voir clair. Les proches collaborateurs de Marie se sont aperçus très rapidement eux aussi du nouvel état amoureux de leur collègue. Marie m'a dit plus tard, qu'elle avait appris, lors d'une réception du département d'architecture à l'occasion de Noël, qu'ils pouvaient précisément placer une date sur le début de notre rencontre. Le changement a été tout aussi brutal, si je puis dire, pour l'un que pour l'autre. D'autant plus que Marie se relevait depuis trop longtemps d'une peine d'amour qui voilait constamment son doux visage. Ses collègues et amis en étaient venus à penser qu'elle ne s'en remettrait jamais et ce n'était pas faute de propositions. De là, peut-être, la lueur d'espoir du côté d'Anouk. Que j'aurais aimé la présenter à mes parents s'ils avaient été de ce monde !

À partir de cet été-là, ma vie et mes priorités se sont vues bouleversées pour le mieux.

CHAPITRE 21

Stockholm, vendredi 8 juin

Au petit matin, juste comme je venais de descendre de mon rêve éveillé, on m'a annoncé ma libération.

Me voici dans le taxi qui me ramène du poste à mon hôtel. Les agents qui se sont montrés conciliants durant ma détention m'ont laissé aller à l'aurore. Puisque l'on m'a libéré, Mat a probablement pris le message et aura su quoi en faire. Ou peut-être m'aurait-on libéré de toute manière, faute d'éléments concrets. Je le saurai plus tard.

Le soleil vient à peine de lancer ses premiers rayons. Les commerces sommeillent encore. Quelques lève-tôt s'affairent à insuffler un début de vie aux rues avoisinantes. Tiens ! Un kiosque solitaire là-bas qui brave le néant en tentant d'imposer un rythme à ses voisins encore endormis. Au loin, il y a ce type qui doit libérer le banc de parc sur lequel il a élu domicile pour la nuit. Presque aucun bruit et peu de lumière encore. Stockholm sort de son sommeil, avec discrétion, à sa propre cadence.

Je suis heureux de pouvoir enfin rassurer Anouk sur mon sort. Pendant que je rêve de mon lit qui m'attend à l'hôtel et que je présume confortable puisque je ne l'ai pas encore essayé, j'ai un petit papillon dans l'estomac qui me tourmente. J'ai l'impression, de plus en plus forte, que je suis en train de faire exactement ce que l'on veut que je fasse, c'est-à-dire : rien. Du coup, je sens ma tension monter en même temps que ma colère.

Ils ne m'auront pas. Ma décision aura été prise en l'espace d'une petite seconde.

Tant pis pour les vêtements restés dans ma chambre. La femme de ménage en fera ce qu'elle voudra ou Anouk me les remmènera si elle a de la place dans ses bagages.

- Chauffeur, j'ai changé d'avis, conduisez-moi directement à l'aéroport, s'il vous plaît.

* * *

Mike David, mort de peur, se doit de trouver une solution de rechange. Sa satisfaction de savoir Gabriel Beauregard à Stockholm s'est refroidie, ce dernier lui ayant fait faux bond la veille.

Il a assez fui. Il comprend maintenant que rien ne se réglera par soi-même. Se cacher éternellement n'est plus une avenue viable. Il doit manœuvrer rapidement et adroitement. Il sent une urgence d'agir et se rabat donc sur ce qui l'a en premier lieu amené à Stockholm, rencontrer Jérôme Nantel. Il doit comprendre pourquoi Nantel est mystérieusement en congé de maladie et complètement muet en ce moment critique pour sa division et toute l'entreprise. Le scientifique ne croit pas aux coïncidences. Y a-t-il un rapport avec les menaces dont il fait l'objet ? Gabriel Beauregard l'a-t-il rencontré, lui ?

Après plusieurs tentatives, il est enfin arrivé à le joindre. À sa grande surprise, il a acquiescé à sa requête avec empressement, sans question ni réserve. Il a même semblé soulagé par sa proposition de rencontre.

Se sentant l'un et l'autre sur la sellette, exaspérés, ils ont convenu d'un rendez-vous la journée même. Le lieu prévu est dans ce McDonald de la rue Vasagatan près d'une gare ; endroit achalandé et impersonnel. Parfait pour deux personnes qui ne veulent pas être vues, ni ensemble ni séparément.

Mike n'a aucune difficulté à reconnaître son collègue au fond, face au mur, tournant le dos aux autres clients. Sa grandeur le rend facilement identifiable dans une foule. Normalement, cet attribut le dessert plutôt bien, mais dans les circonstances, Jérôme Nantel aurait préféré se fondre plus anonymement dans la masse. Mike David ne voit pas encore son visage déterminé et d'allure assez jeune pour quelqu'un qui occupe un tel poste. Nantel sursaute quand Mike lui tape sur l'épaule.

Ce dernier s'assoit à côté de lui. Les deux contemplent le même mur d'en face.

- Tu as l'air bien, lui dit Mike sans conviction, à défaut de trouver mieux.

- Pas vraiment, non.

- Qu'est-ce qui t'arrive ? Es-tu malade ? J'espère que ce n'est pas...

Nantel le coupe avant qu'il ne puisse terminer sa phrase.

- Tu sais qu'on m'a suspendu de mes fonctions pour la durée de l'enquête ! Je n'ai pas le droit de parler à qui que ce soit. Comme je n'ai pas reconnu ton numéro de cellulaire quand tu m'as appelé, je croyais que c'était un appel personnel, sinon, j'aurais dû faire le mort.

Le ton de Nantel est celui d'un homme blessé, visiblement affecté par la censure dont il fait l'objet.

Il reprend, pressé de se libérer de la colère qu'il a refoulée toute la semaine.

- Tu vois, Mike, plutôt que de faire partie de la solution, on me considère comme faisant partie du problème. François Monet, certainement influencé par Duroy ou par je ne sais qui, m'a ordonné de ne pas me présenter au bureau et de ne pas chercher à entrer en contact avec qui que ce soit de l'entreprise. Cette quarantaine durera jusqu'à ce qu'on trouve quelle est la source des écarts sur les deux contrats en cours dans ma division. Je t'en parle à toi, je sais qu'au comité de direction à Montréal, vous êtes certainement tous au courant.

Il se tait un moment puis reprend les lèvres serrées, sans regarder Mike David, comme s'il s'adressait au mur devant lui.

- Plutôt que de prendre la situation en main moi-même, comme j'aurais dû le faire, Monet a confié l'enquête à Duroy. Personne ne doit être dupe au bureau. Ils doivent tous se douter de quelque chose. Même si les deux anomalies sur les contrats de Stockholm et de Vienne ne se sont pas ébruitées, du moins pas encore, ceux qui sont chargés d'en découvrir la cause doivent trouver étrange que ce soit Duroy et non pas moi qui tienne les rênes de l'enquête. Cette affaire est un désastre. Même quand ils auront trouvé le coupable, le mal sera fait à ma réputation.

Le mur, qui n'est certainement pas témoin de son premier drame, constate un soudain silence entre les deux hommes. Jérôme Nantel est conscient qu'il a peu d'amis au sein du comité de direction parce qu'en tant que responsable nouvellement propulsé à ce poste stratégique, plusieurs collègues le perçoivent comme une menace. Il représente une concurrence sérieuse pour le remplacement, qui ne saurait tarder, du président. Il a peut-être un ami à côté de lui, mais n'en est pas certain.

Puis, comme s'il venait de se rappeler que son collègue est aussi impliqué dans des évènements étranges. Jérôme Nantel hausse le ton malgré lui.

- Eh! Dis donc, et toi? Avant que l'on... Enfin, avant que l'on me traite comme un criminel, j'ai entendu dire que tu avais reçu des menaces et que tu ne te présentes plus au bureau depuis. Ce serait plutôt à moi de te demander comment tu vas. Es-tu dans le même pétrin que moi? Toi aussi, on t'a mis hors circuit!

Mike David prend son temps, pesant chaque mot qu'il s'apprête à dire.

- Si toi, on te soupçonne, moi, j'ai vraiment l'impression qu'on veut m'éliminer.

Nantel délaisse le mur un moment pour scruter le visage de son collègue.

Ce dernier poursuit sur un ton qui se veut le plus factuel possible.

- Il y a deux semaines, le vérificateur interne m'a donné rendez-vous près de nos bureaux de Berlin. J'ai trouvé le choix du lieu bizarre puisque lui aussi est basé à Montréal. Mais il m'a dit que c'était de nature extrêmement confidentielle et que la rencontre devait avoir lieu hors du siège social. Lui, il était de passage à Berlin en route pour ailleurs, Berlin lui convenait donc très bien. Ce n'était pas mon cas puisque je devais y retourner deux semaines plus tard pour, comme tu le sais, la revue des résultats de fin du mois. Comme sa demande m'a intrigué, j'ai accepté. Nous avions rendez-vous le jeudi. Je suis arrivé mercredi, la veille donc. Alors que j'allais prendre une bouchée à l'extérieur de l'hôtel, une voiture a fait un virage sur un feu rouge, juste au coin de la rue que je m'apprêtais à traverser. J'ai dû me jeter sur le côté pour ne pas être frappé. La voiture ne s'est même pas arrêtée, elle a même accéléré.

La physionomie de Jérôme Nantel annonce qu'il attend la suite avec impatience.

- Ce soir-là, en entrant à l'hôtel, j'ai constaté qu'on avait fouillé ma chambre. Je n'ai pas porté plainte à la police. Ce fut une erreur, je le sais maintenant.

Jérôme Nantel se redresse, mais demeure silencieux. Son collègue poursuit sur le même ton.

- Le lendemain, j'ai trouvé une note sous ma porte de chambre. Il y était inscrit : *« Shut-up or next time, we will not miss you »*[8]. Je m'en souviens très bien, j'en ai eu mal au ventre.

- Mon Dieu ! Qu'est-ce que tu as fait ?

- J'ai demandé à ma conjointe Julie de porter plainte à la Sûreté du Québec parce que j'ai décidé de revenir à Montréal sur-le-champ. J'en ai honte, mais j'avais trop peur. Au diable ma rencontre avec le vérificateur interne.

- Et puis ? Réplique Jérôme qui oublie momentanément ses problèmes.

---

[8] *« Fermez-là, où la prochaine fois nous ne vous manquerons pas. »*

- Une fois rentré à Montréal, je sentais qu'on m'épiait. Je croisais des regards que je trouvais fuyants. Je voyais trop de nouveaux visages à mon goût, sans parler de ces gens qui se cachaient les yeux avec leur journal. Je suis reparti la journée même et me suis mis à changer d'endroit constamment. Je sens la menace omniprésente. Est-ce que je suis devenu parano ? Peut-être. Moi je ne suis qu'un scientifique, pas un héros ni un criminel. Cette situation m'angoisse au plus haut point.

Puis, il clôt son propos d'une voix suppliante.

- Jérôme, qu'est-ce qui se passe ? Quand est-ce que tout cela va finir ?

Jérôme Nantel retrouve un soudain intérêt pour le mur. Ensuite, comme s'il se parlait à lui-même, il ajoute :

- Moi, c'est le patron lui-même qui m'écarte du jeu. Toi, je ne sais pas, mais le résultat est le même. La question la plus importante, Mike, est de savoir pourquoi on veut nous tenir éloignés.

Mike David choisit de ne pas mentionner à son collègue qu'il a essayé de rencontrer Gabriel Beauregard la veille. Il ne se sent pas totalement à l'aise avec lui. Après tout, c'est le président qui l'a placé sur une voie d'évitement. Il doit savoir ce qu'il fait.

David reprend à voix basse, tout en s'assurant du regard qu'on ne les épiait pas depuis les tables adjacentes.

- Ce qui m'arrive a un rapport avec les deux contrats que tu as mentionnés tout à l'heure, Jérôme, j'en suis certain. C'est probablement à propos de ces contrats que le vérificateur voulait me rencontrer, je le réalise aujourd'hui. Il croit sans doute que je sais quelque chose. C'est moi et le service des approvisionnements qui négocions les contrats avec nos agences à qui nous donnons l'exclusivité sur certains produits. Peut-être voulait-il savoir de ma part ce qui ne s'écrit pas dans les contrats avec ces agences. Je sais que les dépassements de coûts l'ont été sur l'achat des matières, alors forcément, un de nos fournisseurs doit savoir quelque chose.

Là-dessus, Mike David fixe Jérôme Nantel avec des yeux qui veulent dire : « Et toi, sais-tu quelque chose d'autre ? »

Nantel détourne la tête et estime qu'il est temps de formuler ses hypothèses.

- Il m'apparaît de plus en plus probable que les écarts de coûts sur les deux contrats sont dus à une falsification quelconque, surtout après ce que tu viens de me dire, Mike. Je pense aussi que celui ou ceux qui ont orchestré cette fraude probable veulent te faire peur et me placer sur la touche. Je crois qu'il faut être idiot pour manigancer une fraude semblable puisque les auteurs sont assurés de se faire prendre. C'est une question de temps avant que nous découvrions qui ils sont.

Il baisse le ton à présent.

- En plus, et ceci n'est pas une hypothèse, Mike, Preston One est en train de remuer ciel et terre pour résoudre l'affaire avant l'assemblée des actionnaires de jeudi.

Mike David ne voit rien à ajouter au bilan de son collègue. Jérôme Nantel a bien résumé les éléments du casse-tête.

David sent que le moment est propice pour lui poser la question qui lui brûle les lèvres depuis un moment :

- Dans ton cas, Jérôme, pourquoi François Monet t'a-t-il demandé de demeurer chez toi s'il n'a rien à te reprocher ?

La réaction de Nantel est démesurée par rapport à ce qu'anticipait Mike David. Sa physionomie change du tout au tout. Insulté, Jérôme Nantel se lève, claque les talons comme à l'armée, puis sans dire un mot lui tourne le dos et quitte le restaurant.

Mike David décide sur le coup que l'endroit le plus sûr pour lui se trouve maintenant loin de Stockholm, de Berlin ou de Vienne. Cette fin de semaine ci, il revient à Montréal. Fini la cavale. Il affrontera son destin, advienne que pourra.

Stockholm, vendredi 8 juin

Anouk n'a pu s'empêcher de sauter dans les bras de Mat quand elle l'a vu apparaître à sa porte de chambre, sa valise à la main, les traits tirés par le voyage. Comme une noyée qui s'agrippe à une bouée pour sa survie, Anouk ne se résigne pas à desserrer son étreinte. Mat ne fait rien pour s'en extraire non plus.

Après un long moment, elle prend l'initiative d'amorcer un timide repli. Puis, après un bref regard, elle lui embrasse la joue. Simultanément, les sonneries des messages textes de leurs cellulaires s'animent en duo, dans des registres différents. Ils font le même mouvement de recul et dégainent leur téléphone respectif. Mêmes gestes pour accéder à leurs messageries textes, mêmes regards concentrés et mêmes réactions de surprise de part et d'autre. Ils se dévisagent maintenant, incrédules.

Anouk réagit la première.

- Il a fait ça, dit-elle avec un air mi-surpris, mi-amusé !

Mat, sur le décalage et victime d'une surdose d'émotion abruptement interrompue, ne comprend pas tout de suite. Il doit relire le message pendant qu'Anouk se laisse tomber sur le sofa derrière elle.

« Bonjour, petite sœur, bonjour, Mat,

Je viens d'entrer dans l'avion en partance pour Beijing. Il décolle dans deux minutes.

Ils m'ont laissé sortir ce matin, vous n'avez donc plus à vous inquiéter pour moi. Je ne sais pas si tu y es pour quelque chose, Mat, mais à tout hasard je t'en remercie mille fois.

Désolé de t'avoir laissée dans ce guêpier, Anouk, j'espère que tu t'es remise de tes émotions d'hier. Moi, ma nuit en dedans ne s'est pas si mal passée. J'ai vécu des situations plus difficiles. J'ai même fait de beaux rêves ! Étant en Europe, tu liras ce message avant Mat. Contacte-le dès qu'il se lève, vers onze heures trente de ton heure, pour s'assurer qu'il lise ce message. Il doit cesser ses efforts pour me faire libérer. Au bout du compte, la police n'avait rien de tangible contre moi.

J'ai fait ce que j'avais à faire à Stockholm. Nous savons maintenant que nous faisons face à une fraude bien orchestrée, mais je ne comprends pas à qui elle peut profiter. Je dois sans faute parler face à face avec l'agent des terres rares à Beijing. Comme je viens tout juste de réserver mes billets dans le taxi, j'ai pris ceux qui restaient, *j'aurai deux escales avant d'arriver à Beijing dimanche midi.*

Anouk, tu retournes à Montréal quand tu le veux. Merci pour ton aide, mais comme tu le vois, mon enquête prend une autre orientation. Je poursuis seul de mon côté.

Désolé pour la longueur...

Bisous. Seulement pour toi, Anouk. Pas pour toi, Mat :-)

Gabriel »

CHAPITRE 22

Quelque part en Europe, samedi 9 juin

Il ne reste que cinq jours avant l'assemblée des actionnaires. L'agitation est manifeste sur le visage des deux hommes. En ce qui les concerne, le temps joue contre eux. Preston One s'est aperçu beaucoup trop tôt qu'il y avait quelque chose d'anormal avec les comptes. Il ne faut surtout pas que l'entreprise découvre le stratagème avant l'assemblée des actionnaires.

Ils ont dû adapter leur plan. La vérification interne a trouvé les irrégularités plus tôt que prévu. Elle a donné rendez-vous à Mike David. Les deux complices devaient empêcher cette rencontre. Mike David aurait pu involontairement les mettre sur une piste trop tôt par rapport à ce que leur plan prévoyait. L'arrivée de Gabriel Beauregard qui met son nez dans tous les coins de Preston One est venue passablement compliquer le jeu, sans parler de sa sœur dont le rôle leur paraît très obscur.

Par hasard, le plus jeune avait loué une salle la semaine dernière au Hilton Berlin pour y faire une rencontre d'équipe. Une employée de la réception lui a demandé, par simple curiosité, si Gabriel Beauregard revenait chez Preston One puisqu'une réservation venait d'être faite en son nom. Herr Beauregard était connu des employés de l'hôtel en son temps.

Les deux hommes n'y ont pas vu qu'une simple coïncidence. Quelqu'un a fait venir Gabriel Beauregard en Europe. Ils ont dû rapidement réajuster le plan pour y inclure Martha, le scotch et le subterfuge pour mettre la main sur son ordinateur.

Le plus vieux, lui, s'est chargé de très mal conduire sa voiture à proximité de Mike David et de lui rédiger une petite note bien sentie. Leur plan était tellement bien ficelé, qu'il leur était facile d'y inclure de petites mises au point au gré des circonstances. Leur stratégie de dissuasion a mieux fonctionné avec Mike David qu'avec Beauregard.

La suite du programme se déroule telle quelle. Le plan fonctionne très bien, à part ces quelques adaptations mineures. Leurs efforts sont sur le point d'être grassement récompensés. Mais il leur reste tant à accomplir pour parvenir à leur but. Le plus important et le plus délicat se trouvent encore devant eux.

Le plus jeune mène le jeu. C'est lui qui convoque son acolyte depuis le début de l'affaire. Comme pour une opération militaire, l'ensemble du plan est revu à chaque rencontre. Chaque détail, chaque progrès et chaque imprévu est évalué en fonction du plan original. Les écarts sont analysés et aplanis afin d'éviter un impact négatif sur le résultat de l'opération. Le jeune ne laisse rien au hasard, l'autre ne s'en plaint pas.

Aujourd'hui, la rencontre a lieu sur un banc de parc. C'est leur dernier face à face. L'un, arrivé avant l'autre, lisait son journal quand le second est venu nonchalamment s'asseoir à côté de lui. Ils ne se disent rien avant de s'être assuré visuellement qu'aucun regard louche ne les épie. C'est toujours le plus jeune qui prend l'initiative d'amorcer la discussion. Cette fois-ci ne fait pas exception. Sans détourner le regard de son journal, il entame leur dernière rencontre.

- As-tu du nouveau de ton côté ?

- J'ai su que Gabriel Beauregard a été relâché.

- Ça sent mauvais, murmure le plus jeune les dents serrées. Il aurait fallu qu'il le garde en dedans pour au moins la fin de semaine, celui-là. Bon sens, nous n'avons pas besoin de lui dans nos affaires.

- Que fait-on ?

- Rien. Nous poursuivons comme prévu. Si Beauregard nous donne du fil à retordre, nous agirons en conséquence. Les chances sont que lui et sa chère sœur prennent leurs jambes à leur cou et repartent pour Montréal ou se cachent, comme le fait David, grâce à nos petites interventions.

Il prend un air plus sombre.

- Nous ne pouvons plus reculer, tu le sais bien. Nous sommes mouillés jusqu'au cou, mais la récolte est à portée de main.

Silence de part et d'autre, qu'ils utilisent pour refaire une séance de repérage d'espions potentiels. Rien de menaçant à l'horizon. Le jeune poursuit.

- Comme prévu, je vais à Montréal lundi, trois jours avant l'assemblée. J'y suis invité en raison de ma fonction, personne n'y verra quoi que ce soit d'anormal. Ceci est la partie simple. Toi, tu vas à Londres jeudi matin, la journée même de l'assemblée. Au fait, as-tu trouvé un prétexte ?

- Pas très compliqué, rétorque l'homme, un client à rencontrer. On ne me posera pas de questions.

- Et si l'on t'en pose !

- Bien...

Le jeune perd plus facilement patience à mesure que le jour « J » approche.

- Je te l'ai dit cent fois. Trouve-toi un vrai client et un vrai rendez-vous que tu annuleras à la dernière minute une fois sur place. Réserve ton billet d'avion tout de suite pour être certain qu'il en ait un de disponible. En plus, est-ce la peine de te le redire, réserve sur deux compagnies aériennes différentes en cas de problèmes de dernière minute avec l'une d'elles. Évidemment, la deuxième est sur ta carte de crédit personnel. Est-ce que tu me comprends bien ?

L'autre homme, qui pourrait être son père, n'aime pas se faire prendre pour un enfant, mais les enjeux sont tellement grands et ils sont si près du but, qu'il préfère passer outre son envie de l'envoyer paître avec son vrai client et ses deux billets d'avion. D'autant plus que son fils à lui, son seul, a à peu près l'âge de son complice. Il a quitté la maison depuis longtemps et n'y revient que rarement puisqu'en froid avec son père. Une vieille affaire d'argent que le père n'a pas voulu prêter au fils un peu trop porté sur les voitures de luxe. Mais soit, quand il sera très riche, il saura colmater la fissure. La richesse favorisera les liens familiaux, se persuade l'homme à bout d'arguments pour retrouver l'attachement de son fils.

- Je te suis, ne crains rien. Ce sera fait.

Le jeune se calme et poursuit avec la suite du scénario, bien qu'ils l'aient déjà revu mille fois ensemble.

- À Londres, tu te rends chez notre courtier et tu attends dix heures trente et une, heure de Montréal. Tu n'achètes rien avant dix heures trente et une. Rien. L'action devrait perdre la moitié de sa valeur à compter de ce moment-là, soit dès le début du discours du président.

Le jeune a du mal à dissimuler sa satisfaction. Un passant croirait qu'il est en train de lire la bande dessinée du journal. Le succès est si proche. Le trajet a été long, mais la récompense sera grande. Il est par contre assez réaliste pour savoir que rien n'est gagné avant la dernière manche.

- Dès dix heures trente et une, heure de Montréal donc, tu commences à acheter toutes les actions que tu peux trouver à Londres et moi j'en fais autant de mon côté à Montréal jusqu'à ce que le compte y soit. À la fin de l'avant-midi, nous serons riches.

Le jeune arbore toujours son beau sourire qui ne le quitte plus à présent. L'autre homme en fait autant. La grande vie les attend. Le plus vieux laisse échapper :

- Et tout cela est presque légal.

Stockholm, samedi 9 juin

C'est un agent de surveillance de son service qui a livré la clef USB à Pierre Duroy au bureau ce matin. Toujours locataire-usurpateur du grand bureau de Jérôme Nantel, Duroy doit tout faire seul en ce samedi. Ruth a un engagement cette fin de semaine qu'elle prétendait ne pas pouvoir remettre. C'est lui-même qui a dû s'humilier et aller ouvrir la porte d'entrée de la bâtisse, quand il a entendu la sonnette. Ce n'est pas son assistante à lui, celle de Berlin, qui aurait osé lui faire un tel affront, même un samedi.

Il n'a pas remercié le commissionnaire et s'est précipité à son bureau. Enfin, il a le code d'accès qui lui permet de lire la clef USB. Après avoir entré le code, le directeur de la surveillance est concentré sur le premier document que le contenu déchiffré lui dévoile.

> *« Dossiers de Gabriel Beauregard.*
> *Personnel*
>
> *Rapport de la Sûreté du Québec sur*
> *des menaces envers Mike David*
> *Date de la plainte...*
> *Motif de la plainte...*
> *Résumé de la déclaration de*
> *Mme Pronovost...*
> *............»*

À chacune des rubriques est attaché un dossier en format PDF. Duroy ouvre le premier. Puis un deuxième. Enfin, il va directement au dernier.

« On se paie ma gueule », crie-t-il à tue-tête dans l'immense bureau, sans personne pour l'entendre, même pas l'écho qui se perd dans l'épais tapis.

Vert de rage, Duroy ferme son ordinateur portable avec une telle force, qu'il ne sera jamais plus le même à sa réouverture. Il vient de réaliser que quelqu'un le mène en bateau. On veut lui faire perdre son temps. Cette clef USB lui avait été présentée comme une pièce maîtresse. Il a perdu deux jours pour accoucher d'une souris. Le temps que son consultant trouve l'expert et que celui-ci déchiffre le code. Un simple rapport de police, voilà tout ce qu'elle contient. Il n'avait qu'à le demander, il l'aurait obtenu dans la demi-heure.

Pourquoi lui avoir présenté ce leurre, si ce n'est pour lui faire perdre son temps et par le fait même, faire gagner du temps aux personnes impliquées ? Quelqu'un l'a délibérément placé sur une fausse piste.

Dieu sait qu'il n'a pas de temps à perdre. Cette histoire de fraude est une question de vie ou de mort pour Preston One. Elle est son unique priorité.

Duroy doit en plus assurer la sécurité lors de l'assemblée des actionnaires, comme il le fait chaque année depuis cinq ans. Dans ces assemblées, la direction n'aime pas les surprises. Il doit donc déceler et calmer tout actionnaire qui manifesterait son mécontentement d'une façon non conforme aux attentes de la direction. Il doit aussi garantir la protection rapprochée des hauts dirigeants et finalement s'assurer d'un plan de contingence en cas de pépins majeurs dans le déroulement de l'assemblée. À ce jour, il a été plutôt chanceux, mis à part un ex-employé qui n'était pas satisfait de la façon dont il a été remercié de ses services. Il n'y a pas eu d'incidents majeurs sous son règne.

Mardi, il doit prendre un avion pour Montréal. Il se doit d'arriver assez tôt pour coordonner les opérations sur place. Il se réjouit de quitter le territoire européen puisque quelque chose lui dit maintenant que la solution de cette affaire pourrait se trouver à Montréal. Stockholm s'est avérée stérile pour son enquête.

Pour l'instant, sa journée est à l'eau. Cette fin de semaine ci, il a privé sa fille de le voir pour rien.

Beijing, dimanche 10 juin

Ceux qui font de longs voyages en avion connaissent l'amalgame d'exaltation et de fatigue qui les attend à l'arrivée. Une impression aigre douce qui, tout en drainant vos dernières énergies, éveille en même temps tous vos sens. Les sensations d'éloignement, de découverte et de fatigue s'unissent pour vous déstabiliser et vous exalter en même temps. Je ne croyais pas retrouver cette impression après le départ de Marie.

Dans la plupart des villes où je vais depuis que Marie m'a inculqué quelques notions de savoir-vivre urbain, j'essaie de prendre le métro à partir de l'aéroport. C'est généralement plus rapide, surtout aux heures de pointe, tout en étant plus écologique. Lorsque j'arrive dans une ville asiatique après des heures de vol et d'attente dans trop d'aéroports, je suis plus délinquant à suivre cette belle règle. Aujourd'hui, ce sera le taxi, l'heure de pointe du dimanche est moins menaçante.

L'équipe de la vérification interne doit être chez l'agent chinois cette fin de semaine. Ce dernier n'attend pas mon arrivée. Je l'appellerai immédiatement après avoir pris une bonne douche à l'hôtel.

Je dois me secouer pour ne pas perdre de vue ce qui m'amène ici. Je me résigne donc à détourner le regard de cette ville légendaire et de ses scènes typiques qui se déroulent juste devant moi dans les rues qu'arpente mon taxi. Il m'est plus profitable d'utiliser mon temps de trajet entre l'aéroport et mon hôtel en me plongeant dans mes courriels sur le BlackBerry. Je dois rattraper mon samedi perdu en avion.

Quelques textos sans importance. Puis celui d'Anouk, signé Anouk & Mat, qui se disent profondément heureux que je sois sorti de prison et qui m'incitent sans surprise à la prudence. Ils m'apprennent que Mat a fait ce long voyage jusqu'à Stockholm pour rien. Je n'en reviens pas ! J'étais sorti de prison avant qu'il n'arrive. L'avoir su, je lui aurais évité ce déplacement ! Ils repartent ensemble pour Montréal, aujourd'hui, dimanche. Lui, je lui en dois toute une.

Le voyage, bien qu'inutile de Mat, me comble de bonheur. Avoir des amis comme les miens, avec une sœur pas trop chiante en prime, c'est très rare. Leur amitié à ces deux-là me fait tellement de bien, surtout quand je suis si loin.

Le message suivant est de Stefan, le contrôleur rencontré à Vienne cette semaine. Il date d'hier.

> *« M. Beauregard, je ne sais pas si cette information vous sera utile, mais j'ai su par hasard, qu'on aurait décelé une erreur analogue à l'unité de Stockholm.*
>
> *Je n'ai pas osé lui en parler directement, mais peut-être qu'Anders, le contrôleur de Stockholm, pourrait vous en dire plus.*
>
> *Rappelez-moi.*
>
> *Stefan »*

Ce cher Stefan, toujours prêt à aider. Par contre, je suis de plus en plus préoccupé de voir que ces deux affaires de fraude s'ébruitent dangereusement.

Il est encore samedi soir chez lui, à Vienne. J'ai le temps de le rappeler avant qu'il ne soit trop tard. C'est la moindre des choses vu sa gentillesse.

Il prend beaucoup de temps à répondre ; il a peut-être éteint son cellulaire. Juste comme je viens pour raccrocher, j'entends le déclic.

- Stefan, Gabriel Beauregard à l'appareil. Désolé de t'appeler chez toi un samedi soir, je préférais te rappeler plutôt que de te texter.

Il y a beaucoup de résonnance sur la ligne. J'entends des rires et des bruits mécaniques. C'est pour cette raison que je me suis présenté, il doit avoir de la difficulté, lui aussi, à bien entendre.

- Monsieur Beauregard, je vous entends à peine, ici c'est très bruyant. Je trouve un coin plus tranquille.

Je détecte à son intonation qu'il est navré de la situation, comme s'il avait à l'être. C'est pourtant moi qui le relance en plein samedi soir.

- Je peux te rappeler, Stefan, si tu le veux. J'ai bien reçu ton message de toute manière. Bonne idée, je vérifierai auprès d'Anders.

Je ne lui révèle évidemment pas que je l'avais déjà fait.

Il y a un peu moins de bruit maintenant, comme s'il avait réussi à se réfugier dans un recoin moins bruyant.

- Merci, monsieur Beauregard, dit-il, penaud.

« Viens, Stefan, c'est à ton tour, fais-leur un autre Black Jack comme la semaine dernière… »

J'ai perdu la ligne à cet instant.

J'en conclus qu'il devait être au casino avec des amis et j'en déduis qu'il y était minimalement la semaine dernière. Bizarre pour un comptable. J'espère qu'il n'en prend pas l'habitude et que cette activité reste un jeu. Je le rappellerai une autre journée.

* * *

Une fois enfin arrivé à l'hôtel, j'essaie de contacter le fameux agent. Malgré maints appels, je n'y arrive pas. Je tombe constamment sur sa boîte vocale qui répète en anglais et en mandarin qu'il n'est pas disponible pour l'instant et qu'il sera de retour au bureau lundi matin. Moi qui le croyais avec l'équipe de vérification à revoir les comptes et les transactions des dernières semaines. Bizarre !

À dire vrai, je ne suis pas tout à fait déçu de la situation. Je me convaincs assez facilement d'ailleurs qu'après tout, notre rencontre peut bien attendre à demain, lundi. Je vois mon lit, là, juste à côté, qui me fait les yeux doux. L'occasion est trop belle. Seulement un petit somme, quelques minutes…

Au-dessus de l'Atlantique, dimanche 10 juin

Dans l'avion qui les ramène à Montréal, Anouk et Mat n'ont pas beaucoup de conversation.

Stockholm, vendredi 8 juin et samedi 9 juin

Deux jours plus tôt, soit vendredi, rassurés par le texto de Gabriel, Anouk et Mat ont senti tout leur stress tomber d'un seul coup. Une fois remise de ses émotions, Anouk a insisté pour que Mat utilise le divan de sa chambre plutôt que de s'en payer une de son côté. Comme en plus, il a payé l'avion de sa poche, Anouk ne se pardonnerait pas que son ami compromette le camp de vacances des jumeaux pour leur venir en aide, à elle et à son frère.

Quand Mat fut remis de son voyage, à la suite à sa courte sieste, ils ont fait du tourisme aux alentours de l'hôtel pour le restant de la journée.

Samedi, ils ont agrandi leur périmètre en partant à la découverte des splendeurs cachées du vieux Stockholm et n'ont pas eu de mal à créer des prétextes pour se désaltérer sur quelques terrasses éparpillées çà et là sur leur chemin. Plus de contraintes, plus de stress. Mat s'est fait à l'idée qu'il a effectué le voyage pour rien. Si c'était à refaire, il le referait sans hésitation pour aider son ami, même s'il n'y avait qu'une chance sur mille pour que ce soit utile. Son retour anticipé à Montréal, demain dimanche, lui amputera moins de journées de vacances que prévu. Tant mieux pour Hélène, pour lui et pour son portefeuille.

Leur souper a été magique, la température idéale, le restaurant parfait, la nourriture divine et l'ambiance détendue avec juste ce qu'il faut de vin pour rehausser le tout. C'était la première fois qu'Anouk se retrouvait en tête à tête avec Mat depuis des lunes. En fait, la dernière fois remonte bien avant la naissance des jumeaux, il y a dix ans.

Leur dernière soirée en Europe s'était étirée plus que la veille. Il leur était tellement difficile de dire adieu à cette ambiance de vacances. Le lendemain matin, retour à la maison où Anouk y retrouvera sa peine.

Revenu à l'hôtel, comme il l'avait fait la veille, Mat se coucha le premier, sur le divan, laissant la veilleuse sous la commode pour Anouk. Il ne s'endormit pas tout de suite comme ce fut le cas hier, alors qu'il était tombé mort de fatigue.

Quelques minutes plus tard, Anouk sortit de la douche à son tour pour se diriger vers son lit. En entendant son pas léger, Mat sentit un trouble soudain et intense l'envahir. Il ouvrit les yeux. Malgré son débat intérieur, il la fixa éhontément. Il ne pouvait se résigner à détourner le regard de la petite tenue d'Anouk, que la lueur de la veilleuse découpait subtilement sur sa peau blanche.

Elle surprit son indiscrétion. Quand leurs yeux se sont rencontrés, il détourna la tête promptement, couvert de honte.

Elle s'arrêta, ne sachant que faire.

Ou c'était plutôt l'inverse ! Elle savait exactement ce qu'il fallait faire : s'engloutir le plus rapidement possible dans son lit, sous les couvertures.

Réalisant à son corps défendant que ce moment inattendu la troublait elle aussi, Anouk se rendait parfaitement compte que mettre fin à cet instant était de loin la meilleure avenue. Mais, ignorer un tel moment lui paraissait aussi presque impossible. Elle en avait honte tout autant que lui, et encore plus, quand elle surprit le regard de son ami revenir lentement vers elle. Chaque seconde où elle resta là, immobile, dans la pénombre, sentant la présence brûlante de l'homme, lui plaisait immensément. Cette sensation d'être convoitée lui procurait, contre sa volonté, un plaisir trouble.

Elle pouvait décider de tout arrêter, poursuivre son chemin, laisser le désir s'éteindre de part et d'autre. Pourtant, l'acte de demeurer immobile était en soit une décision. La décision de laisser ouverte une fenêtre sur l'érotisme. La décision de laisser libre cours à la chaleur enivrante qui submergeait tout son être.

Aucun mot n'avait besoin d'être prononcé, les paroles n'auraient été d'aucune utilité. Les deux jouaient de la situation. Mat, avec son regard chargé de tout le désir qu'un homme peut ressentir et Anouk, avec son corps tout entier, prisonnière de ses sens, figée, en feu.

Le subtil jeu qui embrasait les deux amis était inespérément exaltant. Chacun improvisait, par de microscopiques mouvements, par de très légers plissements des yeux et pire encore, par une sensuelle immobilité consentante. Impossible de se sortir de ce moment-là. Impossible de fracturer un instant si rare, si envahissant.

La force de la magie venait progressivement à bout de toutes traces de culpabilité. La situation avait pris le dessus. Les sens de l'homme et de la femme contrôlaient leurs pensées et leurs corps.

Aucun des deux ne pouvait dire depuis combien de temps ils étaient demeurés accrochés l'un à l'autre. Le temps s'était arrêté, dans les yeux de l'homme et dans le corps de la femme.

Puis, contre toute attente, Anouk fit un pas vers l'homme pétrifié de désir. Un petit pas, un pas imprévisible et dramatique qui infligea à tous les deux une décharge émotive. Il se dégagea les épaules, ses couvertures étant devenues trop lourdes à présent.

Sous cet angle, la lumière se reflétait différemment sur la peau d'Anouk devenue sensuellement moite. Certaines parties de son corps prenaient vie, d'autres retournaient dans la pénombre. Les mouvements presque imperceptibles de part et d'autre conféraient une telle sensualité à la scène, que ni l'un ni l'autre ne pouvaient décrocher le regard des yeux de l'autre.

Un second pas suivi le premier, puis un autre. Elle était là à présent, juste devant lui. Il pouvait tout deviner, tout voir ce que la lumière incendiait et ce que la pénombre caressait. Leur respiration était devenue hors contrôle. Il se permit de baisser le regard, juste un moment, le temps de quitter les yeux brillants d'Anouk pour contempler discrètement son corps presque nu. Le regard intense de Mat n'avait rien pour calmer son envie à elle, déjà si vive. Le torse de l'homme émergea peu à peu de ses draps devenus accablants et inutiles. Il devenait ainsi exposé à la même lumière tamisée, impitoyable, dansant à présent sur leurs deux corps.

Puis lentement, très lentement, tel un mouvement décomposé d'une pellicule cinématographique qui tourne au ralenti, elle se pencha vers lui. Un mouvement interminable qui finit par trouver son apogée quand les lèvres de la femme furent rendues exactement devant celles de l'homme. Le temps s'était immobilisé. Tous les deux n'étaient que chair et sensualité. Le souffle de l'un attisant le feu de l'autre. À présent, Mat pouvait sentir les seins chauds d'Anouk sur son torse.

Tranquillement, sans soubresaut, il leva un bras et lui toucha la joue de la paume de sa main. La chaleur qui se dégagea de ce contact les surprit tous les deux, comme s'ils avaient créé un point d'entrée entre leurs deux corps. Un point par lequel toutes leurs émotions et tout leur plaisir pouvaient transiter. Leur sensualité était au comble, au point d'être intolérable tant le désir ainsi créé était exacerbé.

Maintenant torse nu jusqu'aux hanches, le corps puissant de Mat se laissait aussi façonner par la lueur de toutes les transgressions. Plus par instinct que par calcul, les lèvres d'Anouk ne touchaient pas encore celles de l'homme maintenant à sa merci. Elle préférait demeurer là immobile, respirer sa respiration, enfoncer ses yeux davantage dans les siens. Et là, langoureusement, sa main se fraya un chemin vers l'homme en feu qui sursauta quand la chaleur de celle-ci lui brûla les côtes. Son mouvement brusque est venu à bout de la couverture qui ne servait plus à rien.

Leurs lèvres s'étaient découvertes à présent. Est-ce l'autorisation qu'attendait Mat pour délivrer ses mains de leur sagesse ? La question est académique. Tout ce qu'il ressent à présent c'est la divine sensation de caresser le corps de cette magnifique femme, sensation longuement refoulée qui explose d'un seul coup. Pendant que leurs lèvres s'agitent désespérément comme pour rattraper le temps perdu, la main d'Anouk, elle, commença à descendre sur le ventre de l'homme emmuré dans ses sens. Lentement, délicatement, ses longs doigts avaient entrepris de se frayer un chemin entre les sillons de ses muscles, vers un point de non-retour. Tout le corps de l'homme, de façon insoutenable, espérait d'un moment à l'autre ressentir ce contact inespéré.

Puis, juste à l'aube de ce qui aurait pu le projeter vers l'infini, alors que tout son corps d'homme sentait la main chaude et sensuelle d'Anouk à portée de son organe en feu, il délaissa son sein pour placer sa main sur la sienne. Elle s'immobilisa, le cœur serré. Sa prémonition enfouie en elle allait se matérialiser.

Ce fut l'image d'Hélène d'abord qui s'est infiltrée sournoisement dans son esprit qu'il croyait pourtant totalement engourdi. Celle des jumeaux l'a suivie de près. Mat constata un nuage dans le regard sombre de la femme. Nuage que son geste aux conséquences indicibles venait de créer. Il se prit à répondre tout haut à une question posée des yeux : « Que faisons-nous ? »

Ils restèrent ainsi pendant le temps qu'il faut pour concevoir l'idée que la fusion n'aurait jamais lieu. L'image de leur amitié qui en souffrirait se frayait laborieusement une place entre toutes les pulsions du monde. Au bout de ce moment cruel, tous les deux savaient qu'il n'y aurait pas de suite. Ils avaient tous les deux trop à perdre.

Il crut voir des larmes jaillir des yeux déçus d'Anouk, des larmes de frustration et de regret. Il se prit à l'imiter.

Puis vinrent les sourires. Des sourires complices qui scellaient un moment de grâce, un moment interdit dont le souvenir, ils le savaient déjà, ne s'effacera jamais. Un moment magique, vaincu péniblement par la force de leur amitié.

À contrecœur, dans un bref instant de précaire lucidité, ils déracinèrent à regret leurs mains du corps convoité et arrachèrent leurs yeux de ceux de l'autre.

Anouk l'abandonna. Mat n'insista pas.

Il n'aurait pourtant fallu qu'une ombre de faiblesse de la part de l'un ou de l'autre pour que ce moment se retransforme en brasier.

Tous les deux passèrent le restant de la nuit à essayer de ne pas projeter dans leur imaginaire ce qui aurait pu être. Pas de remords, c'est la pensée avec laquelle Mat et Anouk se sont consolés le restant de la nuit.

Leurs sens ne sauront pourtant jamais ce qu'ils auraient pu regretter.

Au-dessus de l'Atlantique, dimanche 10 juin

Il ne le sait pas encore, mais Hélène et les jumeaux viendront à sa rencontre à l'aéroport Trudeau pour lui faire une surprise. Il n'aura pas à baisser les yeux quand il les verra.

Dans l'avion qui les ramène à Montréal, Anouk et Mat n'ont pas beaucoup de conversation...

CHAPITRE 23

Beijing, lundi 11 juin

Il ne perd rien pour attendre, celui-là. Je suis arrivé devant les bureaux de l'agence chinoise à huit heures ce matin. Il s'agit d'un petit établissement sobre avec, de ce que je peux voir d'ici, une pièce principale donnant sur la rue et une autre, probablement une salle de conférence. Le tout est au deuxième étage sur une rue secondaire, mais en plein cœur de Beijing. Heureusement que j'ai trouvé ce petit restaurant juste en face. Je n'ai pas déjeuné ce matin de peur de rater l'arrivée de l'agent. Alors me voici devant un bon bol de soupe avec je ne sais quoi qui flotte à sa surface. Rien de plus efficace pour se mettre dans l'ambiance chinoise.

Il est neuf heures trente. J'ai dû me taper un deuxième bol de la substance, tout de même goûteuse, pour justifier ma place assise dans un coin convoité du resto, juste devant la fenêtre qui donne sur la rue.

Li Mei arrive finalement. Enfin, je présume que c'est lui puisqu'il est devant la porte du bureau et qu'il s'agite avec des clefs. Il n'est ni grand ni petit, je lui donne à peu près la quarantaine.

Il a le temps d'ouvrir pendant que je sors du restaurant. J'avais pris soin de payer mes soupes au préalable pour être prêt à faire feu dès son arrivée. Je suis rendu à dix pas derrière lui, tout au plus. En faisant de grandes enjambées, je le rattrape et je l'accoste juste comme il s'apprête à refermer la porte derrière lui. Il est surpris, mais pas plus qu'une personne qui ne s'attend pas à voir quelqu'un derrière lui. Je prends les devants, en anglais.

- Monsieur Li Mei, je présume ?

Je n'ai aucune idée s'il s'agit d'un prénom ou d'un nom de famille, ou des deux.

- En effet, monsieur. Vous désirez ?

Son anglais est parfait, son ton très poli.

- Je suis Gabriel Beauregard, je viens de la part du siège social de Preston One. - Une petite exagération qui devrait m'ouvrir des portes !

Pour contrecarrer toute résistance, je lui présente une ancienne carte professionnelle.

Li Mei ne dit rien. Il se concentre à nouveau sur son trousseau de clefs, trouve la bonne et me fait signe de le suivre jusqu'en haut de l'escalier. De là, toujours sans dire un mot, il déverrouille sa porte de bureau et me signifie d'entrer.

- Je vous en prie, monsieur Beauregard, entrez et essayez-vous. Je prépare le thé. Puis en se retournant, il me demande : « Que puis-je faire pour vous ? »

Il s'exprime à présent dans un français impeccable, avec même un petit accent québécois. Il a dû capter mon léger accent quand je me suis présenté, même si je l'ai fait en anglais. Il a su tout de suite d'où je venais. Le parler des Québécois se reconnaît partout dans le monde, qu'ils s'expriment en français ou dans la langue de Shakespeare. Ils ont dans leur ADN un gène qui les rend reconnaissables, en français comme en anglais.

- Vous parlez très bien le français, avec des intonations du Québec si je ne m'abuse.

- Merci, monsieur Beauregard. J'ai fait des études en administration à McGill, ce qui m'a donné l'occasion de vivre dans votre beau pays durant quatre ans. J'y ai appris le français du Québec et perfectionné mon anglais. Excusez le désordre, nous avons travaillé ce samedi et je n'ai pas eu le temps de tout ranger. Du thé ?

- Avec plaisir, merci.

Moi qui me faisais un fantasme de lui rentrer dedans dès que je le verrais apparaître ce matin. J'avoue que je le trouve sympathique, le type.

- Vous n'étiez pas avec l'équipe de vérification samedi, je ne me souviens pas vous avoir vu.

- En fait, je ne suis arrivé qu'hier. J'ai tenté de vous contacter, en vain. Vous voyez, on m'a demandé de faire moi aussi rapport sur cette vérification.

- Désolé, monsieur Beauregard. Comme le travail s'est terminé tard samedi soir, je me suis permis de décrocher dimanche, avec ma famille. Je ne m'attendais pas à recevoir un visiteur ce matin, sinon j'aurais tout rangé avant votre arrivée. Encore une fois, désolé.

Voilà qu'il me fait sentir coupable à présent. Il est temps que j'aborde le vif du sujet. La question me brûle trop les lèvres.

- Est-ce que l'équipe de vérification a trouvé quelque chose ?

- Absolument rien, que je sache. Ils ont fait rapport à leur patron de Berlin.

- Que cherchaient-ils ?

Je ne sais pas ce qu'il connaît de la situation. Je dois demeurer évasif pour le moment même si mon attitude peut lui sembler bizarre.

- Preston One m'aurait remis trop d'argent sur des contrats pour lesquels mon agence est l'intermédiaire pour l'achat de terres rares.

Je trouve ce type-là de mieux en mieux. Est-ce que j'aurais fait tout ce chemin pour rien ?

- Des contrats, vous dites ?

- Enfin, deux contrats, selon ces gens.

Il prend un air interrogateur.

- Vous êtes envoyé par le siège social, vous dites !

Je préfère ne pas répondre à sa légitime préoccupation vue mes questions assez évasives. Je garde donc le cap pour éviter que jaillisse tout doute dans son esprit.

- Savaient-ils de quels contrats il s'agissait ?

- Oui, deux contrats récents pour lesquels les transactions ont eu lieu ces dernières semaines.

Pas de détours, pas de cachettes. Malgré ses appréhensions naturelles, ses réponses sont on ne peut plus claires.

- Et puis, avez-vous reçu trop d'argent, comme vous le dites ?

Il se met à rire de bon cœur.

- J'aurais bien aimé, monsieur Beauregard. Cela aurait été la première fois que je gagne à la loterie. Malheureusement, ce fantasme ne se produit que dans mes rêves les plus fous. En général, mes clients trouvent toutes sortes de prétextes pour essayer de me remettre moins d'argent que convenu. Ils n'ont rien trouvé. Niet, comme je les ai entendus mentionner au téléphone.

Je ne sais plus quoi dire. Moi qui m'attendais à trouver une équipe de vérification euphorique, encore active avec des révélations qui nous auraient menés à la résolution de l'affaire. Niet, comme il le dit ! L'équipe n'a rien trouvé. Les experts sont déjà sur le chemin du retour.

- Puis-je jeter un coup d'œil à ces deux contrats ?

- Certainement, ils sont sur la table là-bas. Les vérificateurs ne se sont concentrés que sur ces deux-là. Ils répondaient à une commande précise et savaient ce qu'ils cherchaient. Je ne les ai pas encore classés. Sans votre amicale visite, cela aurait déjà été fait.

Li Mei me fait signe de me diriger vers la table dans la seconde pièce. Je m'exécute et me jette sur le premier des deux dossiers tout en m'essayant. Il s'agit d'un contrat piloté par l'unité de Paris. On y retrouve toutes les transactions entre Preston One et cette agence chinoise. Étrange, tout de même. S'agit-il d'un troisième contrat dans lequel il se trouverait aussi des anomalies ? Je connais celui de Vienne et de Stockholm, celui de Paris ne me dit rien. Cette découverte m'intrigue vraiment. Je tourne les pages du dossier rapidement sachant exactement ce que je cherche. Je sens le regard de Li Mei, assis dans la pièce adjacente. Voilà, c'est ici, juste à l'avant-dernière ligne du chiffrier. Le montant en yuans, multiplié par le taux de change, égale l'équivalent en dollars. Le taux de change est le bon, il n'a pas été majoré de dix pour cent. Aucune erreur là-dessus.

Je saute sur l'autre dossier, un contrat piloté par l'unité de Madrid. Je comprends de moins en moins. Cette fois-ci, je sais où aller. J'y vais directement. Même type de chiffrier, même équation à l'avant-dernière ligne. Je vérifie deux fois. Même résultat. Le taux de change est le bon, il n'a pas été gonflé lui non plus.

Li Mei constate de loin mon air hébété et vient me rejoindre.

- Quel montant m'avez-vous payé en trop ?

Je crois qu'il se paie ma tête maintenant.

- J'arrive au même résultat que les vérificateurs qui ont fait le travail samedi. C'est-à-dire à rien.

- En vingt minutes, vous avez fait le même travail que toute l'équipe samedi. On aurait dû vous envoyer à leur place.

Je ne souris pas. Ma réaction lui fait reprendre son sérieux.

- Ce n'est pas ce que vous cherchiez !

- L'équipe a-t-elle vérifié d'autres dossiers ?

- Eh ! Non. Les vérificateurs se sont concentrés sur le but de leur vérification. Pourquoi me posez-vous cette question, monsieur Beauregard ?

Qu'est-ce qui se passe ? Les vérificateurs de Preston One ont fait une vérification sur deux dossiers qui n'ont rien à voir avec les deux qui clochent. Ils se sont complètement fourvoyés ou on les aurait mis sur une mauvaise piste. Merde ! Ils vont être obligés de revenir jusqu'ici pour recommencer le travail. Comment ont-ils pu se tromper à ce point ? Je vais en parler à Christian, il y a quelque chose que je ne saisis pas.

- Est-ce que je pourrais examiner d'autres dossiers ?

- Je ne comprends pas, monsieur Beauregard. Mon client m'a avisé la semaine dernière qu'une équipe venait me visiter pour faire une vérification sur ces deux dossiers. Bien que je ne sois pas obligé selon le contrat qui relie mon agence à Preston One, j'ai accepté de bon cœur. Mes relations avec Preston One sont récentes, mais bonnes et je tiens à les préserver. Pour moi, il est extrêmement important de créer des liens de confiance. Ces derniers jours, j'ai donc colligé toutes les informations dispersées un peu partout pour que l'équipe ait ce qu'il lui faut cette fin de semaine. Les spécialistes se sont d'ailleurs montrés impressionnés par la qualité des dossiers que je leur ai soumis et m'ont remercié pour ma collaboration. Je croyais que le tout était concluant.

Je suis en terrain glissant. Il le sent. Il en rajoute.

- Comme vous vous en doutez peut-être, monsieur Beauregard, je ne tiens pas tous les contrats dans mon bureau. J'ai ceux de mes anciens clients, mais les nouveaux dossiers avec Preston One sont éparpillés entre chez moi, ma voiture, ici et dans mes nombreux courriels non encore classés ou imprimés.

Je suis complètement perdu. Je dois donc demeurer factuel. Je dois éviter la compassion, mais plus encore, l'agression. C'est l'angle que je dois préserver.

- Je comprends très bien, mais je ne m'intéresse qu'à deux contrats, monsieur Li Mei. Ceux pour lesquels vous êtes aussi l'agent pour l'achat de terres rares. L'un administré par notre unité de Vienne et l'autre administré par Stockholm.

Li Mei arbore un air penseur. Je vois son visage, pourtant naturellement doux, se durcir.

- Je ne comprends pas, monsieur Beauregard. On m'a spécifiquement demandé de rassembler toute la documentation pour les contrats que vous appelez contrats de Madrid et de Paris. Maintenant, vous voulez en voir deux autres. Qu'est-ce qui se passe chez vous ? Je ne suis pas habitué à ce genre de demande de la part de mes clients.

Il est, avec raison, offusqué par ma demande. Comment a-t-on pu se tromper à ce point ? Les gens de la vérification ont fait travailler ce type pour rien, un samedi de surcroît et moi, je le remmène au point de départ.

Il constate ma déception, prend une gorgée de son thé et, affichant un air repenti, il poursuit sur un autre registre.

- Laissez-moi voir de ce côté-ci.

Il se lève et va fouiller dans un classeur qu'il déverrouille, effleure des doigts de nombreuses filières, puis d'un air triste m'annonce :

- J'ai bien peur que les deux contrats dont vous me parlez, ceux de Vienne et de Stockholm, soient dans la situation que je viens de vous décrire, c'est-à-dire dispersés un peu partout. Si vous le voulez, je peux rassembler le tout. Cet exercice me prendra un peu de temps, mais vous n'avez rien à craindre, je ne perds aucun dossier. J'ai toute l'information quelque part.

- Excellent.

Enfin une bonne nouvelle !

- Je peux revenir demain peut-être ?

Li Mei reprend son air triste.

- Je suis tellement désolé, monsieur Beauregard. Je dois être à Shanghai demain. J'en reviens mercredi. Alors je pourrai préparer le tout pour peut-être, jeudi. Est-ce que cela vous convient ?

Là, je m'impatiente un peu. Je sais que je ne le devrais pas, mais cette situation m'irrite. Je suis si près du but, je ne peux pas revenir bredouille. Jeudi c'est le jour de l'assemblée des actionnaires. C'est trop tard !

- Êtes-vous obligé d'être à Shanghai demain ?

L'agent me dévisage, l'air mi-figue mi-raisin. Son sourire trop poli m'indique qu'il est soit obligé d'y aller ou soit que je devrais me mêler de mes affaires. À moi de choisir. Je reprends sous un autre angle, celui-ci ne me mènera nulle part.

- S'il y avait erreur dans les taux de change de ces deux contrats dont je vous parle, monsieur Li Mei, et que cette erreur avait pour conséquence un transfert excessif entre Preston One et votre agence, vous savez que l'on s'en apercevrait tôt ou tard. C'est une question de comptabilité et Dieu sait que les comptables aiment laisser des traces de toutes les transactions. - J'insiste en revenant sur mes deux points. - Preston One s'en apercevrait inévitablement et dans un tel cas, les sommes devront être rendues.

À ma surprise, après une certaine mimique que je ne saurais décrire, Li Mei se met à rire.

- J'ai dit la même chose à vos collègues samedi et je vous le répète à vous, monsieur Beauregard. Premièrement, si je recevais trop d'argent, je serais le premier à m'en apercevoir et deuxièmement, si tel est le cas, soyez sans crainte, mon agence vous remettrait toute la somme jusqu'au dernier yuan.

Il avait tout dit. Je n'ai plus rien à faire à Beijing. Demain, mardi, je rentre à Montréal. Si je suis chanceux dans mes horaires de vols que je vais encore une fois réserver à la dernière minute, je serai arrivé jeudi après-midi ou jeudi soir. Malheureusement trop tard pour assister à l'assemblée des actionnaires de jeudi matin.

J'ai peut-être trouvé comment les millions ont disparu, par le biais des faux taux de changes, mais je n'ai pas trouvé l'endroit où se trouve l'argent. J'ignore aussi qui a fait le coup et le pourquoi d'une telle falsification, alors que nous remonterons tôt ou tard à la source de la tromperie. Il nous sera alors facile de récupérer l'argent payé en trop et d'arrêter le ou les responsables. Moi je le sais. Les auteurs de la fraude le savent assurément.

Toute mon enquête est un échec lamentable. J'ai involontairement entraîné mes amis dans une aventure risquée et inutile. Je me suis pris pour un temps pour le grand Sherlock Holmes, à présent, je ne suis pas fier de moi.

* * *

Après le désastre chez l'agent chinois, j'ai cherché sans succès à contacter Christian. Il est dans un avion pour Montréal, m'a-t-on dit. Chaque année, à titre de contrôleur européen, il doit, comme ses pairs, assister à l'assemblée des actionnaires de l'entreprise.

Cette assemblée est l'occasion de se retrouver entre collègues qui se rapportent directement au président, ainsi que quelques invités et contrôleurs des unités les plus importantes. Les numéros deux de l'entreprise ne peuvent s'y soustraire que par autorisation du président en personne. Peu de gens, à raison, se prévalent de cette exemption puisqu'en plus, toute l'équipe passe ensemble la journée du lendemain. Chaque membre de l'équipe doit défendre ses projections pour l'année suivante. Le président François Monet aime ou n'aime pas. Approuve ou n'approuve pas. Il y a, comme à chaque année, des gagnants et des perdants. François Monet n'est pas connu pour faire dans la dentelle. Les perdants ont droit aux pires rebuffades, les gagnants à toutes les félicitations doublées de la possibilité d'agrandir leur territoire et leur influence auprès du groupe. Le tout est couronné par un « souper de famille » dans le plus chic restaurant de Montréal là où il est plus facile de s'échanger les derniers ragots, quand le grand patron regarde ailleurs.

La réunion de cette année est d'une importance capitale, puisque des rumeurs persistantes annoncent la démission du président qui a connu une longévité exceptionnelle à son poste. Les prétendants au trône doivent se surpasser pour donner la meilleure impression qui soit.

Les candidats à la succession ont probablement vu d'un mauvais œil l'arrivée du jeune loup Jérôme Nantel, considéré comme « papabile », si je puis faire l'analogie. Il est très sain pour une entreprise d'avoir en interne des forces vives capables des plus hautes fonctions. Par contre, la réalité fait que seulement un candidat s'en sort gagnant, les autres, dans le meilleur des cas, doivent se contenter de négocier un quelconque prix de consolation. En revanche, cette affaire de fraude dans ses unités européennes risque de changer la donne.

J'aurais tellement aimé participer à l'assemblée de jeudi !

Montréal, lundi 11 juin

Ce lundi soir, Damien ne prit pas la peine de prévenir Anouk de sa venue, après sa journée de travail. Il ne souhaitait pas l'entendre répondre qu'elle est sur le décalage horaire, qu'elle a son premier lundi de retour de vacances dans le corps, qu'elle doit se coucher tôt ou pire encore, qu'elle n'a pas le goût de le voir. Toute la semaine, Damien a eu l'impression d'être à l'arrière-champ, assistant de loin à la partie en laissant ses amis faire le travail. Il a appris, entre-temps, que Mat s'était aussi jeté dans la mêlée, le laissant seul, ici, en replis. Ses trois meilleurs amis se tenaient ensemble, les deux premiers pour aider le troisième. Tous prêts à partir en Europe, sans poser de questions et à leurs frais. Le quatrième ami, lui, il est sur la touche, à l'écart, dans sa boutique de toiles d'orangs-outans de merdes à se faire du mauvais sang pour les braves, en première ligne.

Damien arrive juste au moment où Anouk venait de décider qu'elle devrait peut-être se lever de son trop confortable fauteuil, pour se concocter un petit spaghetti.

En entrant, il ne lui demande pas comment elle va ni comment elle se remet de son décalage, encore moins comment s'est passée sa première journée de retour au travail. Il lui demande à la place, dès qu'il referme la porte derrière lui, ce qu'il aurait pu faire de plus pour Gabriel. Anouk ne comprend pas tout de suite, puis constatant son air frustré, elle commence à deviner. Le beau Damien vient la voir elle, pour se faire consoler.

Il est mal tombé.

Il a droit à toute la réalité, telle que vue par Anouk et comme il n'a jamais voulu la voir. Anouk est à prendre avec des pincettes ce soir. Il l'aura bien cherché. On n'arrive pas à l'improviste chez quelqu'un qui revient de son premier jour de travail après ses vacances, qui est encore sur le décalage et qui en plus a eu la peur de sa vie en Europe, sans compter son tourment à la suite de sa propre aventure avec Mat. Elle passe rapidement sur son implication dans les affaires de son frère pour en arriver à son malaise à lui. Celui qui était là bien avant son départ pour l'Europe et qui l'obsède depuis des années. Elle résume donc sa pensée en quelques mots bien choisis et bien ciblés, pour que son message passe sans détour.

- Tu es en train de rater ta vie, mon cher Damien. Ta frustration n'a rien à avoir avec nous, elle est reliée à toi uniquement. Pas avec Gabriel, ni avec Mat, ni avec moi, ne t'en déplaise. Tu veux nous faire porter ta croix alors que ton mal à l'âme ne vient que de toi, de personne d'autre.

Damien reste debout devant elle, les bras pendants, saisi comme une crêpe qui tombe dans un poêlon brûlant. Anouk ne lâche pas le filon.

- Tu te fais accroire qu'il te faut encore peindre d'autres toiles avant de faire ton exposition. L'exposition dont tu nous parles depuis des années. Pendant ce temps, tu vends les toiles des autres. Très courageux de ta part ! Puis tu joues les frustrés parce que… en fait, je ne sais pas pourquoi, mais ne te fais pas d'illusions, nous ne sommes pas la cause de ta frustration. Tu en es toi-même la cause, mon cher. Ne blâme personne d'autre que toi.

Damien qui ne s'était pas encore assis décide de le faire sur-le-champ. Boum ! Directement sur le sofa, assommé, faute de pouvoir se tenir debout plus longtemps.

En même temps que Damien s'écrase, Anouk sent le décalage horaire et sa frustration l'abandonner. Rien de tel qu'une bonne empoignade pour la remettre en marche. Peut-être le tact n'était-il pas à la hauteur de ce qu'il aurait pu être, mais le message qui lui trottait dans la tête a bien été livré, haut et fort. Elle se sent beaucoup mieux. Maintenant, reste à panser les plaies. L'appétit lui revient.

- As-tu soupé ? Je fais un spaghetti avec une petite sauce vite faite. Tu m'accompagnes ?

CHAPITRE 24

Stockholm, mardi 12 juin

Depuis que Jérôme Nantel est placé malgré lui en congé de maladie, il n'a pas adressé la parole à François Monet. Ce dernier l'a appelé la semaine dernière pour le placer ni plus ni moins en état d'arrestation professionnel, soit en congé forcé de maladie, payé, jusqu'à ce que les dépassements inexpliqués dans son organisation soient éclaircis. L'assemblée des actionnaires est dans deux jours et il n'y a toujours pas été invité. Pour quelqu'un qui vise la succession du grand chef, c'est un coup dont il ne se relèvera probablement jamais. Il ne peut tolérer un semblable affront devant ses collègues qui doivent commencer à se douter de quelque chose. C'est pourquoi il est primordial qu'il parle au président tout de suite s'il veut avoir le temps de faire les arrangements pour son voyage à Montréal, demain.

Il prend son courage à deux mains et décide de l'appeler avant que sa bravoure ne lui fasse faux bond.

Surpris, il obtient sans difficulté de l'assistante de François Monet qu'elle lui passe ce dernier sur-le-champ, après avoir pris, du bout des lèvres, de leurs nouvelles respectives.

- Jérôme, comment vas-tu ?

Comme s'il ne se souvenait plus que c'était lui qui l'avait expédié dans son purgatoire.

- Pour être honnête avec toi, François, je ne vais pas très bien et tu sais pourquoi.

- Ton congé achève, Jérôme, profites-en. Ici, nous vivons l'enfer avant l'assemblée d'après-demain. Nous sommes sur les dents. Tu sais que si l'on ne va pas au fond de l'affaire de fraude avant jeudi, on ne reconnaîtra plus Preston One. L'effet domino sur le marché sera dramatique pour l'entreprise quand les investisseurs nous auront lâchés.

François Monet a peu d'empathie pour les humeurs de son vice-président européen. Il a fait la seule chose qu'il avait à faire. Suspendre le responsable européen jusqu'à ce qu'il soit certain qu'il n'a rien à voir avec les ponctions dans les comptes. Comme président, il n'a pas su prévenir les irrégularités, maintenant que le mal est fait, au moins, il a agi avec diligence. On ne pourra prétendre qu'il n'a pas pris les décisions nécessaires, une fois les anomalies mises à jour. Maigre réconfort pour un dirigeant qui fait face à la pire crise que peut connaître une entreprise.

- Tu me désignes comme le bouc émissaire, François. Alors que j'aurais pu coordonner les opérations, tu m'as placé sur la voie d'évitement.

Le président a d'autres préoccupations pour l'instant.

- Ou veux-tu en venir, Jérôme, je dois prendre un autre appel.

C'est sa tactique habituelle quand il estime que tout a été dit ou qu'il se sent pris, il doit soudainement prendre un autre appel.

- Deux choses, François. J'ai parlé à Mike David vendredi dernier. Ce n'est pas clair son histoire de menaces. Quelqu'un semble en savoir beaucoup sur lui. Si on le menace, alors peut-être y a-t-il une raison, ne crois-tu pas ? On ne menace pas une personne innocente. Tu sais comme moi, qu'en sa qualité de vice-président ingénierie, il trempe dans tous les contrats. Je gère peut-être la division européenne, mais il y a d'autres personnes du siège social qui orbitent autour de mon secteur. Tu devrais peut-être mettre Duroy sur le coup. J'ai le nouveau numéro de cellulaire de Mike si tu en as besoin.

François Monct prend note, sans conviction et sans le remercier puis, il demande à Jérôme Nantel s'il a terminé.

- Il y a autre chose, si je peux me permettre, François. Puisque nous parlons du directeur de la surveillance, je trouve curieux qu'il n'ait aucune piste à offrir. À moins que toi, tu n'en saches plus !

Le silence du chef lui sert de réponse. Nantel poursuit.

- Il me semble qu'après presque deux semaines d'enquête, il devrait avoir trouvé le ou les responsables, non ? On ne cache pas des millions dans un tiroir. Jamais je ne croirai qu'à ce moment-ci, on ne soit pas plus avancé dans l'enquête.

- Qu'est-ce que tu veux insinuer, Jérôme ?

- Pierre Duroy enquête sur tout le monde, en m'incluant, je suis bien placé pour le savoir. Qui enquête sur Pierre Duroy ?

Nantel ne s'attend pas à recevoir une réponse, mais il veut bien faire sentir à celui qui l'a accusé sans procès qu'il y a d'autres pistes à considérer que la sienne. Il voulait faire d'une pierre deux coups : lever un doute sur la lenteur du directeur de la surveillance et sur les causes de la fuite de son collègue Mike David. Deux bonnes pistes, deux raisons de le disculper, lui.

- Autre chose ? L'impatience du chef s'entend dans sa voix.

- Je dois participer à l'assemblée des actionnaires, François. Tu ne peux pas me laisser sur la touche. Je dois y apparaître sans faute, sinon ce sera une condamnation aux yeux de toute la communauté. Un congé de maladie pour quelques jours, passe encore, mais m'exclure de cette assemblée est un châtiment public, sans aucune preuve, qui ruinera ma carrière à jamais.

- Bon, tu n'as qu'à venir, réplique François Monet sur un ton de nonchalance, comme si tout à coup cela n'avait plus d'importance. De toute façon, poursuit-il, si l'affaire n'est pas réglée jeudi, je ne serai probablement plus président de Preston One. Alors, viens, si tu y tiens tant. Tout compte fait, ta présence te permettra, à toi aussi, de subir le lynchage de la presse. Autre chose ?

- À jeudi, François. Merci.

* * *

Sur l'autre ligne, c'est vrai cette fois-ci, quelqu'un patiente. Pierre Duroy, angoissé, se tient au garde à vous. Il doit avouer son échec à son supérieur, encore une fois. C'est ce qu'il fait à chaque suivi quotidien depuis les deux dernières semaines : avouer son échec à répétition. Malgré tous ses efforts, travaillant presque jour et nuit, il n'a aucune piste sérieuse à offrir au président et ce, à seulement quelques heures de l'assemblée des actionnaires. Il n'a rien pour le satisfaire, rien à lui mettre sous la dent, rien pour le calmer.

C'est un désastre annoncé. Il sait maintenant qu'on le met exprès sur de fausses pistes pour lui faire perdre son temps. Il s'est acharné sur Gabriel Beauregard et sa sœur et a perdu

260

deux jours pour faire décrypter un mot de passe donnant accès à des dossiers totalement inutiles.

À ce moment même, Pierre Duroy vit deux sentiments de frayeur, tous deux aussi paralysant l'un que l'autre. Dès que la ligne se libérera, il subira pour une énième fois les foudres du grand patron. Ce sera bien mérité puisque l'avenir de Preston One est chancelant à cause de son incompétence. Deuxièmement, il n'en est pas dupe, quoi qu'il arrive à l'entreprise ou à son président, s'il ne dénoue pas l'affaire avant jeudi matin, il est certain de perdre son poste et sa réputation. Ce n'est pas de sitôt qu'il pourra se replacer dans un poste similaire au sein d'une entreprise d'une telle envergure. Il devra probablement se contenter de tâches subalternes dans des agences privées, en supposant qu'on veuille embaucher celui qui n'a pas su résoudre à temps une énorme fraude où, comble du ridicule, les coupables sont certains de se faire épingler.

- Quoi de neuf ?

Depuis les quatre derniers jours, en incluant ceux de la fin de semaine dernière, François Monet a perdu toute formule de politesse envers son entourage, particulièrement envers Duroy. Comme une proie terrée dans sa tanière, le président sent la fin. Il n'entrevoit aucune porte de sortie. Il est pris à la gorge. Pierre Duroy ne l'a pas aidé, il a échoué dans sa tâche.

- Rien de neuf à vous présenter, monsieur le président.

En position de faiblesse, Pierre Duroy, sans s'en rendre compte, a commencé à vouvoyer son supérieur.

François Monet ne répond pas. Il préfère le laisser macérer dans son jus. Cette tactique force Pierre Duroy à poursuivre.

- Je serai à Montréal demain pour revoir les dernières dispositions concernant la sécurité de l'assemblée, monsieur Monet. Mon équipe sur place a fait du bon travail jusqu'ici, je n'anticipe aucun imprévu.

Il n'aurait pas dû présenter la chose ainsi.

- Évidemment, si l'on considère le dévoilement aux actionnaires et à toute la communauté financière et journalistique d'une fraude non résolue, comme n'étant pas un imprévu, nous sommes effectivement entre bonnes mains, monsieur Duroy.

Toute tentative de réplique est superflue à ce moment-ci. Pierre Duroy le sait. François Monet n'en tolérerait aucune de toute manière. Il se fait vouvoyer à son tour, pas bon signe dans les circonstances.

- À compter de ce jeudi dix heures trente, heure de Montréal, lorsque débutera la rubrique « Affaires extraordinaires », considérez-vous comme étant remercié de vos fonctions pour cause d'incompétence, monsieur Duroy.

Un silence de mort règne à l'autre bout de la ligne. Sans pitié, François Monet continue à taper sur le clou.

- Considérez aussi que certaines personnes de la haute direction ont des doutes sur votre... comment dirais-je ? Votre neutralité, dans cette affaire. J'ai placé Jérôme Nantel sur la touche pour la durée de l'enquête afin de donner suite à votre recommandation. Je dois constater que j'ai peut-être visé la mauvaise cible, monsieur Duroy.

Le combat est totalement à armes inégales. L'adversaire est sur le carreau, par terre, il ne bouge plus. Le grand Pierre Duroy, celui qui fait trembler toute la hiérarchie, est en disgrâce. Le président doute à présent de son honnêteté. Pour quelqu'un œuvrant dans son domaine, c'est le pire scénario.

- À jeudi, monsieur Duroy.

Comme disait Corneille, « Et le combat cessa, faute de combattants »

Beijing, mardi 12 juin

Normalement, quand je revenais de Beijing, j'arrivais à Montréal presque à la même heure que celle de mon départ. Je remontais le fuseau horaire en ligne droite, le jet privé Global Express de Preston One minimisant les escales. Aujourd'hui, merci à la haute saison touristique et à mes réservations de dernières minutes, je ferai des zigzags en passant par Shanghai, San Francisco puis Toronto avant d'arriver à Montréal. Avec les attentes entre les vols, je n'arriverai à Montréal que jeudi en soirée, soit bien après la fin de l'assemblée des actionnaires. Des heures de plaisir et de frustration en vue.

Je me trouve en ce moment au salon de la classe affaires de l'aéroport de Beijing, en partance pour Shanghai, la première étape de mon long retour. L'endroit est grouillant de gens d'affaires. La plupart sont asiatiques. S'ils pouvaient parler et texter avec deux cellulaires à la fois, ils le feraient sans hésitation. Jusqu'à il y a deux ans, je l'aurais probablement fait aussi, si cela m'avait été possible.

Instinctivement, je jette un coup d'œil sur mon cellulaire, comme pour me donner une contenance face à la faune qui m'entoure. Devinez ce qui arrive ? À ce moment précis, il sonne.

J'en suis presque heureux. J'ai l'impression tout d'un coup d'être de retour dans le club. Je le laisse sonner deux bons coups, afin de faire savoir aux autres que moi aussi je suis important. Puis, je me sens tout à coup ridicule. Qu'est-ce que j'en ai à faire de cette fausse gloire ? Je réponds, sans crier dans le récepteur comme le font ceux qui m'entourent et comme je l'aurais aussi fait à une certaine époque.

Damien est bien le dernier à qui je m'attendais à parler, ce qui me crée instantanément un souffle d'inquiétude.

- Est-ce qu'il se passe quelque chose de grave, Damien ?

- Non, Gabriel. Ne t'inquiète pas. Je veux seulement te parler. Rien d'important.

Je sens la tension baisser d'un coup.

Maintenant, c'est mon sens pratique qui me rattrape.

- Tu sais que je ne suis pas à Montréal, Damien, je suis à Beijing. Ton appel va te coûter une petite fortune.

- Je sais, mais j'ai fait un petit coup d'argent cette semaine. Je me sens riche. Mais ce n'est pas pour cette raison que je t'appelle. Je veux seulement te dire que j'ai eu une bonne discussion avec ta sœur hier soir. Elle m'a fait réaliser que je vous faisais tous un peu chier avec mon exposition que je repousse indéfiniment. Elle m'a surtout fait comprendre que j'avais peur de me jeter à l'eau. Sur le coup, elle m'a sonné, mais après le spaghetti et une nuit de demi-sommeil, je dois me rendre à l'évidence et admettre qu'elle a tout à fait raison. J'ai peur de ne pas être à la hauteur. Voilà mon problème.

- C'est pour me raconter ta soirée avec ma sœur et pour me parler de ton spaghetti que tu m'appelles en Chine !

Aussitôt dit, je regrette d'avoir répliqué un peu trop promptement et sur un ton qui n'était probablement pas le bon. J'ai toujours la même difficulté à m'ajuster au tempérament de Damien. Anouk me l'a souvent répété. Damien a une sensibilité différente de la mienne. J'ai tendance à l'oublier. J'ai peut-être le temps de rattraper le coup.

- En fait, ce que je veux dire, Damien, c'est que ton constat est une grande prise de conscience pour toi. Pas que tu nous fasses chier, là, je crois qu'Anouk exagère, enfin, un tout petit peu, mais que tu réalises enfin que tu as le potentiel pour exposer tes œuvres, c'est merveilleux ! Tu fais bien de m'appeler, c'est une bonne nouvelle qui m'accompagnera dans mon long retour.

Moi aussi, je suis capable d'être gentil quand je le veux.

- Je sais que tu trouves ces choses un peu secondaires. Je te connais, Gabriel. Tu vois, grâce à cette discussion avec ta sœur, je suis prêt à prendre des risques. Je me sens surexcité, c'est incroyable. Je voulais t'en faire part immédiatement. C'est tout.

Puis, se sentant libéré d'un poids comme s'il venait de sortir du placard, il ajoute :

- Je contacte l'association des artistes-peintres de mon quartier pour m'inscrire comme participant à leur prochaine exposition collective. J'espère que tu viendras me voir, probablement dans un beau sous-sol d'église.

- Merveilleux, Damien. Il y a longtemps que je suis entré dans une église. J'attends le carton d'invitation.

Cette fois-ci, ma réponse m'est venue naturellement. Je suis réellement très heureux que Damien commence enfin à se sentir mieux dans sa peau. Je ne peux m'empêcher tout de même de lui faire une petite mise en garde, sur un ton pince-sans-rire.

- Si ton petit coup d'argent est le profit sur ta future exposition, fais attention de ne pas tout dépenser en frais d'appels interurbains.

- Ne t'inquiète pas, monsieur le rabat-joie, je sais compter mieux que tu le penses. Non, il s'agit d'une tout autre question. En fait, c'est plutôt la boutique qui a fait un coup d'argent, moi je recevrai ma part.

- Tu m'intéresses.

Ici, je n'ai pas eu à forcer ma réponse, elle m'est venue spontanément. Mon petit côté rationnel s'anime avec plus de naturel que mon côté « mets-toi à la place de l'autre ».

- Si ma soudaine richesse t'intéresse, puisque je sais que tu as un plus gros penchant pour les affaires d'argent que pour les affaires d'art, je t'explique en deux mots.

Je décide de ne pas contester, je ne serais pas crédible de toute manière. Il a raison, il me connaît. Je le laisse aller.

- À l'occasion, nous louons des toiles pour des évènements spéciaux, pour une association caritative ou encore à un faux riche qui veut garnir ses murs pour impressionner le temps d'une réception. Enfin, tu vois le genre ! Nous les louons le plus souvent pour une période de trois jours à la fois. Maintenant écoute bien le meilleur. Vendredi dernier, un type entre dans la boutique et m'annonce qu'il veut louer toutes les vingt toiles que nous avons en stock du peintre Gérard Léger, un artiste qui monte en flèche. Il fait l'objet d'articles élogieux dans les journaux spécialisés. Vendredi, ses toiles valaient aux alentours de mille dollars chacune.

- Je vois. Poursuis, tu m'intéresses.

- Bon ! au prix de location de cent dollars par toile pour les trois jours, tu réalises que cela fait deux mille dollars pour les vingt tableaux en location.

- Wow, que voulait-il en faire ?

- Gabriel, je ne lui ai même pas posé la question, j'étais trop excité.

- C'est effectivement un bon coup. Maintenant, je comprends ce que tu voulais dire.

- Ce n'est pas seulement moi qui ai fait un bon coup, c'est surtout lui. Écoute le reste.

J'ai rarement vu Damien aussi excité pour une simple affaire financière.

- Le vendredi donc, il est parti avec le lot, soit les vingt toiles. Nous avons rédigé un petit contrat standard comprenant une assurance pour dommages, la date de retour, enfin tout ce qu'il faut pour s'assurer que les toiles reviendraient le mardi suivant et qu'on soit payés.

- Est-ce ce qui est arrivé ?

- Exactement, Gabriel. Toutes les toiles sont revenues intactes, avec en plus deux mille beaux dollars en frais de location.

- Hum, j'ai toujours su que tu avais une graine de capitaliste en toi.

- Tu connais la meilleure !

- Tu as décidé de tout dépenser en frais d'appels interurbains.

- Abruti! Non. C'est presque incroyable! Le type a vendu toutes les toiles vendredi, dès qu'il est sorti de la boutique. Il avait donc un acheteur avant de me les louer, sûrement riche, prêt à prendre tout le lot.

- Hein, il n'avait pas le droit de vendre ce qui ne lui appartenait pas!

- Je le sais. Tu le sais. Le type le sait certainement, mais il l'a fait quand même.

- Mais il t'a retourné toutes les toiles mardi, non?

- Effectivement. Le plus invraisemblable est que durant la fin de semaine, la publication d'un article percutant laissait entendre qu'une grande partie de l'œuvre de l'artiste était produite par des prête-noms donc n'était pas réellement de lui.

- Je te suis toujours, mais l'histoire devient un peu tordue, non?

- Voici la crème. L'article dévastateur a eu pour effet de faire diminuer instantanément la valeur des toiles. Le type m'a dit candidement qu'il a vendu le lot à un plein aux as, pour vingt mille dollars soit mille dollars pour chacune des vingt toiles. Ce lundi, à la suite de la parution de l'article, le riche en question a réclamé un remboursement à mon type, qui a refusé. Il lui a par contre proposé de les lui racheter à prix moindre. Le riche accepta. Il aura au moins minimisé sa perte. Mon type lui racheta tout le lot pour douze mille dollars.

- He! Pas si vite! Si je comprends bien, vendredi, ton type vend à son riche des toiles pour un montant de vingt mille dollars. Par hasard cette fin de semaine, les toiles perdent de la valeur à cause de cet article. Ton type les rachète pour douze mille dollars et te les rend gentiment ce mardi, comme prévu. Il empoche donc huit mille dollars, desquels il faut soustraire deux mille dollars de frais de locations et des peccadilles d'assurance. Résultat, il se fait six mille dollars avec des toiles qui ne lui appartiennent pas, parce qu'elles ont baissé de valeurs.

- Voilà. Je savais que tu comprendrais rapidement, toi. La boutique engrange deux mille dollars pour la location, mon type se fait six mille dollars et le riche lui, parvient tout de même à se débarrasser du lot à un prix raisonnable, vu les circonstances. Quelle chance ! Incroyable, n'est-ce pas ?

Je sens mon cerveau en ébullition. Il y a quelque chose dans l'histoire de Damien qui m'exalte.

Je me prends à crier dans mon cellulaire.

- Ton type le savait !

- Comment, il le savait ?

Je crie au téléphone, attirant l'attention cette fois-ci de mes voisins du salon d'attente.

- Il savait dès vendredi que les toiles perdraient leur valeur cette fin de semaine. Il le savait ! Sinon il n'aurait pas pris le risque de vendre ce qui ne lui appartenait pas. Il n'avait rien laissé au hasard. Il savait qu'il rachèterait les toiles à rabais à la suite de l'article. Rien à voir avec la chance.

Je m'arrête tout d'un coup. Je suis stupéfié.

- Damien, tu es un génie. Je viens de tout comprendre. Je dois te laisser, j'ai des appels à faire et l'on annonce l'embarquement à l'instant. Merci. Merci.

Je raccroche sans attendre sa réaction et je compose immédiatement le numéro du président de Preston One.

CHAPITRE 25

Montréal, mercredi 13 juin

L'avion, qui vient tout juste d'arriver à sa porte de débarquement, voit la plupart de ses passagers de la classe affaires dégainer leur cellulaire. La consigne requérant le port de la ceinture de sécurité n'a qu'à bien se tenir, ici on a affaire à des gens pressés. Pierre Duroy ne fait pas exception. Il constate qu'il a manqué huit appels et reçu six messages textes entre Stockholm et Montréal. Il commence par écouter celui de sa conjointe parce qu'elle n'a pas l'habitude de l'appeler lorsqu'il est en déplacement. Son message l'intrigue.

« Pierre, je viens de recevoir une lettre du centre éducatif. Comme annoncé l'année dernière, c'est maintenant confirmé. Le centre n'aura plus droit aux subventions gouvernementales à compter du mois prochain. Nous devrons assumer la totalité des frais. Dans la lettre, le centre confirme le montant de trois mille euros par mois si l'on veut que la petite continue d'être suivie par leurs services spécialisés du lundi au vendredi. Comment va-t-on faire ? J'ai peur, Pierre. Elle est moins angoissée et fait de grands progrès depuis qu'elle est inscrite à ce centre. Rappelle-moi, je suis inquiète. »

Toujours discret sur sa vie privée, Pierre Duroy n'a jamais cru bon de mentionner à ses collègues que sa fille unique souffrait de trisomie. Lui et sa conjointe font en sorte qu'elle ne manque de rien en l'entourant d'affection et en la confiant au meilleur centre éducationnel afin de la stimuler et de la rendre la plus autonome possible. Le bien-être de leur fille est pour le couple une préoccupation quotidienne. Ils sont prêts à tout pour l'aider à améliorer son sort.

Avant de quitter Paris pour occuper ce poste il y a cinq ans, ils se sont assurés que leur fille pourrait avoir accès à une institution française spécialisée reconnue à Berlin. Mais voilà, Pierre Duroy sait, depuis un an, que tout cela peut basculer vu l'augmentation faramineuse des prix. C'est pour le couple, et particulièrement pour lui, une importante source de tracas.

En arrivant à Montréal, ce mercredi treize juin, il n'a vraiment pas besoin qu'on lui rappelle cette réalité familiale. Des préoccupations plus immédiates l'attendent. Il doit s'assurer de la sécurité des lieux en prévision de l'assemblée de demain qui a lieu cette année à l'hôtel Mont Réal, à quelques pas du siège social. Il doit aussi espérer qu'un miracle survienne puisqu'il a épuisé toutes les autres solutions pour résoudre la fraude qui menace l'entreprise. C'est le chômage qui l'attend au retour. Rien pour aider la situation de sa fille. Demain, c'est une dure journée qui attend Pierre Duroy.

Les membres du bureau de direction de Preston One ne résidant pas dans la région de Montréal ont tous des chambres réservées au Mont Réal. À son arrivée, Pierre Duroy demande à la réception qui de Preston One étaient déjà inscrits à l'hôtel. La réponse ne tarde pas. Parmi les noms qui intéressent particulièrement le directeur de la surveillance, Anders, contrôleur de l'unité de Stockholm, est déjà arrivé ainsi que Christian Hoffman le contrôleur européen. Stefan, contrôleur à Vienne, n'a pas encore fait son inscription. Il est vraiment surpris quand la réceptionniste lui mentionne qu'elle avait des réservations, mais pas encore d'admission pour Mike David et Jérôme Nantel.

Ils étaient donc invités ces deux-là! Pierre Duroy est stupéfait que François Monet ait convié le vice-président ingénierie, celui-là même qui se cache depuis deux semaines, et le responsable de la division européenne, soupçonné d'avoir trempé dans la fraude concernant deux de ses unités.

En temps normal, il aurait immédiatement contacté le président pour comprendre pourquoi il a invité ces deux personnes suspectes. Étant donné la discussion houleuse d'avant son départ pour Montréal, il se ravise et demande plutôt à la réceptionniste de l'aviser quand ces deux derniers ainsi que Stefan feraient leur apparition. Elle refuse, respectant ainsi la consigne de discrétion de l'hôtel à l'égard de l'arrivée de leurs clients, mais se propose de leur laisser un message à tous les trois, afin qu'ils le contactent dès leur arrivée respective. Pierre Duroy ne se fait aucune illusion sur le succès de cette proposition. Comme il ne peut se contenter de cette unique avenue, il lui reste la possibilité de faire le guet. À contrecœur, il s'exécute à défaut de meilleurs scénarios.

Donc le voici, feuilletant discrètement un journal, installé dans le hall d'entrée du Mont Réal, face à la réception, combattant la fatigue d'un long voyage et dévisageant chaque personne qui se présente à la réception. Il est seize heures et en ce moment, il donnerait tout ce qu'il a pour parler en tête à tête avec Mike David ou Jérôme Nantel.

Durant son guet, Duroy fait de nombreuses rencontres depuis son emplacement converti en bureau provisoire. Les membres de son personnel sur place affectés à la surveillance de l'assemblée, ainsi que le personnel de la sécurité de l'hôtel, déambulent devant lui à tour de rôle, sans qu'il lui soit nécessaire de quitter le bureau de réception des yeux. Il semble que tout est en ordre pour demain matin. De ce côté-là, au moins, tout paraît sous contrôle. Mince consolation, étant donné le contexte.

À une heure trente du matin, vidé et à contrecœur, il s'avoue vaincu. Une dernière vérification avec la réception confirme l'inutilité de son guet. Aucune des trois personnes ne se présentera à l'hôtel cette nuit. Ils ne viennent pas à l'assemblée ou ils ont décidé de séjourner dans un autre hôtel. Dans le cas de David, Duroy n'a pas cru essentiel de vérifier auprès de sa conjointe s'il était par hasard à la maison. Connaissant sa situation matrimoniale, il aura opté pour l'hôtel, à l'évidence un autre hôtel que celui-ci. Duroy n'aime pas être dans une situation où il ne contrôle pas toutes les variables concernant la sécurité d'une telle assemblée.

Pour ce qui est de Stefan, son absence n'est pas si grave puisqu'il lui a déjà parlé à quelques reprises et que son implication semble peu probable à ses yeux. Mais pour Mike David et Jérôme Nantel, c'est une autre paire de manches. Il aurait aimé savoir de Jérôme Nantel pourquoi il est sorti de son mutisme forcé, qui l'a autorisé à participer à l'assemblée et que vient-il y faire. De Mike David, il aurait voulu comprendre tout le reste. Le pourquoi de sa disparition et ce qu'il sait de l'escroquerie. Pierre Duroy est certain que s'il pouvait parler à l'un des deux, particulièrement à Mike David, il pourrait encore sauver la situation, et son poste.

Il le sait, il ne dormira pas du restant de la nuit.

San Francisco, mercredi 13 juin

Enfin une escale. Je peux faire d'autres appels. Le vol de Beijing à Shanghai s'est déroulé comme prévu. À cause des différents fuseaux horaires, je n'ai pu faire d'appels durant mon attente à Shanghai. Une éternité de frustration. Je suis maintenant arrivé à San Francisco après un temps de vol interminable. Ici, le soir tombe.

Depuis que j'ai trouvé le comment et le pourquoi de la fraude, grâce à ma conversation avec Damien qui m'a mis la puce à l'oreille, je rage de n'être pas déjà arrivé à Montréal.

Je n'ai pu parler à François Monet en personne. Heureusement, j'ai joint son assistante juste à temps avant de quitter Beijing. J'ai obtenu d'elle qu'elle sollicite son patron afin de mettre à ma disposition le jet privé de l'entreprise qui a eu le temps, pendant mon long vol, de se rendre ici, à San Francisco. Je gagnerai en attente ici et j'éviterai les trois heures d'escale de Toronto.

Je crois que François Monet a tellement à perdre que lorsque son assistante lui a annoncé que j'étais sur le coup et que je devais être à temps à l'assemblée, il a acquiescé, sans même connaître la nature exacte de mon implication dans cette affaire.

Inespérément, avec un peu de chance, j'arriverai juste à temps pour l'assemblée demain matin. Je dois absolument parler au président de vive voix avant son discours sur la situation de l'entreprise, prévu pour dix heures trente. Ce que j'ai appris doit impérativement lui être révélé avant son intervention.

De mon côté, il me manque encore quelques morceaux importants du casse-tête. Je comprends maintenant la stratégie du ou des fraudeurs. Elle est tellement simple, nous l'avions juste sous le nez. Ce que je ne sais pas, c'est qui a manipulé les comptes. Connaissant la stratégie derrière la fraude, je peux éliminer un certain nombre de personnes tout en en ciblant d'autres.

Durant mes escales à Shanghai et San Francisco, j'ai commencé à recevoir une partie de la documentation sur les contrats de Vienne et de Stockholm sur mon BlackBerry. Li Mei, l'agent de Beijing, a réussi à ramasser les bribes de renseignement sur ces contrats qui étaient de son propre aveu, éparpillés un peu partout. Ma conclusion, que j'ai eu le temps de mûrir durant ce long retour, est que soit ce monsieur n'a aucune idée de l'argent qui transite dans ses comptes bancaires, soit il est extrêmement naïf ou encore, il est dans le coup. Là-dessus, le jury est toujours en délibération. J'ai un autre long trajet devant moi avant d'arriver à Montréal, j'espère réussir à placer les morceaux manquants du casse-tête d'ici là.

Montréal, jeudi 14 juin, très tôt le matin

Les deux hommes ont récapitulé le déroulement du scénario une dernière fois durant la fin de semaine dernière, avant de se quitter pour gagner leur lieu respectif. Comme prévu, le plus jeune est à Montréal, l'autre est à Londres. Jusqu'à maintenant, tout fonctionne à merveille. L'ordre du jour de l'assemblée des actionnaires n'a pas changé. Leur programme se déploie tel que planifié. Le point de l'ordre du jour le plus important pour les deux hommes, ce n'est pas le dévoilement des états financiers. Le plus important c'est le discours du président de Preston One sous la rubrique

« affaires extraordinaires », prévu pour dix heures trente précises.

Pour se rassurer ou pour passer sa nervosité, le plus jeune ne cesse de lire et relire l'ordre du jour. Évidemment, rien ne change d'une lecture à l'autre.

ASSEMBLÉE ANNUELLE DES ACTIONNAIRES

PRESTON ONE

Jeudi 14 juin, Hôtel Mont Réal, Montréal

Ordre du jour :

9 : 00 h	*Mot de bienvenue*
9 : 10 h	*Rapport du conseil d'administration*
9 : 45 h	*Revue des états financiers et approbation des comptes*
10 : 30 h	*Affaires extraordinaires*
10 : 45 h	*Renouvellement des mandats d'administrateur*
11 : 00 h	*Varia, période de questions.*
11 : 30 h	*Levée de l'assemblée*

C'est toujours inscrit, juste là, à dix heures trente : « Affaires extraordinaires ». C'est durant cette rubrique que le dernier volet du plan va se mettre en branle. L'anticipation de la réussite se lit sur le visage du jeune qui, de sa chambre d'hôtel revoit pour lui-même les derniers détails. Ils ont suivi la programmation à la lettre. Il ne leur reste qu'à jouer la scène finale et à récolter le fruit de leurs efforts. Les bourses où sont négociées les actions de Preston One, celle d'ici et celle de

Londres, s'emballeront dès dix heures trente et une, heure de Montréal. Tout va se jouer en une demi-heure ou presque. Même dans le cas du scénario le plus pessimiste, la récolte en vaudra le coup.

Il consulte sa montre. Presque deux heures du matin. Il est temps de refaire le point avec son complice, comme il le fait deux fois par jour depuis son arrivée à Montréal. Il approche sept heures à Londres.

Il est vraiment temps de faire l'appel.

Son interlocuteur répond immédiatement. Il sait qui veut lui parler.

- Es-tu prêt ?

Le jeune a laissé tomber les formules de politesse avec son complice depuis qu'ils ont commencé à entrevoir ce rêve absurde. De distinguées connaissances d'affaires, liées par des règles de convenances, ils sont rapidement passés au stade de complices, liés par l'appât du gain.

- Fin prêt ! De ton côté, rien à signaler ?

- Rien à signaler, répond le plus jeune. J'irai tôt demain matin, en fait, dans quelques heures maintenant, à la salle où a lieu l'assemblée. Je tiens à être parmi les premiers. Je veux voir ceux qui arrivent, un par un. Toi, sais-tu ce que tu as à faire ?

Comme si l'un ou l'autre ne connaissait pas exactement la partie qu'ils ont à jouer.

Le scénario a été conçu, appris, répété et remâché depuis des mois. Évidemment, tous les deux savent exactement ce qu'ils doivent faire, mais entendre l'un confirmer qu'il connaît sa partie, rassure l'autre. À mesure que les étapes franchies se retrouvent derrière eux, le but devient plus tangible, le rêve est à portée de main. Ils entrevoient enfin le bout du tunnel. L'argent détourné de Preston One leur a permis de concrétiser leur dessein, c'était le moment décisif, le point de non-retour. Maintenant, il est temps d'entreprendre la dernière étape afin de remettre l'argent détourné à son propriétaire.

- Je sais très bien ce que j'ai à faire, rassure-toi. J'achète toutes les actions que je peux à compter de quinze heures trente et une, heure de Londres, soit dix heures trente et une de ton heure, et ce, jusqu'à la fermeture des marchés à seize heures. Le courtier londonien est sur la ligne de départ, il attend quinze heures trente et une pour faire feu. Tout ce qu'il ne sait pas encore c'est l'ampleur du petit achat que je vais lui faire faire. Après, je te texte le nombre que j'ai réussi à acquérir. Et toi, tu sais ce que tu as à faire, n'est-ce pas ?

Le jeune joue le jeu et répond comme si on lui posait la question pour la première fois.

- Je poursuis l'achat d'actions jusqu'à ce que le compte y soit. Là aussi, mon courtier est prêt à démarrer sur les chapeaux de roues dès dix heures trente et une. Il ne lui manque, à lui aussi, que la quantité à acquérir pour compléter ce que tu auras acheté de ton côté afin d'arriver à la même quantité d'actions que nous avons vendues la semaine dernière, grâce à notre stratagème génial. Si tout se passe bien, en une demi-heure et des poussières, nous aurons finalisé l'opération bien avant que l'on découvre quoi que ce soit. Et si nos projections sont bonnes, nous empocherons un petit profit de dix millions de dollars. Pas si mal pour des débutants !

- Assez rêvé, le jeune ! Prépare-toi à aller à l'assemblée, ne t'endors surtout pas. Le signal de l'assaut final est donné.

- Bonne chance !

- À très bientôt mon riche ami !

CHAPITRE 26

Montréal, jeudi 14 juin 9 : 30 h

La rubrique «Rapport du conseil d'administration» est en cours depuis vingt minutes. François Monet s'est acquitté facilement du premier point à l'ordre du jour : «Mot de bienvenue». Peu inspiré, il n'a pas offert une performance mémorable. Sa nervosité n'a pas trop paru, enfin, le croit-il. Il doit y avoir cent cinquante personnes dans la salle, pour la plupart des actionnaires. Certains employés sont invités en raison de leur fonction importante au sein de l'entreprise et peut-être aussi pour poser des questions dites amicales, à la rubrique «varia». Les journalistes spécialisés et les quelques analystes attitrés à cette industrie assistent aussi à l'assemblée. Le gratin habituel.

Pour la première fois depuis qu'il est en poste, François Monet ne prête qu'une oreille discrète à l'interminable litanie du rapport du conseil d'administration. Cette année, il a d'autres préoccupations que celle de jauger la réaction de l'assemblée aux différentes mesures prises par le conseil sur l'environnement ou sur la place faite aux minorités dans l'organisation. Il regarde sa montre à répétition, de moins en moins discrètement d'ailleurs.

Il est neuf heures trente. Seulement une heure, avant d'avouer que Preston One n'a pas implanté les mesures internes adéquates pour éviter une énorme fraude et jeter le doute sur la gouvernance tout entière et par conséquent sur sa propre gestion à lui. Dans l'espace d'un éclair, la méfiance se sera instantanément déversée sur toutes les facettes de l'entreprise. Les actionnaires, naturellement frileux, se demanderont quelles autres mauvaises surprises se trament dans leurs dos sans que cette administration le sache. En l'espace d'un soupir, on remettra en question la pertinence de conserver des actions dans une boîte aussi mal gérée qui perd de l'argent par son laxisme. On voudra être les premiers à vendre, avant le raz de marée. Une bousculade s'ensuivra.

Le président observe les participants dans la salle et reconnaît quelques personnes de son entourage immédiat. Complètement à l'arrière, il localise Pierre Duroy qui scrute aussi l'assistance, mais probablement pour d'autres motifs. Cellulaire à l'oreille, il a l'air vanné, les yeux assez bouffis pour qu'il puisse le remarquer d'aussi loin que de sa tribune. Les yeux boursouflés de l'homme regardent le mur vers sa gauche, à mi-chemin entre la tribune et le fond. Le président suit le regard de son directeur de la surveillance pour y reconnaître, au bout, Jérôme Nantel; celui qui s'est invité presque de force à l'assemblée. Il note son emplacement dans la salle même si ce dernier semble vouloir se faire discret, afin de pouvoir l'interpeller lorsque les questions embarrassantes fuseront à l'article « Affaires extraordinaires » dans moins d'une heure.

Même dans son état d'extrême stress, François Monet s'attarde une fraction de seconde à la ravissante femme assise à droite de Nantel. Celle-ci ne semble pas l'accompagner. S'il ne se trompe pas, il croirait que Pierre Duroy regarde aussi la fille, mais avec une expression qui semble suggérer qu'il la connaît.

Montréal, jeudi 14 juin 9 : 40 h

Neuf heures quarante maintenant. La rubrique «Rapport du conseil d'administration» achève. François Monet consulte l'ordre du jour pour la centième fois :

ASSEMBLÉE ANNUELLE DES ACTIONNAIRES

PRESTON ONE

Jeudi 14 juin, Hôtel Mont Réal, Montréal

Ordre du jour :

9 : 00 h	*Mot de bienvenue*
9 : 10 h	*Rapport du conseil d'administration*
9 : 45 h	*Revue des états financiers et approbation des comptes*
10 : 30 h	*Affaires extraordinaires*
10 : 45 h	*Renouvellement des mandats d'administrateur*
11 : 00 h	*Varia, période de questions.*
11 : 30 h	*Levée de l'assemblée*

Pas moyen de s'en sortir. Il se dirige inexorablement vers sa croix, tout de suite après la rubrique «Revue des états financiers et approbations des comptes» qui débutera dans quelques minutes. Il poursuit nerveusement son mouvement saccadé de tête entre sa montre et la salle. Comme sous l'emprise d'un tic nerveux, il a du mal à se maîtriser. Certaines personnes assises aux premières rangées ont même commencé à se retourner vers l'arrière pour voir ce que le président pouvait chercher de si important.

Montréal, jeudi 14 juin 9 : 50 h

Dix autres minutes se sont écoulées. L'article « Revue des états financiers et approbation des comptes » est entamé depuis cinq minutes. Ce sujet, il laisse le soin au vice-président aux finances de le piloter, celui-là même qui a remplacé, il y a deux ans, la personne que François Monet cherche tant à trouver dans la salle. L'assemblée se déroule normalement comme c'est toujours le cas et comme tous les participants s'y attendent d'ailleurs. Tout va rondement, trop rondement. Les résultats financiers, sans être étonnants, ne sont pas si mal et devraient combler les attentes des analystes. Normalement, ces résultats auraient pour effet de faire légèrement croître la valeur de l'action. Cela, c'est avant que les actionnaires ne découvrent la bombe que le président est à la veille de lâcher.

Sur l'estrade, François Monet ne tient plus en place. Dans quelques minutes, il devra annoncer la nouvelle qu'aucun actionnaire ne veut entendre. Tiens ! Il vient de reconnaître son contrôleur européen. Christian Hoffman est assis plutôt à l'avant de la salle, mais complètement au bout de la rangée, près du mur. Il n'affiche rien de particulier sinon peut être les mêmes traits fatigués qui affligent tous ceux qui ont fait la traversée de l'Atlantique ou du Pacifique, pour être présents ici aujourd'hui. Fatigue qui n'empêchera personne de participer demain à la journée du comité de direction et au souper qui le suit, l'évènement annuel à ne pas manquer pour autant que l'on veuille demeurer dans les coulisses du pouvoir.

Sûrement parce que François Monet fixe un nouveau venu avec beaucoup d'insistance, plusieurs actionnaires se retournent en même temps vers l'arrière pour voir apparaître Mike David, qui fait une entrée tardive. Il l'aurait voulue plus discrète son entrée, mais une bretelle de l'autoroute est en réparation, avec détour obligé et encombrement en prime.

Le comité de direction en entier ne peut s'empêcher de regarder dans la direction du revenant. Ce mouvement de tête n'échappe pas à Pierre Duroy. Cellulaire à l'oreille, il se dirige maintenant vers le nouveau venu qui s'est terré hier soir dans un autre hôtel, au bout de la ville ; mais cela, il en aura la confirmation que plus tard. Entre Mike David et Pierre Duroy, le président croit reconnaître Anders. Il se fait la réflexion qu'à l'habitude, il est avec Stefan, son homologue de Vienne, qu'il n'a pas encore repéré.

Montréal, jeudi 14 juin 10 : 25 h

Plus que cinq minutes avant l'annonce du président qui fera reculer l'action à un niveau qui ne s'était pas vu depuis des années.

Pendant ce temps, Pierre Duroy a réussi à se frayer un chemin jusqu'à Mike David. Il est accompagné d'un homme aux allures sombres, en habit noir, probablement de la sécurité interne et suivi de loin par un troisième. Duroy est maintenant dans l'allée, juste de biais à Mike David. Il s'approche afin de pouvoir lui chuchoter à l'oreille.

- Heureux de te voir enfin réapparaître, cher collègue.

Mike sursaute et se tourne pour se retrouver en face des gros yeux gonflés du directeur de la surveillance. Il savait qu'en venant ici, il le trouverait sur son chemin. Il n'est pas plus brave qu'avant, mais il en a assez de s'enfouir, bien qu'il aurait aimé faire une entrée tout de même plus discrète. De toute manière, s'était-il dit pour se rassurer, il ne peut pas lui arriver grand-chose avec cent cinquante personnes autour de lui.

Après avoir évalué le risque comme étant limité, Mike David décide de combattre le feu par le feu.

- Est-ce que ton enquête avance ? Je n'ai pas entendu dire que l'affaire dont tu te charges depuis déjà passablement longtemps soit réglée. Est-ce que je me trompe ?

Les yeux bouffis ne montrent pas d'expression particulière, pour ainsi dire, sinon celle d'un homme à bout et complètement privé de quelque sens de l'humour que ce soit.

- Où étais-tu passé, Mike ?

- Depuis quand dois-je te rendre des comptes ?

La conversation se tient à voix basse, aucune des parties ne voulant attirer plus d'attention que celle dont elles ont déjà bénéficié.

- Qu'est-ce que tu viens faire ici ?

Décidément, l'ambiance n'est pas très cordiale.

- Je suis invité à chaque année comme vice-président ingénierie et en plus, je suis actionnaire. Et toi, tu passais par ici ou tu es en service commandé ?

Mike se surprend à reprendre du poil de la bête. Cent cinquante personnes lui procurent un bouclier inespéré qui lui confère une bravoure imprévue. Après deux semaines de fuite, il profite de son immunité temporaire.

- Je cherche celui qui veut faire couler Preston One.

- Est-ce que tu cherches au bon endroit ?

Le ton monte légèrement, assez pour que quelques oreilles se redressent dans le voisinage. Les deux s'en aperçoivent et font mine de s'intéresser soudainement à ce qui se dit en avant. Leur trêve coïncide avec la fin de la rubrique « Revue des états financiers et approbations des comptes ». Il est presque dix heures trente. Le vice-président aux finances va se rasseoir. Il regarde nerveusement le président. Il semble dire, bien, nous y voici, il n'y a pas eu de miracle, il faut y aller.

Montréal, jeudi 14 juin 10 : 30 h

À dix heures trente précises, François Monet se lève le plus dignement et le plus lentement possible pour entamer à contrecœur la rubrique « Affaires extraordinaires ». Au même moment, Damien Lecourt se précipite vers lui.

Vol San Francisco - Montréal, jeudi 14 juin 9 : 45 h (plus tôt ce matin)

Grâce au système de téléphonie intégrée du jet privé mis à ma disposition par François Monet à partir de San Francisco, j'ai pu entrer en contact avec des personnes clefs durant mon trajet vers Montréal. Damien, sans le savoir, m'a mis sur la piste de ce qui pourrait bien être le nœud de la fraude. J'ai remonté les avenues qu'auraient pu emprunter le ou les fraudeurs, en présumant que ma théorie est la bonne, et j'ai fait des vérifications. C'est pendant l'amorce finale d'atterrissage à Montréal que j'ai pu finalement joindre un des derniers acteurs impliqués dans cette affaire. L'étau se resserre, mais je n'ai plus de temps. Il me reste à me rendre au Mont Réal. À partir de l'aéroport Pierre-Eliot-Trudeau, le trajet me prendra au moins quarante minutes à cette heure encombrée du matin. Il est neuf heures quarante-cinq, ce sera très juste.

J'essaie en vain de contacter François Monet. Ils ont certainement tous éteint leur cellulaire. Pour un conseil d'administration, il n'y a rien de plus important que l'assemblée annuelle des actionnaires. Le mot d'ordre est clair, pas de cellulaires et exceptionnellement pour l'occasion, même pas pour un client.

Au sortir des douanes, heureusement assez fluides aujourd'hui, j'ai pris une limousine, non par snobisme, mais parce qu'il n'y avait pas de file d'attente, contrairement aux taxis. Et puis, quel mal y a-t-il à prendre une limousine ?

Je suis maintenant dans la voiture. Le temps presse, je dois d'abord contacter Mat. Heureusement, son cellulaire est ouvert, probablement sur le mode vibrations.

Il ne me laisse même pas le temps de dire bonjour.

- Qu'est-ce que tu fais ? L'assemblée est en cours, l'ordre du jour est respecté. Dans quelques minutes, ton ancien grand chef devra tout dévoiler. Où es-tu ?

Nous nous étions entendus, quand j'étais encore en vol, pour que Mat participe à l'assemblée, utilisant son insigne de policier comme carton d'invitation. Sa mission est de suivre Pierre Duroy à la trace, plus particulièrement de savoir, si possible, à qui il parle, en personne ou sur le cellulaire. Donc une filature rapprochée, facilitée du fait qu'ils ne se sont jamais rencontrés, mais complexifiée par le fait qu'un professionnel est bien placé pour flairer un autre professionnel qui le suit.

- Je suis dans une limo, Mat. Je t'expliquerai. Je devrais arriver à l'hôtel vers dix heures trente. Le président doit m'attendre. Quelqu'un doit le prévenir que j'arrive. Il me manque encore un détail.

- Un détail! Comment un détail? Il est trop tard pour régler quelque détail que ce soit.

Mat est sur les dents.

- J'ai obtenu la confirmation du scénario utilisé par les fraudeurs, mais je ne sais pas qui est l'auteur à l'intérieur de Preston One.

- Eh bien! La belle affaire. Tu comptes te pointer ici pour dire quoi exactement? Qu'il y a un méchant parmi nous, mais tu ne sais pas qui il est. Au point où l'on en est, pourquoi ne pas demander au vrai méchant de se lever, s'il vous plaît?

- Anouk est-elle à son poste?

C'est normalement ma tactique pour me déprendre quand je suis coincé, faire une belle manœuvre de diversion. Mais pas cette fois-ci, je me moque de me faire coincer ou non, tout ce que je veux c'est d'en finir et dans ce cas précis, c'est vraiment de savoir si Anouk est en poste ou non.

Heureusement, Mat me suit dans cette nouvelle voie.

- Oui, juste à côté de ton ami, Jérôme Nantel, tel que tu l'as demandé.

- Et Damien?

- Pas de bon poil, celui-là !

Je me suis fait la réflexion que Mat est mal placé pour qualifier quelqu'un comme n'étant pas de bon poil. Je garde ma réflexion pour moi.

- Il a dû s'argumenter avec son patron hier soir pour avoir sa matinée libre, alors que ce matin ce devait être son tour de garde à la boutique. Il nous a raconté sa terrible aventure au petit déjeuner plus tôt, avant que tu nous joignes par téléphone. Donc, son patron ne comprenait pas pourquoi il devait, à la dernière minute, se présenter en personne à une assemblée d'actionnaires. Je ne blâme pas son gérant, Damien possède un portefeuille de dix actions, achetées pour te faire plaisir ou pour nous impressionner !

J'avais demandé la collaboration de mes amis en les conviant à un petit déjeuner virtuel ce matin. Sans réserve ils ont tous accepté, Mat, Anouk et Damien. Évidemment, moi j'y participais par téléphone, puisque j'étais encore à trente-cinq mille pieds d'altitude. Nous avons établi un programme de travail et nous nous sommes assigné des rôles pour la durée de l'assemblée.

- Damien. Est-il au côté de Christian, comme prévu ?

- Juste à côté, il le suit comme son ombre.

- C'est lui qui doit aller aviser François Monet de m'attendre si je ne suis pas encore arrivé à dix heures trente. Anouk est connue de Pierre Duroy, il lui sauterait dessus avant même qu'elle ne quitte sa chaise. Et toi, je préfère que tu gardes ton poste et ton anonymat. Tu ne dois pas quitter notre cher directeur de la surveillance d'un poil.

- J'appellerai Damien si je juge que je n'arriverai pas à temps.

Non ! Ce n'est pas vrai !

- Merde !

- Que se passe-t-il, Gabriel ?

- Le panneau de circulation devant moi indique que la bretelle d'accès vers le centre-ville est fermée temporairement pour travaux de réfection.

Montréal est une ville où les extrêmes climatiques s'affrontent. Les routes qui pâtissent entre les hivers sibériens et les canicules de l'été sont fortement malmenées. Évidemment, c'est aujourd'hui qu'on décide de refaire une beauté à la chaussée qui me fera donc faux bond.

- La voiture doit passer par des routes alternatives, Mat. Je vais être en retard. Je passe au plan B immédiatement. J'appelle Damien tout de suite pour qu'il avise François de m'attendre quelques minutes.

CHAPITRE 27

San Francisco - Montréal, jeudi 14 juin, encore plus tôt ce matin-là

J'avais revu et analysé les documents que l'agent chinois m'a fait parvenir plus tôt et je finis par conclure quasi hors de tout doute, à force de sous-peser les différentes parcelles d'information, qu'il devait être impliqué d'une manière ou d'une autre. Un agent de son envergure ne peut être naïf à ce point ou si peu intéressé à bien tenir ses comptes. Donc, il devait savoir que les taux de change ont été majorés de dix pour cent sur deux contrats avec Preston One, occasionnant une surfacturation de vingt millions de dollars canadiens. Contrats qu'il dit avoir éparpillés. Trop poli pour être idiot, le type.

Quand je l'ai contacté en quittant San Francisco la nuit dernière, soit jeudi fin après-midi à l'heure de Beijing, je n'avais qu'une seule question à lui poser : Où est l'argent ?

Je n'ai pas eu la partie facile.

- Je ne sais pas de quoi vous me parlez, monsieur Beauregard. Avez-vous bien reçu les dossiers que vous m'avez demandés ?

- Je crois, monsieur Li Mei, que vous savez très bien de quoi je vous parle en ce moment.

- Je ne vous ai rien caché, tout est dans les dossiers. Pourquoi me posez-vous cette question ?

- Parce que Preston One vous a remis vingt millions de dollars en trop, erreur causée par l'utilisation d'un mauvais taux de change sur deux contrats. Est-ce une assez bonne raison, monsieur Li Mei ? Et là, je ne vous parle pas des deux contrats que les vérificateurs ont scrutés par erreur, mais de ceux de Vienne et de Stockholm. Les documents que vous m'avez fait parvenir indiquaient le bon taux de change, mais je constate que la date de sauvegarde de ces fichiers Excel est plus récente que les autres fichiers que vous m'avez fait parvenir.

L'homme poli ne trouva rien de plus poli que le silence pour répondre à mon dernier argument. Je ne devais pas lâcher le morceau.

- Je suis pressé, voyez-vous ? Je dois faire rapport à dix heures trente ce matin à Montréal. Vous devez me dire ce que vous savez, tout de suite. Cette affaire est vraiment grave, monsieur Li Mei. Il ne s'agit pas d'un jeu. Vous ne pouvez plus vous en tirer en feignant l'innocence. Vous réalisez que si j'ai pu remonter jusqu'à vous et constater les anomalies, la police pourra le faire aussi bien, surtout quand je leur fournirai les renseignements que j'ai en ma possession.

- Les vérificateurs de Preston One ont tout vérifié samedi dernier, ils n'ont rien trouvé.

Il ne voulait pas en démordre, le type. J'espérais être sur la bonne piste. Comme je n'en avais pas d'autres. Je me devais de forcer le jeu jusqu'au bout.

- Ils ont vérifié les mauvais contrats et vous le savez très bien, monsieur Li Mei. Quelqu'un les a mis sur une mauvaise piste et je trouverai bien qui l'a fait. Comptez sur moi. Alors j'attends, monsieur Li Mei.

De l'avion entre San Francisco et Montréal, je pouvais sentir le tiraillement de l'homme à l'autre bout du monde. Son silence m'apparaissait de bon augure, mais je ne relâchais aucun muscle.

- Je n'ai rien fait de mal, monsieur Beauregard. Croyez-moi !

Enfin ! Je sentais finalement que je touchais le but. J'aurais donc misé juste. *Il n'a rien fait de mal, le pauvre.* Par contre, je le croyais en partie, car il me semblait effectivement honnête, mais il était tout de même impliqué d'une quelconque façon. J'avais bien hâte de connaître la suite. Il ne fallait pas que je lui laisse de répits.

- Monsieur Li Mei, ma patience a ses limites. Je dois faire rapport dans quelques heures. Alors où vous me dites ce que vous savez tout de suite ou je mets mes contacts dans la police sur votre cas. Croyez-moi, monsieur Li Mei, le régime chinois n'appréciera pas que des agents trichent avec les entreprises occidentales.

J'ai fait une petite pause stratégique.

- J'attends toujours, monsieur Li Mei. Je suis prêt à croire que vous n'avez rien fait de mal, mais qu'avez-vous fait exactement ?

Je crois qu'à ce moment-là il s'est mis à pleurer. Avec les larmes ont coulé les mots.

Montréal, jeudi 14 juin 10 : 25 h (il y a 5 minutes)

Dix heures vingt-cinq, je suis toujours dans la limo de merde, arrêtée à un feu rouge, à près d'un demi-kilomètre du Mont Réal. J'ai parlé à Damien qui a acquiescé à ma demande, après avoir dû insister beaucoup plus que ma patience me l'autorisait. Demander à Damien de monter sur l'estrade pour parler au président de Preston One, devant la foule qui se demandera ce qui se passe, si on le laisse arriver sain et sauf jusque-là, était beaucoup exiger de la timidité de mon ami.

De mon côté, je suis plus nerveux que je m'y attendais. Au début, j'ai pris cette affaire à la légère. En réalité, c'était pour moi une thérapie personnelle. Mais là, la situation est devenue sérieuse. J'ai des papillons dans l'estomac, mon cœur bat à grands coups et j'ai des sueurs froides qui me coulent dans le dos. Je me prends à avoir une petite pensée pour James Bond qui vit ce genre de situation presque tous les jours, avant son petit déjeuner. Je craque un sourire. J'essaie de me déstresser comme je le peux.

Il ne reste qu'un coin de rue à franchir et évidemment le feu vient de tourner au rouge juste comme la voiture arrive à l'intersection. Je donne un billet de cent dollars au chauffeur et lui signale que je dois sortir immédiatement. Je préfère tenter ma chance en courant. Un feu rouge se brûle mieux à pied qu'en voiture.

Aussitôt sorti, je réalise que j'ai laissé ma mallette dans le véhicule. Tant pis, dans le meilleur des cas le chauffeur la laissera à la réception du Mont Réal, dans le pire des cas je m'en achèterai encore une autre ; j'en prends l'habitude depuis Stockholm.

Mon cellulaire choisit ce moment pour se manifester.

- Oui.

Il faudra que je me remette en forme après cette aventure. J'ai de la difficulté à courir quelques mètres et à répondre « oui » en même temps.

- Où es-tu, Gabriel ? Arrive !

Je sens la frayeur dans la voix de ma sœur.

- Damien vient de se faire sauter dessus par deux sbires. Je crois qu'il s'est cogné la tête en tombant. Il a voulu s'approcher du président. Qu'est-ce qu'il lui a pris ? Il n'a même pas pu gravir la première marche de l'estrade. On l'a plaqué au sol puis jeté dehors par la porte de côté. Arrive, il est presque trop tard.

Anouk est en état de panique. Rien ne l'a préparée à ce genre de situation. Moi, non plus, d'ailleurs. Encore moins Damien, l'infortuné.

- C'est moi qui l'ai demandé à Damien. Ce serait trop long à t'expliquer. J'entre à l'instant dans l'hôtel. Contacte Mat, moi je n'ai pas le temps, dis-lui de faire entrer Damien par les moyens qu'il voudra, il faut qu'il soit au côté de Christian comme prévu. Je veux connaître ses réactions en tout temps, s'il s'agite au cellulaire ou non. Toi, je ne sais pas où tu es en ce moment, mais retourne auprès de Jérôme. Même scénario, tu épies ses faits et gestes. Nous devons absolument suivre le programme que l'on s'est établi ce matin.

J'ai dû ralentir pendant cet appel ce qui m'a fait perdre une bonne minute, mais notre mise au point a été très utile pour replacer les joueurs.

Me voilà dans le hall d'entrée de l'hôtel. Une bouffée d'air conditionné me fait le plus grand bien. L'horloge de la réception indique dix heures trente et une minutes. L'écran adjacent projette, sur un menu défilant, les réservations de salles pour la journée. Je dois m'arrêter comme un con et attendre, en sueur, que la lettre P daigne se présenter à l'écran. Je me prends à regretter le temps où ces informations étaient imprimées sur du bon vieux carton. Dix heures trente-deux, mon cœur veut s'arrêter. Je suis en retard. Avoir su, j'aurais demandé le nom de la salle à Mat ou Anouk.

Enfin, l'écran sert à quelque chose :

Preston One, assemblée annuelle des actionnaires, salon « Bleu », 9 h heures.

Je cours vers le salon Bleu.

San Francisco - Montréal, jeudi 14 juin, plus tôt ce matin

Quand j'ai raccroché, après avoir reçu les confidences forcées de l'agent chinois, j'ai tenté de contacter tous les courtiers que je connais à Montréal et Toronto. Je n'étais absolument pas certain que ma théorie tiendrait, mais il me restait quelques heures d'avion pour essayer de la valider. C'était la seule piste que je tenais. Je ne pouvais m'offrir le luxe d'en explorer d'autres. Ce devait être la bonne.

Pas de succès du côté de Montréal ou Toronto, trop tôt pour eux. Six heures du matin sonnaient dans la ville aux cent clochers. Je me suis rabattu sur Londres, là où sont aussi négociées les actions de Preston One. La matinée des Londoniens s'achevait, les courtiers s'apprêtant à avaler leurs sandwichs ou leurs fish and chips.

Je suis tombé sur le bon courtier au quatrième appel. Ce qu'il m'a dit était surprenant. Bien que tout à fait légal, j'avais peine à croire ce que j'entendais encore que cela confirmait ma théorie. Il m'a parlé de sa surprise quand, il y a deux semaines, il a reçu une visite inattendue. Un banquier digne de confiance lui a fait une proposition qu'il n'a pu refuser. Cette personne avait très bien préparé son dossier et par-dessus tout, elle avait les moyens de s'offrir une transaction aussi gigantesque. Le courtier m'en a parlé librement puisque tout s'avérait parfaitement légal de son côté.

Ma théorie se vérifiait enfin. Restait à trouver le plus important, le complice à l'intérieur de Preston One. J'ai utilisé les heures restantes de mon vol San Francisco-Montréal pour mettre au point mon intervention de ce matin, aidé de mes amis qui ont spontanément accepté leurs missions.

* * *

Enfin, je suis devant les portes closes du salon Bleu, en sueur, mort de peur, et on ne peut plus angoissé. J'entends une voix derrière les portes. C'est celle du président. Dix heures trente-trois, j'espère qu'il n'est pas trop tard.

CHAPITRE 28

Montréal, jeudi 14 juin 10 : 33 h

François Monet est le premier à me voir entrer par les portes du fond, puisque face à la foule. Il s'interrompt immédiatement. Il est encore rouge d'embarras ou de colère et me fixe en semblant chercher un indice inespéré qui le sauvera. Intrigués, les participants se retournent à leur tour, sans expression particulière, outre la curiosité. Les autres membres du conseil d'administration, qui me reconnaissent, arborent un sourire, sauf peut-être celui qui a pris ma place en tant que vice-président aux finances.

Comme le président a complètement arrêté son discours et me regarde à présent avec insistance, les gens sentent que ma venue n'est pas banale. J'ai droit à cent cinquante paires d'yeux qui me dévisagent. Je suis pourtant loin d'être au sommet de ma forme. Mon veston est chiffonné par l'interminable voyage depuis la Chine, je sens la sueur perler sur mon front, j'ai le souffle court à la suite à ma course et mes traits sont tirés faute de temps et de coquetterie pour me rafraîchir. J'éprouve une sensation similaire à celle que je ressentais lorsque, le pantalon imbibé de bière, je faisais, on ne peut plus embarrassé, la connaissance de Marie.

Comme si je me trouvais à l'intérieur d'une bulle étanche, je n'entends rien, même si je vois des têtes se retourner et des lèvres bouger autour de moi. Je suis dans un tunnel, la cible est assez précise, mais ce qui l'entoure est flou. Tout se déroule au ralenti. Mes pas sont lents, amortis par le temps qui s'est figé. Pendant un moment, je crains de ne pouvoir me rendre à l'estrade tellement je suis nerveux.

Enfin, j'y suis presque arrivé maintenant. Je dois continuer, laborieusement, un pas après l'autre. Je crois que ma pression est anormalement basse, mes jambes sont faibles. Je poursuis sur le pilote automatique.

À mesure que j'avance, mes idées commencent à s'éclaircir. Tranquillement, je reprends un certain contact avec la réalité. Je retrouve mes forces. La confiance revient, un tout petit peu.

Arrivé près des marches de l'estrade, deux hommes bien charpentés me bloquent le chemin. Ils regardent en direction d'un troisième derrière moi. Le directeur de la surveillance gère les opérations du regard. Les deux hommes se placent en position d'attaque.

- Laissez-le monter, monsieur Duroy.

Le président me sauve la vie. Je ne sais pas ce que j'aurais fait s'ils m'avaient sauté dessus. Probablement rien, à part me retrouver par terre. Je ne le saurai heureusement jamais. Le président m'a évité cet affront.

Dans la foule, on pourrait entendre une mouche voler. Les participants savent qu'il se passe quelque chose de grave et devinent que ma présence doit revêtir une certaine importance vu le comportement du président. Des journalistes dans la première rangée me prennent en photo. Peut-être sont-ils déçus qu'on me laisse passer sans avoir versé un peu de sang, mais bon, le pauvre Damien avant moi, leur a probablement donné un petit quelque chose à se mettre sous la dent.

- Merci, monsieur le président.

Je gravis donc les quatre marches pour me retrouver sur la tribune. À ma gauche, ils sont sept membres du conseil d'administration à me regarder de face. À ma droite, François Monet se tient toujours devant le micro, figé comme une statue. Je me dirige vers lui. Rendu à distance de bras, il me tend la main. Son visage ne se décrispe pas d'un sillon. Je tends la main à mon tour et y rajoute un sourire qui d'un coup, a pour effet de lui faire redresser les épaules. Il se tourne maintenant vers l'assistance d'actionnaires, de journalistes et d'analystes financiers.

- Comme je commençais à vous l'annoncer, mesdames et messieurs, nous devons vous faire part d'un évènement important.

Il se retourne vers moi.

- Certains auront reconnu monsieur Gabriel Beauregard, autrefois vice-président aux finances au sein de l'entreprise. Je lui cède la parole.

Encore des flashs et quelques chuchotements et puis me voilà face à l'assistance, avec un micro comme seul écran entre le public et mon trac. La foule est aux aguets. Je suis encore trop stressé pour tenter de reconnaître Mat, Damien ou ma sœur qui devraient être quelque part dans l'assistance. J'éclaircis ma voix, comme si c'était la première fois que j'adresse la parole en public.

- Monsieur le président, mesdames et messieurs du conseil d'administration, mesdames et messieurs.

C'est elle que j'ai vue en premier, Jérôme Nantel, ensuite. Les yeux d'Anouk scintillent, son visage me semble normal. J'interprète sa posture comme signifiant : « rien à signaler. »

- Comme vous le savez, un des ingrédients qui entre dans la composition des semi-conducteurs est ce que l'on appelle les terres rares. Preston One s'en procure en Chine, par l'intermédiaire d'un agent basé à Beijing.

Quelqu'un m'apporte un verre d'eau. Il aura compris que j'en ai vraiment besoin.

- Deux contrats chapeautés par notre division européenne, l'un piloté par l'unité de Stockholm et l'autre par celle de Vienne, ont fait l'objet d'anomalies sur le taux de change par rapport au yuan chinois.

Consciemment, j'utilise pour l'instant le terme anomalie plutôt que fraude qui frapperait un peu trop les imaginaires. Si je n'avais pas résolu l'affaire, je serais demeuré avec le mot fraude, mais ceci est théorique puisque dans un tel cas, je ne serais pas ici à essayer d'expliquer cette affaire tortueuse.

Chuchotements de plus en plus bruyants dans la salle et déclics plus persistants d'appareils photo. Dans vingt secondes, si je m'y prends mal, ce sera la panique qui se transportera à la vitesse de l'éclair hors des murs de cette salle. J'enchaîne donc immédiatement.

- Mais rassurez-vous, les anomalies ont été identifiées et l'argent retrouvé.

Léger repli du bruit de fond. Je jette un œil vers François Monet. Il est sans réaction, suspendu à mes lèvres comme tous les autres.

Je dois livrer les détails. Les actionnaires, journalistes et analystes financiers ne sont pas du genre crédule qu'on amadoue avec un : « Tout est sous contrôle, faites-nous confiance ». François Monet commence à s'agiter maintenant. Il semble vouloir dire à la foule : « Attendez, vous verrez que nous savons très bien où nous allons. »

Je décide de tout balancer le plus rapidement possible, rien ne sert de tergiverser.

- L'écart constaté est exactement de dix pour cent sur le taux de change au profit du yuan, pour un montant totalisant l'équivalent de vingt millions en dollars canadiens.

Il ne m'est pas nécessaire de faire une pause pour mesurer l'effet de ce que je viens de dévoiler. Les brouhahas de la salle m'empêchent pour l'instant de poursuivre. Je peux à présent percevoir Mat près de sa cible, Pierre Duroy. Au fait, je n'avais jamais remarqué que ces deux-là ont un physique assez semblable. Mon cellulaire m'annonce un nouveau texto, ce n'est vraiment pas le temps. Je le laisse languir.

Je vois François Monet qui se lève, il vient en ma direction et se tourne vers l'assistance.

- Mesdames, messieurs, s'il vous plaît ! Nous n'avons pas l'intention de vous cacher quoi que ce soit. Alors, s'il vous plaît, laissez monsieur Beauregard terminer son exposé.

Son intervention a calmé les esprits. Le président joue gros. Il ne connaît que ce que j'ai eu le temps de dire à son assistante avant de quitter la Chine. Comme je passais par une intermédiaire, j'ai été avare de détails. Il mise sur le fait que j'ai plus d'éléments dans mon jeu et que j'ai pu confirmer mes théories durant le trajet entre la Chine et Montréal. Mais il n'en est absolument pas certain. Ce que moi je sais par contre, c'est que je ne connais pas encore l'auteur de la fraude à l'intérieur de la boîte. En fin de compte, j'ai peur de décevoir tout le monde. Mat m'en a donné un avant-goût tout à l'heure.

Je profite de l'accalmie pour reprendre possession du terrain. Bon sens ! Que la situation est difficile ! Ce soir, je prendrai le meilleur scotch de ma vie, en souvenir de Martha.

- Voici ce qui s'est passé.

Je m'arrête un instant pour que le silence complet se fasse naturellement. Il est clair que les actionnaires veulent savoir comment une telle anomalie s'est produite pour être en mesure d'évaluer la situation par eux-mêmes. Pour l'instant, je dois convaincre l'assemblée de m'écouter jusqu'au bout avant que les actionnaires ne prennent des décisions hâtives concernant leurs portefeuilles d'actions.

Tiens ! j'aperçois Damien juste là, à côté de Christian comme je lui avais demandé. Il se frotte la joue et semble, d'ici, avoir un œil plus petit que l'autre. Mat a donc réussi à le faire réadmettre dans la salle après sa tentative infructueuse d'aviser le président de mon arrivée imminente. Il réalise que je le regarde. Il me fait des gestes que je ne comprends pas. Désespéré, il sort son cellulaire et me montre l'écran. Je comprends. Le texto est de lui. Il veut manifestement que je le lise, chose que je ne peux pas faire pour l'instant. Je dois rassurer la salle tout de suite avant que la panique ne s'en empare.

- Notre enquête a révélé que quelqu'un de bien placé au sein de l'entreprise a délibérément majoré le taux de change de dix pour cent en introduisant une petite équation dans les chiffriers de deux contrats. Preston One a donc payé vingt millions de dollars en trop à notre agent chinois pour les contrats en question.

Dans la foule, certains demandent à voix haute : « Qui ? » Avant même que je ne puisse compléter le portrait de la situation, la foule cherche les coupables. Je leur fais signe de la main d'attendre encore un peu. Je poursuis, volontairement à voix basse, pour que le silence s'impose de lui-même.

- Évidemment, tous savent qu'un tel détournement laisse des traces et que les auteurs ne peuvent demeurer cachés bien longtemps. C'est aussi, bien entendu, le cas des auteurs. Je me suis donc posé la question : comment ce stratagème pouvait-il profiter à quelqu'un ? Pourquoi a-t-on, d'une façon si téméraire, détourné vingt millions en sachant qu'à plus ou moins brève échéance, les coupables seraient forcément retrouvés ?

Les mimiques sur les visages des gens dans la foule m'indiquent qu'elle est tout à fait d'accord avec mes interrogations.

Le silence total est revenu. Je dois admettre que toute cette attention me stresse encore plus à présent. Les gens s'attendent à ce que je leur en dise plus que j'en sais moi-même.

Je prends une gorgée d'eau, racle ma gorge et poursuis.

- C'est très simple. Grâce à un bon ami à moi, j'ai compris que pour faire fonctionner leur stratagème, les coupables devaient couvrir eux-mêmes leurs traces, le temps venu. Ils avaient donc envisagé de rectifier et d'admettre leur prétendue erreur, au risque de passer pour incompétent.

Je vois Mat qui, collé à Pierre Duroy comme une sangsue, le suit maintenant vers le fond de la salle, près de la porte principale. Un vrai professionnel, mon ami Mat ! Il est résolu à ne pas lui laisser un centimètre de jeu. Je ne le sais pas encore, mais il m'avouera plus tard qu'il a été frustré d'être trop loin de lui pour entendre ce que lui disait Mike David. Mat a corrigé le tir depuis.

Jusqu'à maintenant, tout me semble normal. Du côté d'Anouk, elle est toujours vissée sur sa chaise, comme l'est Jérôme Nantel espionné par cette dernière. La situation me parait sous contrôle.

Bon, je dois revenir au moment présent.

- Voici le scénario vraisemblablement utilisé par les auteurs.

Le silence est tel que j'entends mon propre souffle.

- Immédiatement après avoir reçu de Preston One le paiement pour les deux contrats de terres rares, l'agent chinois, à qui j'ai parlé à quelques reprises, a été contacté par le directeur de la banque BIDB avec laquelle Preston One fait affaire en Europe. La banque lui a signalé l'erreur sur le taux de change et lui a indiqué sur quel compte retourner le surplus. L'agent qui venait aussi de constater l'erreur, a obtempéré sur-le-champ et a remboursé dès le lendemain les vingt millions de dollars payés en trop. Il n'a rien à se reprocher de son côté, sinon son trop long silence. Je vous explique.

Je suis conscient que je ne suis pas facile à suivre. Par contre, je crois qu'à ce moment-ci, les gens comprennent que le nœud de l'affaire n'est pas du côté de la Chine. J'en remets pour bien fermer cette avenue.

- Le directeur de la banque a exigé de l'agent qu'il ne souffle pas un mot de la prétendue bévue à qui que ce soit parce qu'il ne voulait pas voir sa réputation ternie. De toute façon, la faute était corrigée maintenant. Il lui a donc fait comprendre que si sa réputation à lui devenait entachée, il s'assurerait grâce à ses contacts, que Preston One ne fasse plus affaire avec lui. L'agent a compris. L'ultimatum était on ne peut plus clair.

J'essaie d'avoir l'air sûr de moi, mais en dedans, je suis mort de peur. Me voici devant les actionnaires, et je ne sais toujours pas qui est le coupable au sein de Preston One. Dans quelques minutes, on me ridiculisera, moi et mes amis.

- Des acteurs impliqués, l'agent ne connaît que le directeur de la banque. J'ai vérifié avant de me rendre ici. L'argent est toujours dans le compte indiqué par ce dernier. L'histoire pourrait se terminer ici. Il y aurait eu erreur de bonne foi, elle a été corrigée depuis, l'argent est revenu, fin du récit.

La foule semble bien d'accord avec moi. Pourquoi en faire tout un plat !

- Le problème est que le compte bancaire désigné par le directeur de la banque n'était pas celui de Preston One ! Je venais donc de trouver un des coupables, un monsieur rangé, directeur de la banque depuis 25 ans. J'ai vérifié avant d'arriver ici, les vingt millions n'ont jamais quitté le compte en question, ils ont plutôt servi de garantie. J'y reviens dans un moment.

Ouf ! Je ne l'ai pas facile !

Aucune interruption. La salle est à moi. Du coin de l'œil, je vois toujours Damien qui fait des signes avec son cellulaire. J'y viendrai dès que j'aurai deux secondes. Je jette un œil du côté de François Monet. Il est exsangue.

- Une fois mis sur la piste du scénario probable par mon ami Damien Lecourt, j'ai appelé tous les courtiers que je connais des deux côtés de l'Atlantique. J'ai finalement réussi à parler à l'un d'eux qui m'a confirmé qu'on lui avait passé un ordre d'emprunt de deux millions d'actions de Preston One. Je venais d'avoir la confirmation du stratagème. Les chiffres concordent : vingt millions de dollars représentent le montant donné en garantie pour l'achat des deux millions d'actions à dix dollars chacune. Le fraudeur à l'intérieur de Preston One et son complice de la banque se sont servis de la fortune temporairement détournée pour la donner frauduleusement en garantie afin de couvrir cette gigantesque vente à découvert. Ils ont déposé le fruit de leur vente dans un deuxième compte à leurs deux noms.

Les investisseurs institutionnels dans la salle ont vu là où je voulais en venir. Je dois des explications aux plus petits actionnaires qui me suivent plus difficilement sur ce terrain.

- Comme vous le savez, une vente à découvert permet de parier sur la baisse de la valeur d'une action. L'opération, tout à fait légale normalement, consiste à emprunter un certain nombre de titres pour les vendre immédiatement et les racheter plus tard, afin de rendre le même nombre de titres à son propriétaire. Cette manœuvre ne s'avère gagnante pour les emprunteurs que si la valeur du titre en question baisse entre la date de son emprunt, donc de sa vente et celle de sa remise, donc de son rachat. Plus l'action baisse, plus l'opération s'avérera rentable. Au terme de l'emprunt, le prêteur retrouve toutes ses actions et une commission, tandis que l'emprunteur récolte la différence de valeur si le titre a baissé.

On m'écoute religieusement. La salle s'est immobilisée. Seul Damien continue de gesticuler au fond.

Je crois que l'on m'a compris. Je donne quand même plus de précisions pour en être certain, les enjeux sont trop grands.

- Dans notre cas, il y a deux semaines, l'action valait dix dollars. Donc avec vingt millions de dollars donnés en garantie, les fraudeurs ont pu emprunter deux millions d'actions. Ils les ont vendues immédiatement par l'entremise d'un courtier à Londres et d'un autre à Montréal.

CHAPITRE 29

Montréal, jeudi 14 juin 10 : 41 h

Pendant que je parle, le plus jeune des deux complices, celui qui est dans la salle, n'écoute que d'une oreille. Il est sur son cellulaire, criant et gesticulant à qui mieux mieux. Les yeux gonflés, le visage déformé, il donne des consignes en allemand. Le plus vieux à l'autre bout du fil ne réagit pas. Il a suivi le plan, comme prévu. À compter de dix heures trente et une précises, heure de Montréal, il a acheté tout ce qu'il a pu sur le marché londonien. Le plus jeune a déclenché le même scénario à compter de la même heure, sur le marché canadien. Il essaie, depuis dix heures trente-quatre, de joindre son courtier pour stopper les achats. Il n'est pas joignable, trop occupé à tout acheter. Du côté de son partenaire, à Londres, même résultat. La machine s'est emballée, impossible de l'arrêter. L'opération arrive à son terme. Les deux complices le réalisent amèrement. Toutes les actions empruntées seront bientôt en leur possession et prêtes à être rendues à leur propriétaire.

Le seul problème, pour eux, est qu'elles n'ont pas baissé de valeur comme prévu. Elles se transigent même avec une légère prime vue la demande soudaine et l'absence de mauvaises nouvelles dans le marché. L'arrivée de Gabriel

Beauregard et de sa suite a tout fait basculer. Ils ne demandaient qu'une petite demi-heure de plus. Seulement une toute petite demi-heure. Le temps que l'action plonge.

Les deux complices se calment à présent. Le plus jeune s'est arrêté de crier. Inutile de poursuivre, l'autre n'écoute plus. Tous les deux réalisent que l'opération est un échec lamentable. Celui à Londres raccroche, il n'a plus rien à ajouter ou à entendre. Tout a été dit ou entendu. Le plus jeune referme son cellulaire et se dirige machinalement, tel un cadavre ambulant vers la sortie arrière.

- Je me suis demandé comment les auteurs pouvaient miser toute cette somme sur un seul coup de dé, c'est-à-dire parier sur une baisse draconienne de l'action de Preston One. On ne peut pas être certain qu'une action perdra de la valeur. Pas plus qu'elle n'en gagnera d'ailleurs.

Je constate par les mouvements de tête que les gens dans la salle partagent mon interrogation.

- Voilà le plus beau de l'histoire.

Mon sourire a un effet apaisant sur la foule et sur le président, bien que toujours suspendu à mes lèvres.

- Nos individus s'étaient assurés de faire en sorte que le marché croit momentanément à une fraude interne considérable, ce matin même, au moment où je vous parle. Si leur coup avait fonctionné, à l'article «Affaires extraordinaires» débuté à dix heures trente, le président aurait divulgué la fraude, si elle n'avait pas été résolue. Je suis persuadé que vous seriez actuellement à vos cellulaires, exigeant de vos courtiers qu'ils vendent, tout de suite. Vous vous en doutez comme moi, une vente massive, provoquée par une mauvaise nouvelle de cette ampleur, aurait fait culbuter le cours de l'action d'une façon drastique, vraisemblablement en une demi-heure ou moins.

Je constate en voyant plusieurs personnes gesticuler que je ne suis pas loin de la vérité en avançant mes hypothèses.

- Si la tricherie avait fonctionné, les escrocs auraient racheté les deux millions d'actions à une valeur très inférieure aux dix dollars l'action et remis probablement aujourd'hui même toutes les actions empruntées à leurs propriétaires. La différence de valeur aurait été pour eux.

Toujours le même silence lourd dans la salle. Même mutisme du côté du conseil d'administration. Les journalistes, eux, en font autant, ne sachant quoi écrire ou dire à leurs auditoires. Je sens que je dois renchérir sur le fait que la fraude n'a pas fonctionné. Les marchés sont tellement capricieux. Une rumeur peut être aussi néfaste qu'un fait.

Je suis en pleine possession de mes moyens à présent. Le pire est derrière moi. Le trac m'a quitté.

- Mesdames, messieurs, comme vous pouvez le constater, leur stratégie a été déjouée. Grâce aux déclarations tardives de l'agent chinois, comme je le mentionnais, j'ai retrouvé le compte où sont déposés les vingt millions de dollars détournés.

Des « oufs » fusent de partout maintenant. On m'a bien compris. Les gens s'animent. Les visages se décrispent. Les « oufs » font lentement place aux « qui ? ». On veut savoir qui est le coupable à l'intérieur de l'entreprise. En trente secondes, j'ai dû entendre la question une bonne vingtaine de fois.

J'avoue que là, la situation devient beaucoup plus obscure. Je me suis concentré sur le « comment ». J'ai mis toutes mes énergies depuis deux semaines à percer le mystère de la fraude. Je n'ai pas eu le temps d'identifier le coupable. La question fait à présent boule de neige dans la salle surexcitée. Je les comprends, ils veulent savoir s'ils peuvent se considérer à l'abri d'une autre tentative de la sorte.

La nervosité me reprend. Bien que je sois conscient que mes amis et moi avons fait le gros du travail, nous n'avons pas trouvé le complice du banquier à l'intérieur de Preston One. Puisqu'il y a peu de chances pour que le directeur de la banque, identifié par mon nouvel ami l'agent chinois, dévoile le nom de son complice, je n'ai rien à offrir à la salle pour calmer le jeu.

En ce moment précis, je me sens vraiment amateur, ce que Mat se plairait à me rappeler s'il pouvait le faire. *Tiens ! pourquoi le serment rocambolesque d'Anouk fait à notre fameux souper d'il y a deux semaines me revient-il en tête ?* Je dois improviser. Il ne se trouve personne pour m'aider. Les regards sont toujours braqués sur moi.

Je cherche Anouk des yeux. Elle n'a pas bougé.

Puisque l'on se trouve dans une zone particulière où le suivi de l'ordre du jour est devenu accessoire, je me permets de tordre encore plus son cours normal. C'est de toute manière la seule idée que j'ai en ce moment.

Mon Dieu que je me sens ridicule !

Je racle ma gorge, encore une fois, prends un ton assuré malgré ma nervosité et je me lance.

- Anouk Beauregard, est-ce que je peux te demander si tu as quelque chose d'anormal à nous signaler ?

Comme je la regarde dans les yeux, la foule la détecte facilement. Incidemment, personne ne se plaint qu'elle soit mise en évidence. De son côté, elle semble surprise sur le coup, mais saisit le sens de ma question la seconde d'après. Elle réalise que ma demande concerne Jérôme Nantel, la personne qu'elle a pour mission de surveiller discrètement.

Elle ne peut rien conclure sur le type. Il est silencieux, est attentif à ce qui se passe en avant et ne fait ni ne reçoit aucun appel.

- Non, Gabriel, tout est normal de mon côté, enfin je le crois.

La foule n'y comprend rien. Toujours en état de choc, elle ne se surprend pas d'une singularité supplémentaire qui aura le mérite de rendre cette assemblée mémorable. Je me tourne maintenant vers Mat, le fixe et lui pose la même question.

- Sergent Mathieu Smith, avez-vous quelque chose d'anormal à nous signaler ?

J'espère que la foule ne perçoit pas trop la rougeur de mes joues.

Mat comprend tout de suite là où je veux en venir, sans mérite, étant le deuxième à répondre à la même question. Dans son cas, il s'agit de déterminer si le comportement de Pierre Duroy pourrait être celui d'un fraudeur en pleine action, c'est-à-dire quelqu'un d'attelé à exécuter sa tâche, probablement nerveux et sans doute en constante liaison avec son complice et son courtier.

Pour ce qui est de la nervosité, oui, Pierre Duroy est très agité, mais pas au cellulaire, exception faite de quelques appels qui, de ce que Mat pouvait entendre, concernaient la sécurité de l'évènement.

- J'aurais bien aimé, Gabriel, mais non. Rien à signaler de mon côté. Mais je demeure vigilant, rajoute-t-il.

Pierre Duroy dévisage Mat d'un air que ce dernier ne saurait décrire.

Je suis désespéré. Aucun des deux suspects sur le haut de ma liste ne semble se comporter comme je m'imagine, le ferait un coupable, dans ce cas particulier où je leur coupe l'herbe sous le pied. Il ne me reste qu'à poser la question à Damien, mon troisième et dernier espion. Je l'avais affecté à Christian, le moins suspect de tous, à mon avis. Je ne voulais pas compromettre Damien plus qu'il ne le fallait. Ce n'est pas dans son tempérament de faire de l'espionnage bien qu'il ait été la vedette, malgré lui, d'un célèbre épisode de cette assemblée.

En affectant Damien à Christian, il ne me restait plus personne pour talonner Stefan, Mike ou Anders. J'avais fait le pari qu'il aurait été difficile pour Stefan ou Anders de détourner ces millions, puisque trop loin de l'agent chinois et trop près de Christian, leur supérieur immédiat. Du côté de Mike David, comme il est impliqué dans le choix des agents, j'avoue qu'il est toujours sur ma liste pour l'instant. J'ai perdu sa trace dans la foule, il y a trop d'agitation.

Tiens ! Damien n'est plus à sa place. Je le cherche des yeux. Cela me revient, son texto ! Même si tous les yeux sont rivés sur moi, bien que quelques-uns s'attardent encore à dévisager ma sœur, je dois prendre les dix secondes nécessaires pour le lire. Les avenues se referment une à une devant moi. Je suis désespéré.

« Constamment sur son cel. Parle allemand + anglais. Ai entendu les mots action, euros et stop à xxx reprises. Agitation max. Notre homme ? »

Il ne peut pas être celui que je recherche! Je continue à balayer la salle pour trouver Damien.

Plus loin, je vois deux hommes se diriger d'un pas rapide vers l'arrière, à partir de l'allée qui longe le mur. Je reconnais la démarche, bien que rarement rapide, de Damien. Il suit Christian. Je l'interpelle.

- Damien Lecourt, que se passe-t-il?

La foule se retourne d'un seul bloc. Les gens ne comprennent toujours pas le petit jeu. Je ne saurais les blâmer, j'ai l'air d'un clown qui ne fait pas rire. Ils doivent commencer à avoir des doutes sur l'état de ma santé mentale. Tous les regards suivent les deux hommes à présent. Plusieurs reconnaissent celui qui s'est fait intercepter quelques minutes auparavant.

Damien ne répond pas, trop occupé à ne pas se laisser distancer par Christian. Il n'a probablement même pas entendu ma question tellement il est absorbé par sa besogne. Je choisis de m'adresser directement à Christian.

- Christian Hoffman, où allez-vous?

Il ralentit sa course. Pierre Duroy en profite pour lancer un regard du côté de Mat tout près de lui.

- Faites le tour par le couloir central, moi je le contourne de ce côté-ci.

En posant ma question à Mat tout à l'heure, je lui faisais perdre sa couverture, si évidemment Pierre Duroy ne l'avait pas déjà repéré. Il est homme à faire ses devoirs. Je parierais que depuis l'instant où j'ai contacté Mat à Stockholm pour qu'il m'aide à me sortir de ma détention, Pierre Duroy a eu le temps de faire sa petite enquête. Il a dû scruter la liste des participants, détecter ceux qui n'avaient pas été inscrits officiellement et tirer ses conclusions.

D'où je suis, je vois Mat faire un signe d'approbation et se diriger vers l'endroit que semble lui avoir indiqué Duroy. Mon ami policier paraît décidé à lui faire confiance.

Constatant l'hésitation de Christian, je l'interpelle à nouveau. Cette fois, je laisse le micro de côté. Je décide de crier afin de créer un effet plus saisissant.

- Christian Hoffman, vous êtes pris! C'est vous qui êtes l'auteur de cette tentative de fraude. Arrêtez. Vous n'irez nulle part. Votre plan a échoué.

Le temps que Christian soupèse ses possibilités très réduites, Pierre Duroy arrive droit devant lui et lui barre la route. Presque au même moment, Mat arrive derrière lui pour anéantir toute idée de replis de sa part. Les gens dans la salle se sont arrêtés de respirer. Les évènements sont tellement inhabituels, pour ne pas dire irréels. Les actionnaires apprennent que Preston One fait l'objet d'une tentative de fraude et l'instant d'après, devant leurs yeux, ils voient un suspect se faire interpeller. Mieux qu'un roman policier.

En apostrophant Christian, je ne croyais toujours pas qu'il puisse être le coupable. Je n'avais pas encore entièrement dissipé mes doutes sur Anders ou Stefan, que je ne vois pas dans la salle d'ailleurs. Sans parler du fugitif, Mike David, qui figure encore sur ma courte liste.

En voyant à présent la physionomie de Christian, je dois me rendre à l'évidence, la culpabilité se lit sur son visage, même de loin.

Le jeune et ambitieux contrôleur européen est pris en souricière entre deux individus au gabarit imposant, à côté de la vedette montante, Damien.

Les journalistes se sont ressaisis. Ils sont tous accrochés à leur cellulaire dont ils se servent autant pour prendre des photos que pour contacter leur salle de rédaction. Un véritable désordre a remplacé la stupeur d'il y a deux minutes.

Le monde bien planifié et parfaitement structuré des affaires n'offre généralement pas ce type de spectacle. C'est du gâteau pour les journalistes sur place, de quoi alimenter plusieurs chroniques pour des jours à venir.

Pendant le brouhaha, je ne peux m'empêcher d'imaginer les articles de presse de ce soir, relatant tant bien que mal les faits. Et puis, quelques jours plus tard, les chroniqueurs analyseront les règles de gouvernance, critiqueront les lois, accuseront les politiciens, et que sais-je encore? On interviewera des gens de Preston One sous le couvert de l'anonymat et des experts financiers. On essaiera de comprendre. Comprendre quoi? L'insatiabilité de l'homme peut-être.

Je me tire de mes pensées et regarde du côté d'Anouk, souriante, bien qu'elle aussi soit dépassée par les évènements. De leur côté, Mat et Damien, font les méchants devant le pauvre Christian, totalement anéanti. Ces deux-là sont mes amis, mes vrais amis, aucun doute là-dessus.

Le président vient vers moi, la main tendue, le sourire aux lèvres.

- Gabriel, je ne sais pas comment te remercier.

Il me dit ces mots loin du micro. Cette conversation ne regarde que nous deux.

- Je l'ai fait pour plusieurs raisons, François. Ce serait trop long à expliquer. Mais je peux dire que je n'y serai pas arrivé sans leur aide - je pointe la salle du menton, le président comprend que je fais référence à mes amis.

Je reprends sur un ton moins émotif.

- N'y a-t-il pas d'autres points à l'ordre du jour, monsieur le président ? Je pense particulièrement à la rubrique « Renouvellement des mandats d'administrateur ».

ÉPILOGUE

Montréal, premier lundi de juillet

La terrasse grouille de monde. Nous sommes attablés tous les quatre, toujours aussi heureux d'être ensemble. Ce mois-ci, Anouk a choisi le restaurant. L'endroit fait manifestement l'unanimité. Les soirées de juillet sont longues et chaudes. Le festival du jazz ajoute à l'atmosphère décontractée. La ville est belle, la vie aussi.

Nous avons tous suivi dans les journaux la suite de la saga que les journalistes ont qualifiée de : « Abus de confiance ». Certains m'ont contacté pour obtenir des entrevues. J'ai accepté la première et me suis excusé pour les autres. Anouk et Mat ont aussi fait l'objet de demandes qu'ils ont déclinées. Damien, lui, en a accordées six, précisant à chaque occasion qu'il est artiste-peintre et qu'il participera bientôt à une exposition collective. Un journaliste a même dépeint Damien comme étant artiste-peintre et consultant en finance. Mon ami n'a pas exigé un démenti.

Les journaux ont abondamment fait état de l'histoire, chacun y allant de ses commentaires et spéculations. En ce qui concerne les faits, il a été publié que Christian Hoffman n'a pas fait objection à sa déportation vers l'Allemagne où des accusations de fraudes et de menaces sont retenues contre lui.

Le directeur de la banque BIDB de Berlin a été arrêté pour complicité. Il avait le pouvoir de créer un compte temporaire d'entreprise, de nommer son complice comme cosignataire et d'y faire transiter les millions en provenance de Beijing.

Damien est particulièrement en feu ce soir, il nous a confirmé qu'il entreprenait des démarches sérieuses pour participer à la prochaine exposition collective de son quartier. Sa discussion houleuse avec ma sœur lui a donné matière à réfléchir. C'est lui qui anime notre souper de ce premier lundi de juillet. En réalité, il prend toute la place. Anouk s'en amuse particulièrement, le pauvre, il ne l'a pas eu facile ces derniers temps.

- Calme-toi un peu, mon ami. Prends le temps de manger un morceau. Nous avons presque tous terminé et toi, ta bouche ne cesse de s'agiter malgré ton visage encore enflé.

Le teint rouge va bien à Damien, sa vulnérabilité le rend encore plus sympathique.

Subtilement, il trouve une parade pour détourner notre attention.

- C'est vrai, je réalise que je parle un peu trop. Tiens ! Toi, Gabriel, pourquoi ne nous dis-tu pas ce que tu as appris de ton ancien ami, Christian quelque chose ? Combien espérait-il toucher en vendant ou en achetant, je ne sais trop, toutes ces actions ?

- Tu as raison, je te dois une réponse puisque tu m'as mis sur la piste. J'ouvre donc une parenthèse, à la condition de revenir à des sujets plus joyeux immédiatement après. D'accord ?

Je fais un tour de table. Les trois têtes de mes amis font le même signe. Approuvé.

Entre nous quatre, nous avons peu parlé depuis l'assemblée d'il y a deux semaines. Anouk et Damien sont retournés au travail l'après-midi même, tandis que Mat s'est offert pour aider Pierre Duroy à remplir d'interminables formulaires pour documenter l'arrestation de Christian.

Les soupers des premiers lundis du mois sont consacrés à parler de tout ce qui peut alimenter notre amitié. Par contre, je sens qu'il faut replacer le couvercle sur cette affaire afin de pouvoir passer à autre chose. Autant nous avons créé une exception en abordant le sujet du travail à notre dernier souper, autant nous devons en créer une autre aujourd'hui, pour fermer la boucle. Je me résigne et j'offre donc les explications demandées.

- Vous étiez dans la salle quand j'ai dévoilé le plan des fraudeurs, je n'y reviendrai pas. Mais si leur plan avait fonctionné, ils auraient racheté les deux millions d'actions à un prix moyen qu'ils ont estimé aux environs de cinq dollars l'action à la suite de la divulgation de la fraude. Donc, des actions empruntées et vendues dix dollars, puis rachetées cinq dollars pour être finalement remises aux prêteurs. Nous parlons de cinq dollars de profit par action, fois deux millions d'actions, pour un montant total de...

Damien me coupe.

- Le total est de dix millions de dollars, s'écrie-t-il, sans me laisser la chance de terminer.

- Damien, tu es en feu ce soir. Quelle agilité cérébrale !

Je ne le laisse pas réagir et je poursuis pour en finir au plus tôt.

- En effet les amis. Leur pactole se serait élevé à dix millions. Le plus beau dans leur histoire est que personne ne l'aurait su puisque l'argent détourné aurait été restitué entièrement dans le bon compte de Preston One après leur manœuvre, mais avant que l'on découvre quoi que ce soit. L'entreprise aurait rétabli les faits et l'action aurait remonté dans les semaines suivantes. Au mieux, Christian et son complice de la banque seraient passés pour des incompétents qui se sont trompés deux fois sur un taux de change en plus d'avoir fourni un mauvais numéro de compte pour récupérer les sommes excédentaires. Au pire, ils auraient perdu leur emploi. Dans un cas ou dans l'autre, ils seraient devenus multimillionnaires.

Je prends une pause pour mieux marquer le point.

- Ils sont venus à une demi-heure près de réussir leur coup. Incroyable !

- Est-ce légal, leur pirouette financière ? Je veux dire ce tour de passe-passe qui consiste à miser sur la baisse du cours d'une action.

- Miser sur la baisse de la valeur d'une action, oui, Damien, c'est légal. Est-ce constructif pour la société ? Je te laisse en juger. Mais légitime ou pas, personne n'a le droit de détourner de l'argent, même avec l'idée de la remettre ; pas plus que de proférer des menaces d'ailleurs.

Damien, songeur, aborde la question sous un autre angle.

- Vous pouvez me dire pourquoi un jeune et ambitieux administrateur au sein d'une prestigieuse entreprise et un quinquagénaire rangé, directeur de banque, risquent tout pour avoir encore plus.

Mat, qui en a vu d'autres, saisit la perche. Je le vois prendre la posture d'un roi Salomon qui s'apprête à nous faire bénéficier de sa profonde sagesse.

- Sans la présence de son avocat et sur le vif du moment, Christian a déclaré à l'enquêteur qu'il avait investi toutes ses énergies dans l'entreprise en espérant en devenir un jour le président. Mais selon lui, le vent avait tourné avec la nomination du jeune et agressif Jérôme Nantel au poste de vice-président de la division européenne. Les discrets sondages de Christian et la rumeur plaçaient déjà Nantel dans les souliers de François Monet. Sa morosité a fini par créer une petite faille dans son esprit. Sa rencontre fortuite avec le directeur de la BIDB a fait s'agrandir la faille. Elle est devenue précipice. Il s'est jeté dedans.

L'occasion est trop belle pour ne pas ajouter mon grain de sel.

- La ligne est bien mince entre d'une part avoir l'ambition de réussir une brillante carrière et d'autre part, céder à l'envoûtement que le pouvoir et l'argent procurent. Certaines personnes prendront le plus court chemin s'ils en ont l'occasion.

Après avoir observé un petit sourire sur le visage de mes amis, qui rient peut-être de moi, je reviens sur un terrain moins philosophique.

- Le plus drôle si je peux dire, est que toutes les actions rachetées ce matin-là par le duo de fraudeurs ont coûté deux cent mille dollars de plus que leur prix de vente de la semaine précédente. Nous avons déjoué leurs manigances et les résultats annuels n'ont pas été si mal, donc le marché a bien réagit. Les deux fraudeurs devront rembourser la différence en plus de leur peine d'incarcération plus que probable à l'issue du procès.

- C'est tout de même aberrant, proclame Anouk. Ces types-là voulaient se servir de l'argent de leur fraude pour faire leur coup et du même souffle, comptaient sur la divulgation de cette fraude pour empocher. Malsain, si vous voulez mon avis.

Je trouve que ma sœur a bien raison.

- Dire que c'est moi qui ai nommé Christian ! Je comprends maintenant pourquoi il était si nerveux quand je l'ai rencontré à Berlin. C'est lui et son complice qui la veille, m'avaient volé mon ordinateur. Il ne connaissait donc pas encore son contenu et ignorait par le fait même ce que je savais de leur complot. Il s'est donc résigné à me parler de la fameuse rumeur pour me mettre quelque chose sous la dent sans toutefois trop en dire pour éviter que l'on découvre le pot aux roses trop tôt.

- Ne t'en fait pas, grand frère, tu ne pouvais pas deviner qu'il tournerait au vinaigre ton petit Christian. Cher collègue Mat - en se tournant vers ce dernier le ton d'Anouk devient interrogatif - tu es devenu copain-copain avec ton nouvel ami Pierre Duroy. Est-ce que je me trompe ?

Mat semble mal à l'aise d'en parler, conscient que le directeur de la surveillance s'est fait des ennemis, particulièrement d'Anouk et de moi-même, les deux plus récents ajouts à son palmarès. Mais effectivement, il admet qu'ils sont devenus plus proches. Après qu'il eut exprimé le fond de sa pensée à Pierre Duroy pour m'avoir fait arrêter sans fondement à Stockholm, ce dernier lui a demandé si lui, en tant que policier, n'avait jamais eu des doutes sur quelqu'un qui s'était avéré innocent par la suite. L'antipathique Pierre Duroy le devenait moins aux yeux de son collègue de profession.

Ils ont terminé cette journée mémorable du quatorze juin en prenant une bière sur une terrasse attenante au Mont Réal. Mat nous a même confié qu'il n'est pas impossible qu'à ses prochaines vacances, lui et sa famille aillent rendre visite à Pierre à Berlin.

D'après ce que Mat en sait, Pierre Duroy est toujours en poste. C'est de bon augure, enfin pour lui.

Cette belle histoire ne convainc pas Anouk qui en a gros sur le cœur à propos du bonhomme. Elle ne peut s'empêcher de relancer son ami policier.

- Je veux bien croire en cette belle et tendre amitié, collègue Mat, mais ton nouvel ami, il a fait un peu chier tout le monde. Non?

Mat se dandine sur sa chaise. Je choisis de prendre sa défense. Je lui dois bien cette faveur.

- Mets-toi à sa place, Anouk. Preston One était victime d'une fraude qui aurait pu faire chavirer l'entreprise. Un haut gradé disparaît. Le responsable européen est placé en congé forcé. Des contrôleurs financiers à gauche et à droite qui auraient tous pu trafiquer les livres. Un nouvel agent chinois. Puis finalement moi, un ancien vice-président aux finances qui débarque, avec sa sœur en prime. De quoi rendre n'importe quel directeur de la surveillance paranoïaque. Non?

- Ça va, j'ai compris, Gabriel. Mais ne le prends pas mal, Mat, si je passe mon tour quand vous m'inviterez à prendre le thé.

Pour atténuer l'effet de ses paroles, et peut-être aussi pour autre chose, Anouk tripote la main de Mat en signe d'amitié.

Avant que l'on me pose la question, et pour conclure, je décide de partager ce que je sais à propos des autres personnes concernées dans l'affaire. Je leur fais un bref compte rendu avec un débit qui ne favorise aucune interruption.

- Fini le prétendu congé de maladie de Jérôme Nantel, il a retrouvé son poste. Amère à la suite des derniers évènements, une rumeur voulant qu'il cherche discrètement un autre emploi circule dans la boîte. Paradoxalement, il risque d'être un dommage collatéral dans cette affaire. Son arrivée en poste a déclenché une jalousie malsaine chez Christian et en fin de compte, l'un est le fraudeur et l'autre, parce que soupçonné à tort, regarde ailleurs. Les deux jeunes loups en liste pour la succession du grand patron ne seront pas au rendez-vous.

Je ne regarde personne dans les yeux, car je ne veux pas que l'on m'interrompe.

- Mike David prend un vrai congé de maladie, lui, avec retour prévu pour la fin juillet. Ces évènements l'ont marqué plus que les autres. Il a vraiment pris au sérieux et même exagéré les menaces dont il faisait l'objet. Comme il soupçonnait tout le monde, cette mésaventure l'a rendu angoissé et aigri. De plus, à ce qu'on m'a dit, il est en instance de divorce. La rumeur interne, encore elle, le considère en dépression majeure et lui donne de six mois à un an avant son retour en poste, ou à un autre. Autre dommage collatéral!

- Stefan a été nommé temporairement à la place de Christian. Il a eu un vrai empêchement pour ne pas se présenter à l'assemblée des actionnaires. Je me suis informé discrètement de son emploi du temps, il m'a candidement dit qu'il n'avait plus beaucoup de temps pour ses loisirs, ni même le temps d'aller au casino, ce qui m'a rassuré sur une possible dépendance au jeu. Il vise le poste de chef européen des finances à la suite du départ de Christian et prend les moyens pour y arriver. Il n'a pas de concurrence du côté de son homologue de Stockholm, Anders, qui se contente d'être soulagé de garder son poste.

- Li Mei, l'agent chinois, a eu droit aux excuses de la direction. Ah oui! J'oubliais. Une fois le tumulte de la rubrique «Affaires extraordinaires» passé, vous trois aviez déjà quitté la salle, ils ont abordé la rubrique «Renouvellement des mandats d'administrateurs». François Monet a été réélu. Il souhaitait un dernier mandat durant lequel il devra proposer une liste de candidats susceptibles de le remplacer. La course à la chefferie est déjà entamée dans le cercle fermé des prétendants au trône, qui ne sont incidemment pas trop malheureux de ne pas avoir Christian ou Jérôme dans les pattes.

Je fais un tour de table du regard. Je ne vois plus de points d'interrogation dans les yeux de mes amis.

- Je déclare solennellement la parenthèse fermée. Dorénavant, nous ne parlons que de choses plaisantes, sous peine de devoir payer une tournée générale.

Anouk prend la balle au vol et se retourne vers moi.

- N'as-tu pas reçu une lettre de la compagnie Atlas, cette semaine?

Je vois où elle veut en venir.

- Pas moyen de te cacher mes secrets, petite sœur, je crois que je te demanderai de me rendre ma clef si tu continues à fouiner dans mes affaires.

- Hum! Quelle lettre, Gabriel, renchérit Mat de son air policier?

- Mes amis, puisque je ne peux garder le moindre secret, autant vous le dire. Le conseil d'administration d'Atlas m'invite à faire partie des leurs.

- Petit cachottier, qu'attendais-tu pour nous l'annoncer?

- Damien, tu me connais, je ne vends pas la peau de l'ours avant tu sais quoi. Et puis, encore faut-il que je me fasse élire au poste d'administrateur à leur assemblée annuelle qui aura lieu la semaine prochaine.

Mes trois amis se consultent du regard puis me dévisagent les yeux écartelés. Ils déposent leur verre en même temps et font mine de se lever. Je suis troublé par leur attitude.

- Ai-je dit quelque chose qu'il ne fallait pas ?

Damien est le premier à me répondre.

- Ne compte pas sur moi pour aller épingler un autre fraudeur international à ton assemblée des actionnaires. J'ai fermé mon bureau d'expert financier. J'ai une exposition à préparer, moi.

Mat, maintenant debout, donne l'impression que lui aussi s'apprête à partir.

- Quant à moi, il y a assez de bandits de ce côté-ci de l'Atlantique pour me tenir occupé durant le prochain siècle. Je passe mon tour. Tu y vas sans moi à ton assemblée.

Je commence à comprendre.

Anouk, qui a de la difficulté à garder son sérieux, ajoute son grain de sel.

- Moi non plus, Gabriel. Tu m'oublies. La semaine prochaine, je suis occupée. Je ne pourrai faire l'espionne à ton assemblée ni traverser les océans pour aider mon grand frère à traquer des méchants qui veulent anéantir le monde.

Puis, tout d'un coup, comme pour marquer un changement de registre, elle me lance ceci :

- Cette semaine, je t'ai entendu pratiquer ta petite pluie.
Bravo grand frère.

Les trois se sont rassis.

- Quelqu'un peut me dire de quoi vous parlez, vous deux.

La question de Mat est légitime, Anouk aime bien laisser tomber des énoncés que personne ne comprend. Je lui laisse donc le soin d'expliquer ce qu'elle veut dire puisqu'elle a amené le sujet, d'autant plus que je me sens un peu embarrassé.

- Comme vous le savez, Gabriel a délaissé le piano depuis deux ans. Vous savez pourquoi. Cette semaine, il a repris. Je ne sais pas si vous comprenez ce que cela signifie...

Elle ralentit la cadence et regarde la nappe.

- Mon grand frère va mieux. Je suis si...

Anouk s'arrête, la gorge serrée. Puis elle reprend, émue.

- Le dernier morceau qu'il a pratiqué est Liebestraum de Liszt. Je me souviens, quand j'habitais chez lui à l'occasion, à quel point il répétait une même mesure difficile et très rapide, qui ressemblait à une fine pluie de notes. Avec le temps, je lui demandais pour rire, comment allait sa petite pluie. C'était devenu une plaisanterie entre nous.

Elle s'essuie les yeux à présent.

- Depuis deux ans, plus rien. Pas une note. Vous savez comme moi pourquoi son piano s'est tu. Aujourd'hui, je l'ai entendu s'entêter à nouveau sur cette mesure de misère. Pour moi - elle me prend la main - c'est le signe de la détermination de mon frère à vouloir s'attaquer de nouveau à la vie.

Ma sœur et mes deux autres amis ont comme moi, un chat dans la gorge. Quel beau portrait l'on fait, ensemble, sur cette terrasse !

X X X

Pour ne pas manquer la sortie des prochains romans de la série « Intrigues et amitié », suivez-moi sur ma page Facebook :

Facebook : **Claude André Poirier, écrivain**